ロマン主義エコロジーの詩学

環境感受性の芽生えと展開

The Poetics of Romantic Ecology:
The Emergence and Development of Environmental Sensibility

編者
小口一郎

執筆者
植月惠一郎　小口一郎
金津和美　川津雅江
直原典子　丹治愛
大石和欣　山内正一
吉川朗子

音羽書房鶴見書店

目次

凡　例

一、本書の書式は、原則として『ＭＬＡ英語論文執筆者への手引き』(*MLA Handbook for Writers of Research Papers*) 第七版 (New York: Modern Language Association of America, 2009) にもとづき、日本語表記に対応するための改変をしたうえで適用した。

二、一次、二次資料を問わず、出典は原則として引用文末尾もしくは本文中のカッコ内に該当ページを記すことで表示した。

三、出典および参考文献に関する書誌情報の詳細は、巻末の「引証文献」に一括して掲載した。

四、訳文のうち、既訳を利用・参照したものについては注釈にその旨を記し、「引証文献」に既訳書の出版情報を掲載した。

序章

一　ロマン主義とエコロジー

イギリス文学研究において ecocriticism あるいは environmental criticism、ときに green studies とも言われる環境批評は、この数十年間に飛躍的な発展を遂げてきた。それは環境問題への社会的関心の高まりに伴い展開された価値ある学術的成果と言えるだろう。しかし現在、地球温暖化を含めた環境問題は未解決課題として国連等の場で議論され、自然環境と人間社会の共存、先進国と開発途上国との格差や軋轢、資源・エネルギー問題などもいっそう深刻化している。そうしたなか、環境を見直すための新たな学術的視座がグローバルな規模で求められていると言えるだろう。主に近現代における人間活動の飛躍的な増大がもたらした環境的危機は人類最大の課題であり、二十一世紀の科学やテクノロジー、そして政治・経済的レベルでの国際社会の協力によってもなお根本的な解決の方向が見いだせていない。科学技術や政治というハードでマクロなアプローチがめざましい成果をあげているとは言いがたいこの状況において、個々の人間の精神と行動に焦点をあてる人文学も、独自の視点から有効な貢献ができるのではないか。いや、ひとりひとりの心に働きかける人文学的な営為こそ、今まさになされるべきことではないのか。本書はそのような問題意識を共有した九名のイギリス文学研究者による環境批評の実践であり、環境に対する近代的な感受性の芽生えとその歴史的展開を考究することによって、環境と人間の関係を文化論のレベルで今一度考え直すきっかけをつくり出すことを意図したものである。

もとより「エコロジー」の研究は優れて学際的なものであり、「ロマン主義エコロジーの詩学」を標榜する本書のアプローチも、決して旧来の人文学の領域にとどまるものではない。後述するように、ここに収められた九点の論考の多くは、環境に対する生命体の感応性を意味する「環境感受性」(environmental sensibility) をキー・コンセプトとし、現代社会の持続的な発展に不可欠な「エコロジカル」な感受性と思想の原型を、イギリス・ロマン主義時代およびその前後のテクストの中に求め、解析したものだが、そこで問題となる「感受性」は、文化や文学テクストの中でのみ意味をもつものとして扱われているわけではない。感受性を環境と生命体との交感の媒体としてとらえ、広く思想、科学、文学・文化のテクストにその動態を検証することで、ロマン主義という近代の最も重要なエポックが生み出した人間精神のあり方に、新たな現代的意義を付与していこうという姿勢が、本書の執筆者の共通認識なのである。この問題意識から本書は、人間社会と自然環境との発展的な共存関係の構築に貢献しつつ、文学研究そのものが他の研究領域や社会・環境とともに持続可能な発展的協調関係を築いていくためのあり方を提起することも意図している。

本書の主な研究対象は、イギリス・ロマン主義およびその前後の時代のテクストであるが、それには理由がある。イギリスにおいてロマン主義的感性が芽生えた十八世紀の後半は、自然についての認識が前時代からの大きな変動を経て、現代的なあり方に変貌してくる最初の時代であったからだ。

静的な階層構造がもたらす整型的にイメージされた中世以来の自然像は、自発的な発生や自律的成長という特徴をもつ不定形で荒々しい自然に変貌を遂げ、一方で文明に対置される測り知れない他者として畏怖の対象となりつつ、他方で鑑賞者に美的喜びや救い・癒しを与えるものとなった。ジェイムズ・トムソンやウィリアム・クーパーをはじめとする前ロマン主義の文人が感受し表象した自然は、不規則な風景庭園、田園や山岳などをモチーフとした風景画、そうした風景を求めて盛んになった観光旅行など、同時代の文化事象と一体となって、いわば感受性の革命をもたらしている。この新しい感受性を体現しつつ、人と自然とのかかわりを探究したのがウィリアム・ワーズワスに代表されるロマン派の自然詩人であった。

もちろんそうした彼らの目には、美しい自然風景のみが映じていたのではない。産業革命とともに急速に進む工業化や都市化がもたらす自然破壊が本格化したのもこの時期であり、特に北西部イングランドやロンドンにおいては世界のどの地域よりも顕著であった。また同時代のトマス・ロバート・マルサスは人口論の中で資源の有限性を唱え、自然の限界についての深刻な懸念をイギリスの思想界に提起した。さらにイギリス・ロマン主義が生み出した自然の表象作品は、当時の自然哲学の知見ともあいまって、生物種は万古不易な安定した存在ではなく、発生・進化するものもあれば絶滅するものもあることを示唆した。フランシス・ベーコン以来の経験科学の強固な伝統、十八世紀から本格化した非国教会派の科学教育、スコットランドを中心とした医学の発達なども、生物と環境との物質循環についての理解を促進し、環境についての鋭い感受性と思想をイギリスという地理的・文化的領域に根づかせることとなった。イギリス・ロマン主義時代におけるこうした自然認識の変革は、自然を地球規模のエコノミー（摂理）と考える大陸自然哲学の知見を取り入れつつ、人間を含む生物を取り囲み包含する「環境」として自然をとらえる思想と感受性を生み出したのである。

イギリスにおけるロマン主義を視座の中心に置き、環境感受性の観点から「エコロジーの詩学」を追求するのは、このような意味で正当性があると考える。

二　環境批評の系譜

文学を、自然環境やエコロジーとの関連で研究する環境批評は二〇世紀後半に盛んになり、すでにかなりの歴史と伝統を積み重ねている。そもそもクーパーやワーズワスなどの詩における自然描写は、「牧歌」や「田園詩」の枠組みですでに十九世紀から論じられており、その流れから、二〇世紀に入っても彼らを「自然詩人」とするとらえ方は続いていた。しかしそうした批評は、文化論的な視座を欠くナイーヴな立場に、ワーズワス批評で言えば「単純なワーズワス」(Abrams 145–57) を信奉する立場に陥る傾向を免れなかった。

こうした見方を脱し、自然環境に対する意識の高まりを十八世紀からロマン主義へという時代の文脈の中でとらえ、複合的な文化現象として歴史的・社会的に位置づけながらテクスト分析を行う研究は、一九六二年のレイチェル・カーソンの『沈黙の春』の影響を受ける形で一九六〇年代後半から一九七〇年代になって提出され、批評の流れに一石を投じた。カール・クローバー『ロマン主義の風景ヴィジョン』(一九七五)、ジョン・バレル『風景の概念と土地の感覚 一七三〇年―一八四〇年』(一九七二)、レイモンド・ウィリアムズ『田舎と都会』(一九七三)などがそうした例である。特にバレルとウィリアムズはマルクス主義的立場に立ち、ロマン主義時代の絵画と文学に描かれた自然描写の中に、階級制を含めた歴史的文脈によって形成された政治的意識が埋め込まれていることを明らかにし、「自然」は複数の文化的価値観が相克する場であって、文化事象の意義や価値を規定する準拠枠となるような、一元的かつ超越的な場ではないことを主張したという意味で画期的であった。「自然」から「環境」へのパラダイム・チェンジの素地は、このように文学批評の内部において準備されていたのである。

ポスト・モダニズムが文学研究を席巻した一九八〇年代に環境批評的な見方はいったん影を潜める。しかし一九九〇年代になり、局所的な環境汚染や石油資源の枯渇への懸念に加え、オゾン層の破壊や地球温暖化など、よりグローバルなスケールでの環境問題が意識されるようになると、この問題を本格的に論じていこうとする態度が鮮明になる。文学における「エコロジー」を意識的に論じた研究は、ジョゼフ・ミーカー『生存の喜劇――文学におけるエコロジー』と、クローバー「「グラスミアのわが家――エコロジカルな神聖さ」」（ともに一九七四年の出版）が最初と思われるが、二〇世紀の最後の一〇年には「エコロジー」や「環境」というキーワードは、それまでにないほどの緊急性をもって文学研究の領域に再登場してくることになった。マックス・エルシュレイガー『ウィルダネスの観念』（一九九一）、ジョナサン・ベイト『ロマン派のエコロジー』（一九九一）、カール・クローバー『エコロジカル文学批評』（一九九四）、ローレンス・ビュエル『環境的想像力』（一九九五）など、陸続として発表された新しい意識をもった研究書は、エコロジカルな思想の意義と形態をロマン主義時代とその前後の文学作品の中に見いだしていくことになった。エコロジカル文学批評、そして「エコクリティシズム」という用語が誕生したのもこの時期である。

こうした九〇年代の環境批評は、八〇年代から興隆し出した新歴史主義や新マルクス主義的批評に対峙し、その限界を乗り越えようとするものでもあった。そうした意識はとりわけベイトの『ロマン派のエコロジー』の中では明確に表明され、同書は「赤い批評」から「緑の批評」への移行を促す新しい時代の環境批評宣言となっている。しかし画期的と思われた九〇年代のエコクリティシズムにおいても、「自然」と「文化」を二分する考え方にもとづいている点ではそれまでの文学批評と変わらず、その限りにおいて環境と文学テクストの関係性に新たなメスを入れたとは言いがたい。ジェイムズ・マキューーシックによる『グリーンライティング――ロマン主義とエコロジー』（二〇〇〇）

は、ローレンス・ビュエル『環境批評の未来』(二〇〇五)、ティモシー・モートン『自然なきエコロジー』(二〇〇七)とともに、こうした「自然」と「文化」の二分法を乗り越える新しい視座を提供しようとした野心的な試みである。これら二十一世紀のエコクリティカルな洞察にもとづけば、外在する「基盤としての自然」と、それを感知し表現する「文化」、つまり「構築物としての自然」の差異化は無意味なものということになる。人間が生命体として、それを維持し育んでいる環境における物質・エネルギーとのエコロジカルな循環の中に含まれている存在である限り、自然と文化との境界は限りなく曖昧なのである。

生命が自然環境との絶えざる情報交換を行い、再生産をしていく過程で、その情報をDNAに刻むように、自然環境に対する感覚や知は、言語や文化の中にも刻み込まれていると言えはしないだろうか。それを文化論のレベルで解析しようというのが、本書を構成する論文群を貫く問題意識である。

三 「感受性」から「環境感受性」へ

この問題意識を顕在化させるキー・コンセプトの一つが「感受性」(sensibility)である。「感受性」は十八世紀半ばから十九世紀初頭にかけてのイギリスの文学や文化全般に浸透していたと考えられている内的美徳であり、すでに多くの研究がまとめられている。ジャネット・トッドはその文学的意義を『感受性序説』(一九八六)で包括的に論じ、ジョン・マランは『感情と社交性』(一九八八)でその社交的傾向を、C・B・ジョーンズは『ラディカルな感受性』(一九九三)において感受性の政治性を、またジョージ・バーカー・ベンフィールドは『感受性の文化』(一九九二)において感受性のもつ文化的価値と意義を詳細に論じている。

しかし、現代において感受性が重要なのは、自然環境や外的状況に対して生命体が繊細に感応する性質が重要な役割を果たしていることが明らかになりつつあるからであろう。環境汚染や有害物質の影響を受けやすい細胞や生物に対して感受性の要因を指摘する研究が環境学や衛生学の領域でなされており、その際に「環境感受性」(environmental sensitivity / susceptibility / sensitiveness) という用語が用いられる傾向がある。だが、それは十八世紀半ばから十九世紀にかけての文学・思想テクストに刻印された自然に対する人間・生物の感覚や感応についての表現にすでに包摂されているのではないだろうか。十八世紀初頭から人体の神経組織についての医学的研究が進展したことを考えれば、二十一世紀においてＤＮＡに与える環境変化の影響が研究されているのと同じように、ロマン主義時代の文学テクストに内蔵された環境についての「感受性」を「環境感受性」(environmental sensibility) と再定義し、その動態を文学・文化研究の立場から追究することは十分に意義をもつと言えるであろう。現に先に紹介した感受性についての先行研究には、すでにそのような問題意識の萌芽がうかがえる。その意味でテクストにおける「身体性」や「物質性」を問題とし、精神の実体的実現 (embodiment) を追求したアラン・リチャードソン、Ｊ・Ｒ・アラードらのロマン主義時代の脳科学の研究も、本書が論じる「環境感受性」と「エコロジーの詩学」の背後にある近年の研究的知見であると言えよう。

「基盤としての自然」でも「構築物としての自然」＝「文化」でもなく、両者の区別ができない生命と環境のエコロジカルな循環と相互依存の中にテクストを置き直すことで、文学的エコシステム、つまり人間存在と自然環境との確執と共存、影響と支配、生命情報の交換と流通が常に発生し、動いている渦のようなコミュニティーを文学・思想テクスト内から掘り起こし、明らかにすること。そこには環境感受性が巻き込まれ、変化を遂げ、そしてある文化的枠組みをとおして言語的に表出し、同時にその環境と文化を変容させていく感受性の動態がある。これが本書の基本理念であり、本書が確立を企図する新しい環境批評が取り組むべき課題でもある。

人間の社会活動が、環境や資源・エネルギーを損なうことなく、ともに将来にわたって持続的に発展・存続していく方法を模索している現代において、「環境」「感受性」「エコロジー」「詩学」という領域横断的なテーマを標榜する本書は、文学や思想を「閉じた」研究空間ではなく、環境に関連する他の研究領域にも「開かれた」空間としてとらえ、そこにおいて異種領域との共存と持続的発展が可能な研究手法を追求することを目指すエコロジカルな実践の場でもある。

四　本書の構成

環境と文化についてのこのような基本的理念を追求しつつ、環境批評や関連領域で議論されている近年の重要な論点を包摂するため、本書は全体を三部に分け、各々に三本ずつの論文を配し、テーマごとに十分な議論が行われるよう配慮した。

第一部「エコロジー思想の芽生えと展開」では、十八世紀初中期からロマン主義時代にかけてのエコロジー思想の萌芽と成立を論じたうえで、ロマン主義エコロジーの詩学が現代の環境芸術へ展開している様相を描き出した。第二部「動物と人間のあいだ」は、環境と人間を論じる際に不可欠な、動物に対する認識と感受性をテーマとし、菜食主義と反菜食主義をめぐる女性作家による食育思想を考察し、動物と人間の存在論的な差異と同一性についての議論の歴史を分析したうえで、近現代の動物に対する感受性の変遷を「イット・ナラティヴ」の視座から詳述した。第三部「環境感受性の詩学」は、環境感受性の文学的発現を、まずは前ロマン主義のクーパーが描いた「郊外」とその「癒し」の効果に求め、さらにワーズワス、サミュエル・テイラー・コウルリッジ、トマス・ド・クィンシーという主流ロマン主義作家のテクストにおいて分析した。そして最後に、十八世紀からロマン主義にかけて芽生え涵養された環境感受性が、次の時代に向けて展開していく様相を文学観光テクストの中に探っている。

各部とも、十八世紀における新しい感受性の芽生えからそのロマン主義における展開を踏まえ、現代にいたるまでの継承と変容をカバーし、環境感受性とエコロジーの詩学の現代的意義を問いかける構成となっている。以下、各部・各章のアウトラインを素描する。

第一部　エコロジー思想の芽生えと展開

第一章、植月惠一郎「ジェイムズ・トムソン『四季』と大気現象——自然の時間変化と感受性」は、いわゆる「叙景詩」のカテゴリーで十八世紀初中期を代表する作品、トムソンの『四季』を扱っている。『四季』は「春」「夏」「秋」「冬」そして「賛歌」からなる五〇〇〇行近い長詩で、ゲオルク・ヘンデル、トマス・ゲインズバラ、J・M・W・ターナーなどの芸術家に大きな影響を与えたことでも有名である。風景の描写にとどまらず、太陽系への言及、自然神学的な瞑想、庶民の生活の描写、狩猟の獲物となる動物たちへの憐憫の情、熱帯や寒帯の描写、果ては刑務所の虐待を調査する委員会へのエールなどまでもがちりばめられている。それゆえこれまでの研究アプローチも多様であり、ウェルギリウスの〈農耕詩〉の影響、自然神学や〈叙景詩〉の側面からの考察、ミルトンの影響と、さまざまな面が考察の対象となってきた。

しかしこの詩の基本的な性格に立ち返ってみれば、〈四季〉とは自然の時間変化のことであり、頻繁に描かれているのは、冬の雪、霰、夏の熱風、温和な気候、西風、凪、嵐、台風、黒い雲、稲妻、湿気、霧、晴れ、曇り、寒暖の差、乾燥といった大気現象である。にもかかわらず、そうした面に注目したまとまった研究はなかった。そこで本章では気象詩の先駆として『四季』を眺めることを試みた。また、〈風景〉や〈叙景〉という要素から、これまでは空間性に注目が集まる傾向があったが、一見支離滅裂とも言えるテーマの多様性を、自然の時間的推移への感受性を中心に一年の四季の変化にまとめて見せていることを、この作品の特徴として考察している。

産業革命は一七六〇年代から本格化し、それ以降地球温暖化が急速に進んでいると言われるが、トムソンの『四季』はいわゆる産業革命直前の気象と人間の営為の関係をおそらくほぼ忠実に記録した貴重な文学作品であり、環境感受性を生み出す嚆矢となった作品として重要である。

第二章、小口一郎「自然神学と人口論——マルサスと環境倫理」は、エコロジーとの関連でクローズアップされているマルサスの人口論を、環境倫理の理論的根拠の提供という観点から論じている。ティモシー・モートンはエコロジーの意識を支える要件として、環境をとらえる巨視的な視座と、環境内の構成要素が織り上げる共時的・通時的な相互関連の理解の二要件をあげている。本章ではこの提起を基盤としながら、自然神学、マルサスの人口論、そしてロマン主義の三つの観点から近代の環境意識と環境倫理意識の概念的な成立を考察した。

十八世紀の自然神学は、世界の隅々にまで神の恩寵が広まっているとし、自然の中に根源的な調和や理想状態への進歩を読みとっていた。その一方でこの調和的世界観の論理は、人間の行為は自然環境に根本的な悪影響を及ぼすことはないという考えを導き、環境における道徳的行為者としての人間の位置づけを否定する。あらかじめ調和が保証された自然環境に対して人間は倫理的な関係をもつことはなく、ゆえに環境倫理の意識は成立しないからだ。自然神学に影響を受けた当代の理論家たち、ウィリアム・ペイリー、リチャード・ペイン・ナイト、エラズマス・ダーウィンらの思想は、道徳的行為者としての人間像を否定することによって、環境倫理の発現を妨げるものであった。

これに対してマルサスは、人口増加の速さと食料生産の限界を指摘し、自然界には本質的な不均衡が存在すると主張することで、自然神学の調和的な世界観が成立し得ないことを説いた。人口の増加をとおして、人間は自然のエコノミーに負のインパクトを与える存在となるが、同時に、人間の努力はこの不均衡の影響を最小化することができるともマルサスは述べ、道徳的行為者としての人間は環境の中で重要な意義をもつと主張した。マルサスの論理は人口という切り口から、モートンの言う二要件に近い観点を導入することによって、人間が環境に対して意味ある行為者であり、同時に環境倫理を担う道徳的主体であることを明らかにしたのである。マルサスは、湖水派のロマン主義者たちからは批判の対象となったが、自然神学を乗り越え、環境に対する人間のインパクトの認識から環境倫理への途を切り開いたことで、ロマン主義と通底するエコロジーの思想家として再定義されることができるだろう。

第三章、金津和美「非‐場所の詩学――現代環境思想とジョン・クレア」では、イギリス・ロマン主義時代の詩人ジョン・クレアの詩想に共鳴した現代の作家・画家の作品に注目し、環境主義的に意義深い場所の感覚、あるいは非‐場所（“non-place”）の感覚がいかに表現されているかを検証している。

非‐場所とは、人類学者マルク・オジェがグローバル化によって世界的に均質化・画一化する現代の景観と、それゆえにますます希薄となっている人と場所とのかかわりを示して用いた言葉である。たとえばそれは、高速道路、航空路、スーパーマーケットなど、人が生をともにすることなく空間を行き来し、共存、共住することのできる空間を言う。景観の多様さと意義深さが失われた非‐場所という現代の問題に直面して、いかに場所に近接した倫理観をもち続けることが可能となるのか。二十一世紀の環境思想において、地球を一つの場所として思考する一方で、それぞれの地域の文化的・地理的多様性にも目を向ける新たな場所の感覚の創成が求められている。

　本章では、クレアの詩的イメージに二十一世紀の場所（あるいは非‐場所）の感覚をとらえて描き出した四人の現代作家・画家の作品に焦点をあてる。版画家キャリー・アクロイドは、クレアの詩を画面に刻み、大規模農業化による景観の画一化に警鐘を鳴らし、人と技術とのかかわりのあり方を問うた。また、イアン・シンクレア、D・C・ムーア、アダム・フォールズという現代作家たちは、クレアの散文「エセックスからの旅」における「故郷にて故郷なき者（ホームレス・アット・ホーム）」という主題をとり上げて、現代の都市環境に蔓延する孤独の狂気と、その絶望の淵にあって理想郷（ユートピア）を想像する希望を描いた。いずれの作品も二十一世紀の共生の場を思考する環境主義的想像力の実践として注目に値する。

　本章は、これらの現代作家・画家たちの作品における場所の詩学、あるいは非‐場所の詩学を考察することで、クレアの詩想の現代的意義を明らかにするとともに、ロマン派のエコロジーの再考を試みている。

第二部　動物と人間のあいだ

第二部は動物と人間をめぐる三つの考察から構成される。まず、第四章、川津雅江「動物愛護と食育――キャサリン・マコーリーの『教育に関する書簡』」では動物愛護精神の育成と肉食の問題について考察する。

十八世紀後期の教育書や児童文学はジョン・ロックやジャン・ジャック・ルソーの教育論に従って子どもに動物愛護の精神を植えつけることの重要性を繰り返し説いたが、その一方でほとんどのテクストはいわゆる反菜食主義を標榜する。たとえば、セアラ・トリマーが描く虚構の母親は、人間は自分の命を保つために動物を殺さねばならないが、動物が生きている間は決して苦痛を与えてはいけないと教えた。

マコーリーはこのような考えを退けて、動物に対する「あらゆる虐待」の中に肉食も含める。食育は仁愛教育の重要な一環だった。ただし、子どもにとって肉の味は自然ではないと言うルソーに賛同しながらも、ルソーのように完全に肉を断たねばならないとまでは主張していない。乳児には茶さじ一杯の肉汁を与えることを薦めるが、それは肉汁のアルカリ性が人間の乳の酸度を中和させるからである。もっと大きな子どもには、週三回までのよく火を入れた肉料理はよしとした。血のしたたる肉は「野蛮人だけにふさわしい食事」だからだ。また、若い動物よりも成長した動物の肉の方がよいと薦めたが、それは後者の方が滋養が高く、殺す際の残酷さの度合いも少ないからだった。

当時のイギリスは革命論争の最中で、食事の話題も政治的意味合いを帯び、フランス革命の平等主義を象徴するルソー的菜食主義が危険視されていた。そのような時代において、マコーリーの食育論は過激な政治性をできる限り和らげた実践的提案だったと言える。それでも、共和主義的歴史家であり、反エドマンド・バーク論者であったマコーリーは、子どもたちが滋養に必要な最小限以上の肉を食べることを控え、正しい道徳教育を受けて、常に動物に優しくする習慣を身につけたならば、彼らは社会の変化の担い手になることができると考えた。彼女は人間と動物が共存する平和な未来社会の実現を子どもたちに託したのである。

第五章、直原典子「ロマン主義時代の有機的世界観――S・T・コウルリッジを中心に」は、ロマン主義詩学・哲学の中核に位置するコウルリッジの、人間と動物を截然と区別する思想の歴史的な位置づけを探っている。本章の議論の出発点は素朴な疑問であった。われわれ人間は、世界の中で、人間というものを他の生物に対して、どのようなものとして、またどのような関係性をもつものとして、位置づけてきたのか、また位置づけるべきなのか。人間と動物との間に明確な線引きは可能なのか。ヨーロッパ思想史の中では、どのように考えられてきたのか。だがこれらの問題は、実は、簡単ではなかった。動物と人間との間に明確な違いがあると考えるか、否かは、背景にどのような世界観を懐いているかによって、時代とともに大きく変わってきたからである。本章は、この素朴な疑問を出発点にして、ヨーロッパ史における動物観と、背景にある世界観の変遷を考え、十九世紀前半のロマン派であるコウルリッジの動物観ならびに世界観を解明する試みである。

キーになるのは、人間と動物を分ける「種」の概念の有効性、「形相」と「質料」の二元論、そして「表象」と「現象」の関連をめぐる問題であった。アリストテレスからトマス・アクィナスにつながる「種」の概念は、種とは何かを決定する「形相」概念が、実体と一致するものであるという考え、すなわち形相としての「種」の概念の有効性への信が土台になっていた。しかし、中世末期、オッカムによる唯名論の出現によって、種の概念は実体と一致しているかどうかが、つまり、種の概念の有効性が問われることになった。

デカルトの思惟と延長の二元論とそれにもとづく機械論的世界観は、近代科学の発達に決定的な役割を果たしたが、個々の生物に宿る生命とは何か、という問いに対する回答は与えなかった。これに対し、ケンブリッジ・プラトン主義者のカドワースは「形成的自然」の概念を用いて、有機的世界観を構築することを試み、動物もその中に位置づけた。また経験論哲学者たちは、感受性に焦点をあてて、動物の生存権の概念を生み出すことに大きく貢献したが、その一方で経験論的視座においては、種の固定的な概念は崩れていく傾向にあった。

ドイツ観念論のシェリングの自然哲学と、それに共鳴するコウルリッジの生命論は、「形相」概念と実体とのズレ、「表象」と「現象」のズレを克服しようとし、弁証法的な進化と発展を遂げるダイナミックな統一的世界観を提示した。個体のもつ意味は全体とのかかわりの中でのみとらえられる、という考え方は、現代のエコロジー論に対しても、示唆的で、意味あるものと言えるだろう。

十八世紀後期における女性作家の動物観、そしてロマン主義哲学の生命・動物観を見たあとで、第六章、丹治愛「イギリス小説史のなかの動物文学――イット・ナラティヴから動物ファンタジーへ」では、十八世紀半ばから十九世紀にかけて興隆したこの物語形式を軸に、動物イメージの近代における通史を小説の中に探っている。

十八世紀半ば、遍歴するピカロ（悪漢）がみずからの体験を一人称で語るピカレスク・ノヴェルに、動物寓話、変身物語、動物民話といった伝統からの霊感も加わって、事物や動物を主人公／語り手とするイット・ナラティヴというジャンルが生まれる。そのなかから、動物愛護文化の新たな展開の影響下に、ピカロ的な動物ではなく愛護を要請するかわいらしい動物が登場し、ここに動物愛護的児童文学が生まれてくる。しかし十九世紀後半になると、動物愛護的児童文学はその教訓性を失い、ノンセンス性、ファンタジー性を特徴とする動物文学へと変容していく。

第六章は、アナ・シューウェルの『黒馬物語』（一八七七）を中心にして、そのような動物文学の歴史を通時的に追うとともに、産業革命以降の動物愛護文化の展開も視野に入れながら、動物のイメージの変遷を跡づけている。第五章では哲学史の観点から動物と人間のかかわりを論じたが、本章は、文学形式、ジャンル、そして動物像の通史的展開を跡づけることで、動物に対する感受性の歴史の別の重要な側面を照射している。

第三部　環境感受性の詩学

第三部は、郊外の自然の「癒し」という優れて現代的な現象の根源を、十八世紀詩人に探った第七章、大石和欣「病んだ精神と環境感受性――ウィリアム・クーパーの持続可能な詩景」をもって始まる。

病んだ心身にとってどのような環境が癒しとなるのだろうか。十八世紀詩人クーパーの生涯と作品はそうした問いに対してひとつのヒントを与えてくれる。平穏な田園風景に囲まれ包まれたオーニーでの生活は、福音主義への覚醒と同時に感受性の深化を促すものでもあった。メアリ・アンウィンの勧めもあって書き続けることになる詩作品は、心の平穏を希求する詩的精神がたどる環境感受の位相を提示してくれている。必ずしも恢復へといたることなく再び狂気へと陥ってしまったクーパーゆえに、壊れやすい人間の精神と環境との繊細な関係がその言説に記録されている。はからずもそこから見えてくる脆く不安定な環境感受性は、人間と環境との持続可能性、さらには文学の持続可能性について新たな問いを投げかけている。

本章ではクーパーの詩的言説を分析対象にし、感受性文化と不可分に台頭する十八世紀の福音復興との連関も考察しながら環境感受性を考える。一九八〇年代から盛んになった人間の心身と環境との関係を探る科学的な探究は、人工物が及ぼす否定的な影響を検証していくことになった。実際に十八世紀の富裕層は、悪化する都市環境から逃れて緑豊かな郊外へと移住をし始める。それは同時代に発達した神経学や生理学、さらには「絵のような風景」（ピクチャレスク）を賛美する審美理論の展開と軌を一つにしている。

クーパーは「隠居」においてこうした新しい「郊外」を風刺を交えながら謳っているが、それは悪化する都市生活環境において「健康」を意識し、追求し始めた新興中流階級の環境感受性を捕捉したものであったと言える。それと同時に、それは自然環境の中に安寧と幸福を見いださざるを得ない自分自身の脆い精神状態を裏返した人々に対する精神的救済の提供でもある。『課題』にはすべての人々に神の赦しがもたらされるというアルミニウス主義が根底を支えた宗教観があり、そこに自然環境の治癒力を認め、その動因としての神の慈愛と力を賛美する態度が見える。それは環境汚染が進む現代にとって持続可能な環境の可能性について示唆を与える詩景と言えよう。

第八章、山内正一「ワーズワスと環境詩――田園と都市のはざまで」は、第七章におけるクーパーの議論を受けて、イギリス・ロマン派の環境意識と美意識が協働して生み出す環境詩の特質に、ワーズワスを手がかりとして光をあてている。その際に、コウルリッジやド・クィンシーの作品を側面光として用いる。ワーズワスを座標軸とすることで、イギリス・ロマン派の環境詩学を効果的に論じることができる。だが、そこには陥穽も潜んでいる。一八〇七年の『二巻本詩集』あたりを転換点として、ワーズワスの自然観が変質をはじめるからだ。この変質は、徐々にワーズワスの立ち位置を自然詩人からキリスト教的色彩の濃い詩人へと変化させる。生活環境に対する――ことに田園と都市に対する――アンビバレントな姿勢ともあいまって、ワーズワスの変化は複雑な様相を呈する。

イギリス・ロマン派環境詩の宝庫である『リリカル・バラッズ』第二版（一八〇〇）の第一巻と第二巻の末尾をそれぞれ飾る、「ティンターン・アビー」と「マイケル」は、ワーズワスのパストラル詩の中心主題（「一つの生命」を介した、自然と人間の理想的共生のあり方の提示〉を作品化したものである。そこでは存在苦をとおして深化／進化する、自然愛と人間愛による〈癒しと救済〉の構図が示される。

『リリカル・バラッズ』制作中に構想が芽生えた『隠士』は、都市文明や人間社会の堕落を風刺する立場からパストラル風の暮らしの意義を明らかにし、人間社会の改善と救済を目指す哲学的長編詩となる予定であった。この野心的作品が未完に終わった理由として、都市に対するワーズワスの自家撞着的姿勢（嫌悪と愛着）をあげることができる。

都会への詩人の屈折したメンタリティーは、都会の批判と賞賛という矛盾するベクトルを作品の中に生じさせる。ワーズワスの環境詩学は、この意味で自己矛盾の詩学でもあった。ことはワーズワスだけにとどまらない。都市と田園のはざまに引き裂かれ、都市と田園の中間域である〈郊外〉に文筆活動と生活の拠点を求めた詩人たちすべてについて、程度の差こそあれ言えることであるのだ。

第九章、吉川朗子「文学観光と環境感受性の教育――ウィリアム・ハウイットをめぐって」は、十八世紀からロマン主義時代にかけてさまざまに展開した環境感受性とそのテクストが、どのように一般国民に教育をとおして普及していったのかを考察する研究である。第三部が論じてきたクーパーからド・クィンシーに連なるエコロジーの詩学が、そして第一部と第二部によって提起された環境感受性の諸相が、十九世紀英国においていかに自然環境に対する国民の感受性として継承され育まれたのかというテーマについて、国民の道徳教育に関心をもっていた社会改革者、ウィリアム・ハウイットの初期三著作を通じて一考察を加える。

一八三一年の『季節の本』では、都市化が進み自然から離れて暮らす人が増えるなか、都会人の心に自然愛を呼び覚ますことの重要性を説く。国民の幸福のためには自然に対する感受性を育てることが肝要とし、さまざまな詩の引用、木版画挿絵を交えながら、田園の暮らしを理想的に描き出す。この本は十九世紀英国における田園愛好ブームに大きく寄与した。『イングランドの田園生活』（一八三八）では、農村居住者までを含めた国民全体の感受性教育に関心を移し、読書を通じて自然愛を育む者の数が増えれば国民のモラルは向上し、国の繁栄につながると主張する。田園愛こそが英国の精神であると考えるハウイットは、田園愛の伝道者として博物学者や風景画家、詩人たちの功績を讃えるが、彼らの作品を広く伝える媒体として、安価な雑誌や版画挿絵、また文学観光の役割を強調する。『名所・旧跡めぐり』（一八四〇）では、近代英詩がいかに自然に対する感受性を目覚めさせたか、そしてそれらの作品の魅力は、蒸気船や鉄道という手段とあいまって、いかに多くの人々を旅行に誘い出しているかを例証する。彼はさまざまな文学ゆかりの場所を紹介するが、それは読者を作品の現場へ誘い込む役割も果たした。

ハウイットの社会改革の基本理念には、自然の感化力、人間の感受性、教育の力に対する信頼があった。彼は、自然の美や崇高を解する心は万民に内在する原理であるとし、これを十分育てることが肝要と考えていた。したがって彼の著作には教育的・啓蒙的配慮が随所に見られる。風景・場所と詩・物語が結びつけられることで、風景の味わい方、文学作品の読み解き方が指南されている。確かに中産階級的イデオロギーも垣間見えるが、ハウイットのような媒体的な存在によって、文学作品に示された自然に対する感受性が広く国民に涵養された点も、留意すべきだろう。

五　環境批評のさらなる展開のなかで

近年の文学批評や文化研究は先鋭化・多様化が著しい。環境文学批評も、一九九〇年代当初に比べ、めざましい質的発展を遂げたと言ってよいであろう。エコロジーの観点からのテクストの読み直しは、ロマン主義を、近代啓蒙主義が主導する自然科学（自然哲学）との関係において位置づけた。自然風景の再発見と密接にかかわり合う十八世紀のピクチャレスク・ツアーや、十九世紀の国立公園制度による自然の保全運動も、文学および周辺のテクストの中に詳細に検証されつつある。哲学的にはディープ・エコロジーのような環境思想を準拠枠として、文学テクストに表象されたエコロジー意識を分析評価する試みもあり、同時に現象学派が提起した生活・環境世界の視座からの高度なテクスト読解も成果をあげている。エコフェミニズムは、自然に対する文明側の態度に潜むマスキュリンな支配欲や暴力性を明らかにするとともに、女性作家のテクストをめぐるエコロジカルな意識を解明しつつある。動物愛護や動物の権利についての明示的発言や暗示的な態度も多くの作品の中に読みとられ、文学研究が動物文化論の主流をなす勢いを示している。もちろん、一見すると「自然」と感じられる言説に潜む支配・被支配のさまざまな政治的力学も、エコクリティシズムが先鋭的に取り組んでいる課題である。

本書の九つの章は、環境文学批評や環境文化論のこうした現代的な課題を念頭に、各々が独自のアプローチや観点からそうした課題に対して一定の回答を与えようとするものである。本書が全体としてどの程度有効な貢献となっているかは、最終的には読者の判断にゆだねたいが、文学・文化研究が手に入れたエコロジーという観点を今後さらに豊かにしていくような示唆や洞察を、少しでも提供できていることを執筆者一同心より願うものである。

第一部

エコロジー思想の芽生えと展開

第一章

ジェイムズ・トムソン『四季』と大気現象
——自然の時間変化と感受性

植月 恵一郎

一 はじめに——先行研究を中心に

ジェイムズ・トムソン（一七〇〇—四八）の『四季』（一七三〇）は、ウェルギリウス（前七〇—前一九）の直系たる〈農耕詩〉でもなく、単なる〈叙景詩〉でもなく、主として気象に関する詩であるというのが本論の趣旨である。捉えどころのない作品であるが、特にその大気現象の描写に注目し、『四季』は、自然の時間変化に対する感受性の表出であると考える。さらに愛国主義的部分も併せて『四季』を考えると、そこで展開されているのは、一種の温帯文明論でもあるように思える。地球温暖化が急激に加速したのが、産業革命以後とすれば、『四季』は正にその直前に書かれた重要な大気現象の記録でもあることを明らかにしたい。

作品の背景に関する古典的研究書では、アラン・マキロップがあるが、この取り止めのない作品を要領よくまとめているのは、やはりサムブルックの「序文」だろう。が、とにかく多岐に亘る全体像を箇条書きにしてみると次のようになるだろう。

> 『四季』の詩作動機や背景はいろいろ考えられる。(一)主に神の被造物の中に神を発見しようとする自然神学的衝動、(二)シャフツベリー的「熱狂」と博愛、(三)ニュートンの科学、(四)古典的だが世俗化した存在の連鎖の概念、(五)ウェルギリウスの『農耕詩』、(六)ミルトンの影響、(七)「詩篇」と「ヨブ記」の影響、(八)ロンギノスと「崇高」の概念、(九)地理的拡張意識。(Campbell 50)

最近の「自然神学」的アプローチでは、コネルがあり、第三代シャフツベリー伯(一六七一―一七一三)との関係では、イングルズフィールドが詳しい。作品の中でアイザック・ニュートン(一六四二―一七二七)への言及は、例えば、虹の七色を理解している知識人と美しい弓形の神秘をただ驚嘆して見つめる素朴な百姓たちと並列して記述している(「春」二〇三―一七)が、ニュートンの科学との関係に関する論文では、やはりコネルが多く扱っている。存在の連鎖については、とくに「夏」(三一八―四二)など数か所に言及があり、その造り主を熱烈に讃える旨が述べられている。

農耕詩との関連では、ニッチー、ダーリング、チョーカーなどを参照してもらうことにして(Campbell 70–71)、ここでは簡略に記すが、「こうした主題を、かの農事の詩人(プブリウス・ウェルギリウス・マロ)は、ギリシャ的情操で、優麗かつ雅趣豊かに、ローマ帝国繁栄のために、歌ったのだ」(「春」五五―五七)とか、「高潔なるブリトン人よ、農事を尊べ」(「春」六七)とあったり、「冬」の第二版序文で、『農耕詩』第二巻の一部十行程を英訳していたり、「干し草作り」(「夏」三五二―七〇)と「羊毛の刈り取り」(「夏」三七一―四二二)、「葡萄酒造り」(「秋」六八三―七〇六)などの場面を一応描いているが、そういう場面でも「トムソンはあくまで傍観者の立場を崩すことなく、田園で労働に汗を流す人々の姿を冷静に描き出すばかりで、役に立つ知識を読者に与えようとはしない」(海老澤 一三六)という農耕詩としては否定的な見解もある。『四季』が農耕詩かどうか大いに議論が必要だが、農耕詩のサブ・ジャンルでは最も重要な詩人の一人ジョン・フィリップス（一六七六―一七〇九）については、『林檎酒』（一七〇八）を「大胆にも、韻を踏まずに、英国らしく自由奔放に歌った我が国第二の詩人、ポーモーナの歌人、汝、フィリップスよ」（「秋」六四―四六）とあり、ジョン・ミルトン（一六〇八―七四）に次ぐ詩人と捉えている。しかし、少なくともフィリップスの『林檎酒』、ジョン・ダイアー（一六九九―一七五七）の『羊毛』（一七五七）、ジェイムズ・グレインジャー（一七二一―六六）の『砂糖黍』（一七六四）のようなウェルギリウス直系の農耕詩と比較すると逸脱する部分が多いと言わざるを得ない。

ミルトンについては、ユングやリードがあり、先行詩人ミルトンに対する影響の不安について論じたり（Walle 671–72）している。「ヨブ記」との関連では、トムソン自身「冬」の第二版序文で『農耕詩』と「ヨブ記」の影響を強く意識しており（Sambrook xxiv）、「崇高」に関しては、ゴットリープが議論している。さらに、『四季』は宗教詩（Campbell 65）であるとか、他に地誌詩・叙景詩との関連では笠原、ジョン・ロック（一六三二―一七〇四）の認識論と『四季』の眺望形式の間に通底を認める論文（小口）があり、絵画的な部分に関する論考（Jung）もある。

次に、テーマ別ではなく、時系列順に辿ってみよう。スウィフト（一六六七―一七四五）は、『四季』を好まず、描写ばかりで行動が何もないと述べ（Keenleyside 451）、一七五三年ロバート・シールズ（？―一七五三）は、何らの計画もなく書かれたように思えると批判しているが、一七七八年ジョン・エイキン（一七四七―一八二二）は、統一も取れ、全体としては理解可能と肯定的に見ている。一七八一年サミュエル・ジョンソン（一七〇九―八四）博士は、一年の季節の変化の多様性を述べたものであると一応褒めた後は批判的である。

『四季』の最大の欠点は、とりとめのないことだ。これは救いようがない、突然現れる描写に何ら規則性もなく、記憶にも残らず、緊張感や期待で好奇心がわくこともない。(Johnson 359)

一七九三年パーシヴァル・ストックデイル(一七三六—一八一一)は、暗にジョンソン博士を非難し、『四季』は、素っ気ない形式的な衒学者以外、分別があり教養ある批評家ならどんな人も、どんな読者も、望みそうな秩序も方法もじゅうぶん持っていると取り敢えず肯定的である。

十九世紀になって、一八〇六年、ある批評家は、詩全体に浸透している並外れた支離滅裂さを根本的な欠点と呼んでいる (Campbell 72)。一八九九年のヘンリー・ビアズ(一八四七—一九二六)は、叙景詩の単調さを補うために、トムソンは道徳化した脱線を導入したとしている。

二〇世紀には、一九一九年エリザベス・ニッチーは、トムソンの基本的な目的は、教えるより叙述することにあったとし、一九五三年アール・ワッサーマンは、十八世紀以前の「聖なる対比」の影響がトムソンにはまだ残っているとして、『四季』の中で事実と解釈をうまく融合できていないことを合理的に説明した (Wasserman 40)。一九五九年、マージョリー・ニコルソンは、トムソンは、全体として、自然が人間の魂に与える影響を内面化するよりも新しく、拡大し、多様化する自然をデッサンし、それに色を付けることに満足していたと述べ、一九七〇年ラルフ・コーエンは、『四季』は、叙景ではなくむしろ宗教的教訓詩であると述べている (Campbell 60–61)。コーエンらまでは、詩を全体として、歴史的文脈でとらえようとする傾向が強かったが、最近ではユングらのように各々の季節についての個別的分析が多いという指摘もある (Walle 668)。

本論は、広義には〈叙景詩〉と解釈する文脈にあるが、トマス・ゲーンズバラ（一七二七―八八）などに影響を与えたと言われるような、単なる風景詩としてではなく気象詩として解釈を試みるものである。イギリス・ロマン主義と科学の関係を扱った浩瀚な批評資料集『ロマン主義と科学一七七三―一八三三』（全五巻）でも、化学、植物学、医学などについては、多くの記述を割いているものの、気象についてはほとんど触れておらず、同時に気象への関心を喚起するものでもある。

二　風と四季と大気現象

大都会の教会の大規模なミサに集い、聖歌を歌い神を賛美する人たちの描写に続いて、田園を好む者には、「羊飼いの葦笛や、乙女の合唱や、霊感を促すセラピムや、詩人の竪琴に巡る季節の神の歌を歌わせるがいい」（「賛歌」九一―九三）と述べた後で、トムソンは自分のお気に入りの主題は、春夏秋冬であると言う。

私の場合、もし私が気に入りの主題、
百花繚乱の春や、強い日差しで草原も
涸れる夏や、野の麦が輝き実る秋や、
荒天の冬のことを語れないのなら、
何も言わず、想像力も働かない方がよく、

おまけに心臓も止まった方がいい。(「賛歌」九四—九九)[1]

もし四季が歌えないのなら死んだ方がましとは、文字通りに解釈すれば、命に代えてでもそれを歌いたいという決意表明でもあろうが、ここで注目したいのは、確かに田園でも「季節の神の歌」を歌うのだが、実際、都会でもなく田舎でもない千変万化する四季の自然そのものを描きたいという強い衝動を感じる点だ。

『四季』の中に「四季」という言葉は二五回ほど登場するが、とくに四季の発生に関して、トムソンは次のように述べている。

以来、四季はかつてない勢いをもって、
裂け崩れた地球を傷めつけた。厳しい冬が
雪や霰をどんどん振りかけて来て、夏は疫病を
運ぶ、熱風を浴びせて来た。それまでは、
春の女王が一年中を緑に染め、果実や花が同じ枝で、
和気藹々のうちに、見事に色づいていた。
温和な大気は澄み渡り、穏やかな西風が
青い大空の中で吹くだけで、どこもかしこも、
絶えず凪が支配していた。嵐も吹きまくる術を、

台風も猛り方を当時まだ知らなかったから。
海も眠るがごとしであり、薄気味悪い黒い雲も
空に広がる事も、稲妻を飛ばすこともなかった。
健康に悪い湿気も、秋の冷たい霧もないため、
命のバネが緩み弱まることもなかった。
だが、今や、晴れや曇りや、暑さだの
寒さだの、乾燥だの湿気だの、混沌とした
元素の戯れによって、内側から蝕まれつつ、
次第に衰えて行く我々の命は無に帰して行き、
十分始まらない内に終わってしまう。（「春」三二六―三四）

ここでまず注目したいのは、「四季」とは言うものの、冬の雪、霰（あられ）、夏の熱風、温和な気候、西風、凪（なぎ）、嵐、台風、黒い雲、稲妻、湿気、霧、晴れ、曇り、寒暖の差、乾燥と湿気への言及であり、言い換えれば、これらはすべて大気現象であることだ。

引用の最初の「以来」というのは、大洪水後のこと、黄金時代から鉄の時代に移行して以来の謂いである。神話と聖書の一致する箇所でよく言及されるエピソードであるが、堕落から大洪水に至り、地軸は傾き、楽園的常春ではなく四季が発生する。気候天候は変転を極め、人間生活にも強い影響を及ぼし、天寿を全うすることもできなくなって

しまった。ここに描かれている四季は、この上なく過酷な環境に思えるが、次に注目したいのは、季節への言及が「冬」から始まっていることだ。『四季』は、「春」から季節順に書かれたのではない。トムソンがまず着手したのは「冬」（一七二六年初版）であり、その後「夏」（一七二七年初版）、「春」（一七二八年初版）、「秋」（一七三〇年初版）と続く。右の一節で言及された季節の順序と、それぞれの初版刊行年順の一致は、単に風景描写ではなく、詩人が関心を抱いた季節には順位があり、その変化そのものを詩人は歌いたかったのだと推測する根拠の一つとしたい。

ところで、「昔は、風と天気は一つのことだった。そして「今では風の社会的地位は低下してしまったが、その重要性は依然として実に大きい。気候や我々の健やかな生活を左右するものとして風ほど大切な要素はない」（ワトソン、上六七）。英語ではウィンドとウェザーという二つの単語を入れ替えても同じような時期があった……」（ワトソン、上六七）ことは明らかだろう。地球の熱循環を促しているというだけではなく、微風は我々を癒してくれるだろうし、大風からはエネルギーを取り出すことも可能だ。

ギリシアの風神「アイオロス」の初例は、一五九八年だが、英文学では初めて「風神の琴」に言及した「風神の琴に寄せるオード」（一七四八）を書いたトムソンは、おそらく、スウィフトの『桶物語』（一七〇四）第八節で諷刺的に描かれている、万物は〈風〉であるとする唯物論的一元論の一派である風神派と、後のサミュエル・テイラー・コウルリッジ（一七七二―一八三四）の「アイオロスの琴」（一七九六）のほぼ中間に位置している。つまり風の哲学的捉え方と文学的捉え方の間にトムソンは位置している。本論では、エイブラムズ (Abrams) の古典的名著のように、詩人と風の関係を象徴的に捉えるのではなく、風はまず物理的な風と見做すところから始めたい。

ウィリアム・ダンピア（一六五一―一七一五）は、海洋探検史では、サー・ウォルター・ローリー（一五五四―一六一八）とジェイムズ・クック（一七二八―七九）の間の最も重要な一人と位置づけられ、ダニエル・デフォー（一六六〇―一七三一）の『ロビンソン・クルーソー』（一七一九）のモデルと言われるアレグザンダー・セルカーク（一六七六―一七二一）とも深く関わる人物だが、暴風雨が北半球では反時計回りの風系であることを一六八七年に発見した人でもあり、この発見とサー・フランシス・ビューフォート（一七七四―一八五七）の風力階級考案との間に『四季』の〈風〉と、風が大きく作用する天気や天候がある。

トムソンの意識ではおそらく四季に関して最初に位置する「冬」の冒頭は、やはり次のように大気現象から始まっている。

　　見よ、冬の到来を。変化する一年を支配するため、
　　どんよりと悲しく、そして立ち込めるお供を
　　皆連れて。霧と雲と嵐だ。これらをわが主題とせよ。
　　これらこそ、厳粛な思いと神聖な瞑想へと
　　魂を高めてくれる。（「冬」一―五）

苛酷な自然現象は人間にとって辛く有難いものではない。しかし、それを詩の主題とすることにより、人知を越えた神々の次元に思いを馳せ、魂を高めようという趣旨らしい。確かに、「まずトムソンが冬について詩を書いたことは、興味深く思われる」（大日向 五九四）のだが、中でも冒頭から霧、雲、嵐を取り上げていることに注目しておきたい。

春になると、今度は穏やかな大気現象を中心とした風景が描写され、『四季』の中では気象と一体化した次のような風景描写がパターン化しているように思える。

かくてひねもす、空一面に広がった雲が、
恵みの雨をたっぷり降らし、水浸しの大地が
分厚い豪勢な植物の衣装に覆われる。
やがて、夕刻、西空の中で、夕日を受けて、
真っ赤に染まった、ちぎれ雲の間から、
沈みゆく太陽が目映い顔を覗かせるのだ。
その素早い光線は、あっという間に、
山々を真っ赤に照らし、森の中に射し込んで、
湖の水面に揺らめき、果てしない平原に、
うっすらと立ち込める靄を黄ばめたり、
露けき木の芽を無数の宝石の如く輝かす。
水と光と緑に溢れ、風景全体が嬉々としている。
森はこんもりと茂り、野鳥たちが目を覚まし、
一際高まった川のせせらぎや、遥か遠くの

丘で鳴くメーメーという声や、谷から、
答えるモーモーという声と合唱になり、
それらを纏めて、清々しい西風が立ち現れる。（「春」一八五―二〇一）

一面に広がる雲から雨が降り、それと「植物の衣装」との関係、目映い夕日や靄（もや）と樹木の描写の関係、西風と丘や谷の家畜たちの関係などのパターンである。風景描写が常に大気現象と共に語られている。

三　自然の時間経過に伴う変化に対する環境感受性

実際、『四季』には、雨、風、雲、雪、雹（ひょう）、霰（あられ）、凪、雷などの大気現象に関しての言及は夥しいことは周知の通りであるが、これが風景描写との関係については次のような指摘がなされている。

トムソンは山々をより精確に、荒天の、陰欝な冬の美しさの中に描いている。彼は一つの特別な風景を描くのではなく、山と川、森と小川のある一般的風景を異なった気象条件の下で描いているので、その詩は一連の絵となっている。ダイアーは夏の盛りの山を描いた最初の人であるが、景色を多くの明るい色彩を使って穏やかな夏空の下に描く。彼はただ囀る鳥の快い歌声と花の芳香だけを言い、その他のものについては、描く絵には平穏と静寂とを表現している。トムソンの絵は主として黒、白、灰色で塗られ、時に明るい輝きによって生き生きとした

色になるだけである。彼の詩には強風の唸る音、水の音、雲の動き、風に揺れる森の動きがたくさん描かれている。（門井 四三）

ここではダイアーとトムソンが比較されている。前者は、鳥の囀りや花の芳香と共に夏山を描くだけだが、トムソンの場合、「一つの特別な風景を描くのではなく、……一般的風景を異なった気象条件の下で描いている」のが特徴である。つまり、すでに見て来たように、『四季』には「強風の唸る音、水の音、雲の動き、風に揺れる森の動きがたくさん描かれている」ことになる。

森松は、トムソン論の中の「絵画を超えた時間的変化の描写」と題した一節で、『四季』の春雨のあとの夕日の描写を取り上げ、

勢いよく届く夕日の光輝は、即刻、山に突き当たり、
山を光る物体と化し、次いで森の流れの合間を通ってくるので、
水路の上で揺らめく。そして限りなく続く平原の上で、
夕日は黄色の霧となって遥か彼方まで霞ませて、
雨のあとの水玉の宝珠たちを星と輝く幾千の光源と化する。（「春」一九二―九六）

を引用した後、次のように述べている。

雨のあと、それまで黒々としていた山を光る物体と化するという表現は、絵画的であるとともに時間の経過とそれによる変化も描く点で、絵画を超えている。また引用の最後の二行はとりわけ、常套句で満ちていた《牧歌》の伝統から遠く隔たった、新たな観察の眼、絵画では描けない微細な自然美を表現して見せてくれる。

（森松　三三八）

この指摘にあるように、トムソンの描写は、一幅の風景画であると同時に、「時間の経過とそれによる変化も描く」ことが、『四季』の大きな特徴の一つだと言えよう。結局、大気の変化を一瞬で捉えられるはずもなく、時間経過の中で変転する様子を描く以外になく、風景画家ジョゼフ・マロード・ウィリアム・ターナー（一七七五―一八五一）への大きな影響も肯けるだろう。

一般に環境感受性というと、環境という言葉自体が空間的概念に重きを置いていると直観的に解釈されるために、一つの場所やある領域、空間での感受性を想起する傾向が強い。自然保護地域や生物多様性に富んだ場所などへと思考が向かうのだが、自然の時間的推移への感受性を一年の四季の変化にまとめて見せた作品はそれほど多くはないと思う。いわゆるトポスではなく、こうした自然の時間の変化に対する環境感受性こそ、俳句の季語や二十四節気七十二候に分割して自然を享受する日本的感性に大いに通じる部分であろう。『四季』の自然観を、ラフカディオ・ハーン（一八五〇―一九〇四）が多々共有しているという指摘もある（先川　一四）。

偉大なる我らが母、自然よ、汝の休みなき手は変化に富む一年の四つの季節を見事に繰り返す。
汝の御業は何と力強く荘厳であろうか。
それらは何という畏怖と感動を我に与えることか。
見るものすべてに驚嘆し、驚嘆の余り歌が出る。
荒々しい様相を帯びて、今しがた吹き始めた、
君ら、強風どもよ、どうか、教えてくれたまえ。
君ら、力強き現象よ、君らの拠点はどこにある。
次々と恐ろしい嵐の威力を発揮できる、
こんな大量の空気の貯蔵はどこでされるのか。
凪の時は、遠く離れた、大空のどんな
地点で、しーんと押し黙って、休んでいるのか。（「冬」一〇六―一七）

こうして詩人は、「一年に四つの季節を見事に繰り返す」母なる自然の御業の荘厳さに対する畏怖と驚嘆をひたすら作品化していくだけなのだが、さらにその関心は、強風の「拠点はどこにある」のか、嵐の際の大量の空気の貯蔵はどうなっているのか、逆に凪のときはどこで休んでいるのかという問いかけから、いよいよその根源へと向かうことになる。

四　「四季」の父〈太陽〉から神へ

本節で太陽から神へあえて言及するのは、四季の背景にある原動力にまでトムソンが言及しているからだ。ただ、詳細に議論しようとすると、すでに数多く議論されている自然神学の領域に踏み込まざるを得ないので、作品の該当部分だけを列挙する形で見ていくことにする。まずは、太陽賛歌から見ていただこう。

森羅万象を活気づける、唯一、
最良、光の本家本元なる陽光よ。
聖なる輝きよ、自然の目映いマントよ、
汝の美しいヴェールがなければ、全ては
闇なる混沌に覆われよう。汝、太陽よ、
汝を囲む惑星たちの力の源よ、汝こそ輝ける
汝の造り主の化身だ。汝を歌わせ給え。
硬い鎖に縛られたかの如く、神秘的で、
強大な、汝の引力で、全太陽系が
公転しているのだ。延々三十年かかって、
汝の周りを一回りする最果ての土星から、

汝に余りにも近い為に、汝の光輝に埋もれ、
その丸い輪郭が、科学者にも見分け難い、
水星に至るまで、悉く。（「夏」九〇―一〇三）

太陽光が万物を活気づける唯一、最良、本家本元であることが、特に闇との対照で強調され、「造り主の化身」とまで称賛される。ニュートンの発見した引力にも言及されており、それによって太陽系の公転が保障されている。水星から土星に至る当時の太陽系全体にまで言及し、視点は地球だけに留まらない。

これら感星群の活力の源よ、
活気を注ぐ汝の光なくば、この馬鹿でかい
球体も不毛、不活性の、堅い石の塊にすぎず、
今の如き緑溢れる生命の住処ではない。
何と多くの生命体が汝に依存していることか。
呼吸する精霊よ、汝に浄化され、
足枷の外れた霊的存在から日々出会う種族、
夕日に映える入り混じった種々無数のものまで。
広大なる領土の中を、年々歳々、

万象を喜ばせながら、光栄ある黄道を、
厳かな姿で巡り進む、王なる汝の君臨を待つ、
華やかな天然現象に先立ち、現れる、
四季の父、太陽よ、植物界も汝のものだ。（「夏」一〇四―一六）

「活力の源」である太陽がなければ、地球も岩石だらけの不毛な天体になってしまうことは、我々には周知のことだが、動植物をはじめとする生命体の拠り所であり、ここで太陽を「四季の父」と呼んでいる。

一方期待に胸膨らませる、世界諸国民も、
実り豊かな大地に育つ、動植物に囲まれ、
汝の恵みを乞い願い、感謝をこめて、
同様の賛歌を送る。空では、汝の輝く戦車の
周りで、四季が、旋律豊かな楽しい踊りに
打ち興ずるかのように、紅肌の曙や、
自由奔放な西風や、時節にあった雨や、
霊妙な花の如き、足取り軽い露や、
陰険な嵐を宥め賺して連れてくる。

これらが逐次やって来て、労わるように、
薬草や花や果実といった、美しいもの、
薫り高い物を潤し、それらが汝の光を浴びるや、
辺り一面、尚一層華やかな世界となる。（「夏」一一七—二九）

本節最初の引用で太陽系、続く引用は地球そのものへと視点が移動し、右の引用では、「実り豊かな大地に育つ動植物に囲まれ」た世界の人間たちに言及しているが、やはり、曙、西風、雨、露、嵐といった大気現象を描写した後、太陽の光を浴びる大地の実りを言祝いでいる。『四季』の特徴の一つは、「自然界のいくつかの基本的で著しく強調される位相、とくに嵐、鳥、日の出日の入り、そしてイギリスの風景の反復にある」(Campbell 79) ことは疑いない。

右の引用の直後、さらに当時の考え方にしたがって、トムソンは、太陽光熱の地下への影響にまで言及している。「野や山の、木々が生い茂り、草花が咲き乱れる、生気盛んな大地の表面だけに、汝の光の力は限られている訳ではなく、地球の内部の奥深くまで、染み入って、ありとあらゆる鉱物も形成してしまうのだ」（「夏」一三〇—三四）と述べ、地表面だけでなく大地の奥深くの生成にまで太陽は影響を及ぼしており、鉱物では、大理石、ダイアモンド、ルビー、サファイア、アメジスト、トパーズ、エメラルド、オパールなどの色と美しさ、人間生活との関係などがそこで描かれている。トマス・バーネット（一六三五—一七一五）が『地球の神聖な理論』（一六八一）で、アリストテレス（前三八四—前三二二）に倣って太陽光線の地下浸透力によって鉱物が造られる事を論じたのを、トムソンは反復している。

話題は地下にまで及んだが、天体から人間まで視野に入れる次の一節もやはり、『四季』で繰り返される主要なパターンであろう。

今や仲良しこよしの双子宮から太陽が出て、
巨蟹宮が日の光で真っ赤に染まると、
不気味な夜の支配がすっかり短くなる。
やがて来る日の出を予告するように、
露の母、柔和な眼差しの曙の女神が現れる。
初めは斑模様の東の空にうっすら閃き、
やがて上空一面に赤々と燃え広がり、
そのあでやかな顔を覆っていた、
白雲がちぎれ離れる。すると忽ち、大急ぎで、
色黒の夜が退く。朝日がさーっとさし入り、
草原が次第に広さを顕して来る。
露したたる岩壁や靄のかかった山の天辺が、
益々はっきりして、暁光に照り輝いている。
薄明かりの中で青く、煙り立つ靄が光っている。

糠穂草の草原から、臆病者の野兎が一匹
ぴょこぴょこ跳び出し、林間空き地の中を
野生の鹿が跳ね行き、時折、振り返って、
こちらを見ている。純真な歓喜を
歌う鳥の声、森の音楽が目を覚まし、
森林全体に聖歌の大合唱が沸き起こる。
雄鶏に起こされた羊飼いは急ぎ身支度をして、
彼の長閑な生活の場、苔生した小屋を離れ、
ひしめき合う囲いから羊たちを追い出して、
朝の新鮮な緑草を食べさせに出かける。（「夏」四三―六六）

夜の支配を脱して、輝きだす朝日。日の出も白い雲や露の状態を描写しながら同時進行で述べられている。露、靄、霞などの中から野兎、鹿、鳥など次第に視点は地表面の個々の生命へと移動し、最後に人間羊飼いの登場となる。何度も反復されるこのパターンは、実は我々がよく知っている地球での創世の順が繰り返されているに過ぎないのだが、大気現象の時間経過に伴う記述は、『四季』の顕著な特徴の一つであろう。

とらえどころのない作品『四季』だが、四季の変化は「一貫」している。それを「寸分の狂いもなく、造り出し続けている者」こそ、神なのだ。

日々労苦に明け暮れる人類を、そして、
彼らの労働の成果を、次々と消し去ってきた、
何千年もの時の流れの中で、堅固に、辛抱強く、
無類の力で、絶えず働き続け、昼夜の、
そして、何気なく繰り返す四季の、
一貫した変化を、寸分の狂いもなく、
作り出し続けている者こそ、この自然界を
等しく、動かし、支配する全能の神なのだ。（「夏」三五―四二）

この世は「複雑怪奇な現象世界」なのだが、それは「完璧に」造られている。「心清き者」だけが、その被造物の中に神を垣間見ることができる。

感じるが聞こえない、力強い言葉で、
空を飛ぶ鳥たちに知らせ、彼らの胸中に、
これら愛の技を吹き込むのは、神以外にない。
無限の霊と減退することなき活力を
世に浸透させ、調整し、維持し、

万象を活動させる、力の源なる神だ。
神は絶えず独りで働くが、独りの
仕事とはとても見えない。それ程完璧に、
この複雑怪奇な現象世界は造られている。
だが隠れてはいても、心清き者は
この力の作者の姿を作品中に垣間見る。
特に、麗しき春よ、汝の美しい情景の中に、
神のほほ笑む姿が見える。水も、大地も、
大気も神の恵み深さを如実に示し、
それで獣たちもそれ程情熱的になるし、
汝が来る度、繕いのない彼らの心が
優しさと喜びに満ち溢れるのだ。（「春」八四七―六三）

五　感受性と慈悲心

本節では、大気現象などへの細やかな感受性と生命体への慈悲心との関係について述べようと思う。まず次の引用で、虫や微生物に対するトムソンの鋭い観察眼を見て頂きたい。

地上の虫たちは何やら声を交わし合い、
真昼時森の中を散策する者には、更に、
小川の上に枝垂れる、柳の木に
寄り掛かり、木陰で、のんびりと、
うたた寝をしている、羊飼いにとっても、
その不断の合唱はなかなか楽しいものだ。
これらから顕微鏡でも見えない微生物に至る迄、
どれ程多くの命が存在するのか。
自然は正しく生き物だらけだ。父なる天帝が、
その生命の息吹を吹き込んでくれるのを、
驚くべき集団をなす動物たちも、
微生物も待っている。汚い水に浸る
湿原は、白々と、有毒な生命ガスを
発散している。如何せん太陽の光も
届かない、地下の穴倉の中にも、大地は生命の
息吹を放出している。花びら一枚にも
柔らかい住民が宿っている。安閑と、

でこぼこの要塞のような石一つにも、
夥しい数の生物がいる。だが特に森の中で、
そよ風と戯れて踊る、数限りない木の枝や、
花の咲く果樹や、熟した果物の柔らかい
果肉を、肉眼では判別できない程小さな、
名もなき虫が食べている。全面緑に
覆われた池の中にも、目には見えぬが、
浮草の間に、無数の生物が棲んでいる。
塩辛い水にも、甘い水にも、辛い水にも、
さわやかな水にも、美味しい水にも、
様々な形の微生物が夥しくいる。水晶の如く、
綺麗な小川にも、澄んだ大気にも、
何も存在していないように思えるのだが、
見えない生き物がたくさんいるのだ。これらは、
創造主、神の御業により隠されているため、
粗末な人間の眼では見えない。（「夏」二八一―三一三）

こうした肉眼でも把握しにくい微生物の存在に対する驚嘆は、何やらヴィクトリア朝に大勢がルーペを持って野に出かけ自然観察に興じたという、博物学が大流行した一節を思わせる (Merrill 1989)。『四季』でよく引用されるのは、狩の獲物である鳥、野兎、鹿などを憐れみ、野蛮なスポーツである狩猟を批判している箇所（「秋」三六〇—六〇九）であったり、肉食を批判し、食べられる動物を憐れみ、菜食主義の提唱者である「サモスの賢者」ピタゴラス（前五八二—前四九六）に言及している箇所（「春」三四〇—三七八）、一見やや滑稽にも思えるのだが、釣り針に餌として蚯蚓（みみず）を付けることを禁じる箇所（「春」三八八—九三）などは、文字通り解釈すれば、右の引用の虫や微生物に対する感受性と通底している。たとえば、崇高やピクチャレスクで言及される作品と比較すれば、トムソンの特徴がよく分かるだろう。前者ではほとんど風景の美的側面しか関心はなく、たとえそこに動物がいても無視される存在であった。しかしここではふつう見えないはずの微生物まで見えている。今まで見えないものが見えたという点でそれに対する〈感受性〉はそこに存在するはずだ。

さらに、最愛の妻や幼い子供、友人たちを思いながら、吹雪で遭難し、凍死して行く羊飼いを憐れんだ箇所（「冬」二六五—三二一）などが挙げられるが、おそらく最も違和感を拭えないのが、「人道上の配慮から、刑務所内の酷い仕打ちを調査した」刑務所調査委員会の箇所であろう（「冬」三四八—八八）。これは、初版にはなく、その後追加されたエピソードで、いわゆる季節とは一見全く関係ないように思える。

この点で、私は、人道上の配慮から、
刑務所内の酷い仕打ちを調査した、寛大なる人たちのことを忘れることはできない。
哀れな囚人たちが、寒さに震え、病に
冒され、飢えと喉の渇きに苦しみ、不当に
鞭で打たれても、全く不問に付されてきた。（「冬」三五九―六四）

「この点で」というのは、この一節の直前にある次の記述である。

人間に情があり、
人生を絶えざる戦い、労苦と苦悩と
悲運に満ちたものにする、これら
無数の社会的不幸を慮る心があるなら、
悪い役人どもも平然としていられまいし、
無鉄砲な衝動的人間も思慮深くなって、
思いやり豊かな精神が社会に漲り溢れ、
民間に広く福祉が浸透していき、
痛み悲しみを分かち合う気風が増し、
次第に、円熟した理想的社会を

人々が挙って築き上げることだろう。（「冬」三四八―五八）

人の「情」と「社会的不幸を慮る心」が当時の多くの人々に欠けていると詩人が認識したからこそ、その二つの気持ちが「あるなら」という条件節になる。そうなれば、人も「思慮深く」なり、「思いやり豊かな精神」が社会に溢れ、福祉は浸透し、「痛み悲しみを分かち合う気風」が増大し、「円熟した理想的社会」に近づくと主張し、こういう人道的配慮から、刑務所内の虐待に対する調査が行われたという。

どの道もどの公的会合も万人に
開放されている、この地、自由の国に
ありながら、暴虐が行われてきた。
飢えたものから僅かばかりの食物を奪い去り、
冬でも、身に纏ったぼろ服を引き裂いて、
せめてもの安らぎである眠りをも許さず、
自由の民なる同胞を牢に幽閉するのみか、
虐待がまかり通る時勢となり、
勝手に不名誉な横縞服を着せて差別し、
お国のために骨折り、血を流してきた同胞を、密かに残忍な方法で、責め苛んできたのだ。
注意怠りなく、公明正大に
しっかり行われれば、大した進展である。
情け深き諸君、是非調査を続け給え。
法の鬼どもを引き摺りだして、
奴らの手から惨たらしい鉄棒をもぎとって、
与えた痛みを奴らにも味わわせてやれ。(「冬」三六五―八一)

法的手続きに則って調査し、まかり通っている虐待を阻止し、その当事者に思い知らせてやることまで提案している。

尚もやるべきことは多い。この腐敗時代に
憂国の士の尽力を必要とする点は多い。
(悪賢い連中が巧みに事実を歪め、
単純な裁判を引き伸ばして、取引すべく
でっち上げて来た)法の網がすべて
取り払われて、誰もが正義のもとに裁かれる
日が来たら、何と名誉なことであろう。(「冬」三八二―八八)

本節では、「夏、春、秋にはこういう具体的な社会批判はないのは何故か」（大日向 六〇四）という問いに有効な回答は残念ながら用意できていないのだが、神の被造物に対する感受性、とくに自然の時間的推移に対する洗練された感受性などから、動物に対する憐憫の情、囚人に対する慈悲心などへ至ると仮定している。慈悲心があるから感受性が豊かになるのか、感受性が研ぎ澄まされているから慈悲心が涵養されるのかは不明だが、おそらく古代・中世にも慈悲心そのものはあったはずであり、自然環境を始め、動植物など生命体に対する感受性が変容したと考える方が自然だろう。

六　環境決定論としての『四季』

本論最初に引用した九つの分類のうち最後の九番目の「地理的拡張意識」は、『四季』の「夏」では熱帯に言及し、「冬」では寒帯に言及したりしており、もちろんそれが直ちに帝国主義とは結びつかないものの、当時の愛国主義や社会的文脈と併せて考えると頷ける部分もある。本節で考察しておきたいのは、『四季』が単にそれぞれの季節の気候天候、風景描写に終わらず、何箇所かでイギリスを賛美している点である。

今や英国は揺るぎなき統一国家となって、
富も商業も世界に冠たる絶大な繁栄を遂げ、
われらの労働を、公平な法と

自由が見守っている、驚異的世界である。（「春」八四二―四五）

こうした国家賛美が、四季やそれに伴う地道な人間活動の間に象嵌されている。この一見愛国主義的称賛と四季がどういう関係にあるのだろうか。最もよく引用されるのは、次の箇所であろう。

質素な生活だ。だが、だからこそ、
英国は威厳を世に示し得、より温暖な
国々の高価な産物、温和な太陽の
贈り物をわが物とできるのである。
だからこそ、文化や、労苦や、技術で、
世界に名をとどろかし、その恐るべき雷鳴が
海を越えて荘厳に鳴り響き、この瞬間も、
ガリアの岸辺に襲い掛かりつつあり、
七つの海を支配し、世界を戦かせている。（「夏」四二三―三〇）

地理学者エルズワース・ハンティントン（一八七六―一九四七）は、「文明を発達させる引き金となったのは一様な『理想』気候よりもむしろ、変化に富んでいて刺激に満ちた気候であると信じていた」（ワトソン 上 一三四）。当然のこと

だが、イギリスが温帯にあることをまず認識しておかねばならない。

厳しい気候の方がより偉大な業績をもたらすという考え方を支持する人は多い。文字を持たない五二の部族の民話を分析した結果を見ると、苦行や難題をまんまと成し遂げるといった類の成功譚は温帯に行くほど多くなる。この種の話が一番多いのは、月間平均気温が月によって大きく異なり、最高と最低の開きが摂氏十一度以上で二十度以下の場合である（ワトソン 上 一三五）。

ハンティントンの『気候と文明』（一九一五）の「気候値に基づいた人間の活力の世界分布図」と「文明の世界分布図」を見比べると、当時の使用データの正確さは兎も角、両者はほぼ一致し、その温帯における文明優位論は、説得力があるように思える（鈴木・山本 八―九）が、白人による植民地支配を正当化する論拠に使われてしまった。

環境決定論自体は、ドイツの地理学者・生物学者フリードリヒ・ラッツェル（一八四四―一九〇四）の説で、『人類地理学』（一八八二―九二）において、すべての有機的生命に対する大気の作用はきわめて深く多様であって、人間の環境を構成するほかの自然物と比較にならないほどの大きな影響を及ぼしている旨を述べ、環境の中でも特に気候が人間に与える影響が大きいとした（シュタインツメラー 八四）。

ラッツェルは、当時旺盛であった社会的ダーウィニズムの影響の強い思想を特徴とする進化論のドイツでの有力な紹介者であり、エコロジー（生態学）という言葉を一八六六年初めて使ったとされるエルンスト・ハインリッヒ・ヘッケル（一八三四―一九一九）から動物学を学び、進化論の枠組みを用いて『人類地理学』を著し、地域の自然環境の諸性質によって人間活動が著しく制限されると説いた。

しかしこうした文明観は現在では批判の対象となることは明らかだ。環境決定論と帝国主義を容易にリンクさせて理解することは想像に難くない。ハンティントンの「気候と文明の関係」が環境決定論であるとされてからは、環境と人間の関係を議論することはタブー視されるようにまでなった（中村・高橋 一二）が、当時の世界におけるイギリスの位置を考量し、温帯の特徴である四季の推移と国家繁栄の賞賛を同時に触れている点からして、『四季』は環境決定論的部分を有していると言ってもいいだろう。

七　おわりに——現代における『四季』の意義

二〇一四年三月末には、横浜で「気候変動に関する政府間パネル」（IPCC）の第三八回総会（第二作業部会会合）が開催され、報告書が提出された。この組織は、二〇〇七年にアル・ゴアとともにノーベル平和賞を受賞した団体でもある。いわゆる地球温暖化を科学的に証明し、適切な防御策を提案し、何とか温暖化を食い止めようと活動している組織だが、持続可能な地球環境を考える上では欠かせない作業である。

こういう動きをむしろ消極的と見做し、逆に積極的に、科学技術が温暖化の元凶であれば、その科学技術をもって「気候を改造」しようという発想が当然登場する（有田 一四）。有田哲文は、ジェイムズ・ロジャー・フレミングの『気象を操作したいと願った人間の歴史』を取り上げ、こう問いかける。「気候工学は取材していて、嫌な感じが拭えない。気候の改造なんて、人間が手を下していいことなのか？」、一方で「もしかしたら気候工学を応援した方がいいのか?」と。

「私たちはひょっとすると一つの重大な錯覚に陥っているのではあるまいか」と冒頭から問いかけるのは、安田喜憲である。つまり「現代文明は永遠に続くという錯覚である。しかし、これまでの人類史において、永遠に続いた文明など一つもありえないのである」（安田 二四六）と述べ、ギリシァ文明と現代文明を対比し、その盛衰パターンの一致から警鐘を鳴らしている。近年の夏の異常なくらいの気温の上昇、局地的豪雨の多発、日本の亜熱帯化で作物の北限がさらに北へ移動していることなどを考えても、今日傘を持っていくかいかないかなどというレベルではなく、我々は気象にもっと関心を抱いてもいいはずだ。

産業革命は一七六〇年代から本格化し、それ以降温暖化が急速に進んでいると常識的に言われる。本論で最後に述べておきたい重要なことは、トムソンの『四季』はいわゆる産業革命直前の気象と人間の営為の関係をおそらくほぼ忠実に記録した、貴重な、持続可能な文学作品だということだ。気候変動を調べる上でも重要な記録がここにある。

注

（1）トムソンの詩文の訳は、ジェームズ・トムソン『ジェームズ・トムソン詩集』林瑛二訳、慶應義塾大学出版会、二〇〇二年を主に使用した（一部改変）。

第二章

自然神学と人口論
――マルサスと環境倫理[1]

小口　一郎

一　はじめに

人文学研究が環境の問題を論じるとき、ロマン主義は重要な位置を占めてきた。十七世紀から十八世紀、そしてロマン主義へと時代が下るにつれ、造園における趣向は整型庭園から自然風の風景庭園へ変化し、美学の分野では均衡と秩序への志向から荒々しい自然美を愛でる崇高美学への移行があり、ピクチャレスク・ツアーなど、自然景観を戸外で楽しむレジャーも興隆してきた。このように近代のイギリス文化は、人工的秩序や整型性を重んじる美意識を脱し、不規則で荒々しい景観に感覚的な喜びを見いだし、さらにそこにより根源的な価値を求めるにいたるのだが、こうした美学や感受性の流れが極まったところに成立したのがロマン主義であった。人文学系のエコロジー研究、そして文学におけるエコクリティシズムは、「自然環境」が物理的基盤として文化を支えていることを先鋭に意識し、作品やテクストがこの基盤的環境といかにかかわっているかを考究してきた。言語や文化に関係・浸透しつつ、同時にそれらを超越した次元にも想定されるこの自然環境が、ロマン主義が芸術的創造において体現した「自然」と重要な意味で重なり合うことは明らかであろう。また十八世紀から十九世紀にかけて、産業革命とともに進行しつつあった環境破壊の実情も、ロマン主義が他の文化運動以上に鋭い環境意識をもつことになった要因であるだろう。ロマン主義文学はこのような事情を背景として、人間の介入がない手つかずの自然環境に高い価値を見いだし、自然の恵みを人間社会の悪弊の対極に置き、そしてテクノロジーや資本主義による自然破壊に懸念を示すことで、エコクリティシズムに豊かな理論と実践の場を提供してきたのである (Hutchings 172–73)。

一九九〇年代以降、エコクリティシズムは最も活発な文学批評の一つとなり、すでに多大な研究的達成を成し遂げている。この間、文学とエコロジーについて多くの根本的な問題が議論され、有意義な研究的知見に結実してきた。しかし、ロマン主義の環境意識を構成する要因については、まだ考察の余地があるように思われる。近年の最も有力なエコクリティックの一人であるティモシー・モートンは、著書『エコロジーの思想』の中で、エコロジー意識の根本にあるものとして、「大きな思考」("Thinking Big") と「網の目」("the mesh") という概念を提起している。「大きな思考」は、人間活動を自然環境、あるいは宇宙という圧倒的に大なるものの文脈に置いて相対化する巨視的な見方であり、「網の目」は、環境における生物や非生物の相互依存関係を、中心や目的をもたない時空間の次元において認識していく概念である(二〇—二五、二八—三二)。[2] モートンの概念はこれまでも他の用語でさまざまに論じられてきた観点を、より先鋭化しつつ再定義したものであり、現時点でのエコクリティシズムの議論を展開する上で有効かつ妥当な概念であろう。本稿ではモートンのこれらの観点を受け継ぎつつ、ロマン派と十八世紀におけるエコロジー思想の中でも、特に環境倫理の意識を考察してみたい。とりわけ焦点をあてたいのは、環境保護の倫理が成立する前提条件である。

モートンが提唱している大きな思考や、複合的相互依存の意識に倫理の問題が関係してくることは、容易に見てとれるだろう。もし人間活動が許容限度を超えれば環境の悪化が発生し、時に局所に影響を与え、時に全体に伝播するであろう。この時人間は環境に対して負のインパクトをもたらす行為者となり、そのインパクトは環境悪化を通じて人間自身、そして人間以外の環境構成員の幸福を毀損する可能性をもつ。人間がこうした影響をもたらし得る存在であり、そうした行為の倫理的な責任主体であることを理解する前提には、大きな全体と部分の関係を俯瞰する思考や、個と個をつなぎ、個と全体を関係づける相互依存についての意識がなければならない。ある行為について、その道徳的責任を帰すことができる者を「道徳的行為者」と呼ぶことがあるが、近現代の人間とはまさに環境に対する「道徳的行為者」であり、この倫理的位置づけは大きな思考と複合的な相互依存の意識があればこそ看取できるものであると言えよう。

ロマン主義をエコクリティシズムの観点から読む実践の初期の優れた例に、カール・クローバーの『エコロジカル文学批評』がある。クローバーの慧眼は、人間が環境に対する道徳的行為者であるとロマン派の作品が示唆していることを読みとっている。たとえばウィリアム・ワーズワス（一七七〇―一八五〇）の詩「早春に詠む」（一七九八）は、自然界からの疎外と人間の破壊的性質との関係に言及しており、また「ハシバミ採り」（一八〇〇）の主題は、人間の手による自然の荒廃と、それが生み出す悔悟の念であるが、これらの作品の前提には、人間が他の生物に対して責任をもつという考え方があるとクローバーは指摘する。特に「ハシバミ採り」の解釈においては、この詩に埋め込まれた「原エコロジー的態度」が、「道徳的困難」の意識と「倫理的選択」の行為をともなうことを明確に主張している(Kroeber 45, 61, 62, 65)。またジェイムズ・C・マキューシックも、S・T・コウルリッジ（一七七二―一八三四）の『古老の船乗り』（一七九八）を、環境に対して犯す罪の寓話と定義し、暗に環境に対する倫理的観点を示している（四四）。クローバーの書もマキューシックの研究もエコロジーにまつわる倫理的問題を、これ以上本格的に追求しているわけではない。しかし彼らの解釈の例は、ロマン主義が「大きな思考」と「網の目」の意識から、エコロジーの倫理に関係してくる文化運動であることを明らかにしている。ロマン主義における環境倫理は、エコクリティシズムが正面から議論すべき根本的問題であると言えよう。

以上のような観点を前提として、本稿は環境倫理の問題をロマン主義、そして先行する十八世紀の時代的文脈において論じてみたい。主としてとり上げるテクストは、トマス・ロバート・マルサス（一七六六―一八三四）の『人口論』（一七九八）、およびそれを取り巻くいくつかのテクスト、そしてマルサスらのテクストとロマン主義作品との対比である。第三節で詳しく論じるように、マルサスは、人間の個体数の増加のスピードは、食料供給の増加を理論的に上回るものであり、その意味で人口の平衡状態は常に個体数の増加によって脅かされると説いている。この時マルサスの念頭にあったのは、人口の増加が不幸や死をもたらすという人間社会における宿命的な問題であり、環境論の立場からの考察ではない。しかし「生態系」という、人間を含む生物の活動と自然環境のダイナミックなバランスに基づく概念からマルサスの人間社会についての洞察を捉え直せば、彼の思想は現代のエコロジー思想において新たな意義を帯びてくるだろう。また、クローバーが看破しているように、マルサスは「人口」という定量化・数値化され得る観点から人間社会を捉える一方で、ひとりひとりの人間の活動とその倫理的意味についても鋭く考察している（一三―一四）。これらの点からすれば、マルサスの理論を環境と環境倫理に結びつけて考えることには意味があり、時代的背景からロマン主義のエコロジーとの比較をすることにも十分な正当性があると言えるだろう。

十八世紀末の歴史的文脈において、マルサスの理論が直接的に対峙しようとしたのは、当時支配的な影響力をもっていた自然神学の言説であった。マルサスの環境倫理的読解を目指す本稿も、自然神学とマルサスの関係を議論の出発点としたい。以下では、まず調和もしくは予定調和を基調とする自然神学が、環境倫理の発現を阻止する論理であったことを指摘する。次に、マルサスの人口理論が自然神学的な世界観を一部受け継ぎつつも、自然界に組み込まれた不均衡のメカニズムを明らかにすることによって自然神学の調和的世界観をくつがえしていることを論じる。マルサスによるこの思想的一撃が、環境における道徳的行為者としての役割を人間に付与し、環境倫理意識の成立を可能としたことが本稿の主な主張である。最後に、人間を自然環境の中の道徳的行為者と見るこの観点を、ロマン主義の作品に結びつけ結論に代えようと思う。

二　自然神学の支配

つとに現代的問題として考えられることの多い自然環境の悪化であるが、実は近代以降になって初めて認識された問題ではない。ロバート・ポーグ・ハリソンが指摘するように、森林破壊を中心とする環境の悪化は、すでに古代ギリシャ・ローマの時代には多くの人々の目に明らかとなっていた。森林の衰えはプラトンの『クリティアス』が言及しており、ローマ時代に移ると自然状態の土地は次々と開墾されていき、深刻な土壌の劣化も進んだ(Harrison 55)。「農民たちは日々森を山へと追いやり、森は平野を耕作に明け渡していく」と、ルクレティウス（前九九—前五五）が書いたのは紀元前一世紀のことであった。ルネサンス期のイングランドでも、森林は製鉄などの人間活動によって侵食され、チューダー朝期には自生オークのほとんどは建築や造船のために伐採されてしまっている（川崎『森のイングランド』一一六―二〇）。森の命運は政治にも左右された。市民革命期の王党派領地では、クロムウェル派による樹木の伐採が広範に行われたという (Thomas 218–19)。早くも一六六四年、ジョン・イーヴリン（一六二〇―一七〇六）は植林と森林保全をテーマとした『森林論』を著しているが、その背景にはこのような環境破壊の事情があった。

十八世紀になると都市や交通の発達、集約農業、石炭採掘などのさまざまな要因により、山野は目に見えてその姿を変えていった (McKusick 96)。しかし、イーヴリンの先例があったとはいえ、思想書や文学作品は必ずしも環境破壊に深刻な懸念を表明したわけではない。アレグザンダー・ポープ（一六八八―一七四四）は「ウィンザーの森」（一七一三）の中で、海外貿易と帝国主義的拡張に資するものとして木々の伐採を礼賛している（三八五―八六）。ジェイムズ・トムソンもポープ同様の立場をとり、産業や交通の発達を称賛した。代表作である『四季』の「秋」の巻においてトムソンは、人間の「勤勉」（「秋」七二）を文明の礎となる美徳と位置づけ、「鉱物」（七八）を採掘し、「急流」（八〇）を利用し、「高くそびえる古来からの森」（八一）を切り倒すという環境の改変を文明的生活を支える正しい行いであるとしている。

ここで注目すべきは、トムソンの世界観が当時の自然神学の思想によって支えられていたことである。自然神学は十八世紀の科学の発達を背景として、自然世界の様相に神の存在証明を読みとろうとする形而上学的立場であった (Sambrook xiii)。この立場は一見、帰納的論理に基づくように見えるが、そこには固定された前提から現象の存在を導く演繹的な方法論も混在している。つまり神の存在は理性によって先験的に了解されているものであり、自然世界からの明白な証拠を必ずしも要請するものではないということである (Eddy and Knight x)。よってこの思想では、自然世界のどのような姿も――たとえ不揃いで不規則、神の仁愛とはほど遠いと思われる景観であっても――究極的には神の存在を指示するものとして受け入れられることになる。だからこそ自然神学を司る慈愛に満ちた神は、トムソンの言う「多様なる神」(“varied God”)でもあったのだ（「賛歌」二）。

自然神学のこうした特徴は、人間が自然環境に対して深刻な害を与え得るという考え方を成立しにくくする。人間活動も自然界の他の事象と同様、神の善なる意志の下にあるのだから、自然世界に対して根本的な害を与えることは原理的に不可能だからである。人間のインパクトは自然にとって無害なものか、害があるにしても一時的あるいは局所的なものにとどまると考えざるを得ないであろう。こうした観点からすれば、人間は環境に対して有意味な道徳的行為者ではあり得ないことになる。人間が自然に影響を与えることは原理的に排除されており、人間が自らの行為の環境的影響について責任をとることもあり得ないからである。本章の著者がすでに他所で論じたように(Koguchi “Erasmus Darwin's”)、近代の人間精神が真に有意味な環境保全の意識をもつようになるためには、自然神学の先験的な意識構造を克服する必要があった。

自然神学は同時代の科学、すなわち自然哲学によって根拠づけられていた面がある。カール・フォン・リンネ（一七〇七―七八）が一七四九年に著したと思われる、自然のエコノミー（摂理）についての論文はその重要な一例である（ただし、公式な著作者はアイザック・J・ビベルク（一七二六―一八〇四）とされている）。ドナルド・ウォースターの解説によれば、一七五九年に「自然のエコノミー」として英訳されたこの論文において、リンネは、地質と生物の相互作用が恒久的循環を形成し、自然界は一見変転を続けながらも、根本的に変化することなく存在を続けると主張している。たとえば多くの動植物は強い繁殖力をもち、個体数の均衡に基づく自然界の安定にとって潜在的な脅威となると思われるが、実際には捕食者が過剰な繁殖を抑え込み、全体としての調和は常に保たれるという。またこの世界観の中の人間の地位は特権的なものであり、自然物は人間のために創造されており、人間は自然物を自分のために自由に利用してよいばかりか、有害なものを根絶し、有用なものを繁殖させる権利をもっているとされている(Worster 36)。

生物個体数や人間の人口の増加は、現代の観点からは深刻な問題となり得るが、リンネの自然のエコノミーに見られるように自然神学にとってはせいぜい局所的、一時的な変動にしかならない。むしろ自然神学は人口の増加を、幸福の量を増大させる要因として肯定的に評価した。十八世紀後半を代表する自然神学者ウィリアム・ペイリー(一七四三—一八〇五)は、『道徳・政治哲学の原理』(一七八五)の中で次のように述べる。

国民の幸福は、個々の人間の幸福から成る。幸福の量を増やすただ一つの手段は、幸福を感じる者の数を増やすこと、すなわち彼らが感じる喜びを増加させることだ。(五八七—八八)

事実ペイリーにとっての最大の悪弊は「人口の減少」(五八九)である。しかしこの悪弊は基本的に実現する可能性が低いものだった。ペイリーは「人間には、人口を増加させる自然な傾向がある」(五九〇)と述べ、人口増加は人類の運命であると言明しているからだ。

一方で『道徳・政治哲学の原理』は、食料生産の限界によって人口増加がストップするケースも想定している。

ある一つの国が現在以上の人口を維持できなくなるのは、住民の数が一定の規模に達した結果、大地が生産できる食料をすべて消費し尽くしてしまうときであり、そのような場合その国の人口の増加は止まらざるを得ない。（五九〇）

しかしこれはペイリーにとって差し迫った問題とはならなかった。食料生産のリミットは、確かに「超えることのできない限界」（五九〇）ではあるものの、同時に彼は、「人口がこの限界にすでに達した国はないし、達しつつある国もない」（五九〇）と言い、こうした限界が「実際に人口の増加に歯止めをかけているような国は、世界中見回してもまず見つからないだろう」（五九〇）と結論づけているからである。また農業の改善によって「この国［イギリス］で栽培される人間用の食料を五倍増やすことが可能であろう」（五九一）という発言からも、人口増加がもたらす問題は、この時期のペイリーにとってせいぜい遠い将来の理論的可能性にすぎないことがわかる。

自然神学イデオロギーの支配力は、リチャード・ペイン・ナイト（一七五〇―一八二四）の哲学詩『市民社会の進歩』（一七九六）にも色濃く反映している。生物の発生から市民社会の成立までを描くこの作品は、生物の個体数はたとえ増加するにしても、予定調和の安定した秩序に包摂される運命にあると主張し、リンネの自然のエコノミー論を思わせる筋立てを展開している。第二巻の「目次」によれば、動物には繁殖しようとする「一般的で無際限な傾向」（二五）があるものの、「他の動物を殺すことによって生きている動物」（二五）がいることや、「人間による自然界全体の支配」（二五）によって、動物界全体には健全な個体数のバランスが保持されるという。詩の本文はこれを敷衍して次のように述べる。

……全体に渡って均衡を保つために、
おのおの種を釣り合いのとれた範囲内に収めるために、
種のひとつひとつは、生来から殺し喰らうように作られた
破壊的な力をもつものに向かい合う……。

……………………………
こうした全体像を定め制御するために
すべてのものの上に立つべく、調停者たる人間が現れたのだ。（二巻 五―一〇、二九―三〇）

人間はすべての生物を凌駕するものであるため、その人口の増加は過剰になる危険もあるだろう。現に人口の増加は当初「より多くの食料を要求し」（二巻 三七）、その結果動物の個体数は減少し「狩猟の生産性も落ちた」（二巻 三九）ことがあった。しかし人間には「未来を見通す思考」（二巻 四三）があり、動物の家畜化によってこの事態を切り抜けた。これによってさらに人間の人口は増加することになるが、本格的な農業の開始によって、増えた人口もやすやすと養うことができた。こうして「技術が労働に秩序と糧を与え、／自然界に対する人間の支配は広まっていった」（三巻 四九―五〇）という。

ナイトの文明観は進歩主義的かつ楽観的なものである。人口の増加を含む人間文明のはたらきは農地を拡大し、その影響で気候は穏やかになり、人間の居住にとって理想的な環境が現出すると彼は述べる。

……自然でさえ耕作に従い、
農地の穏やかさを身につけるようになる。
……………………………
こうして穏やかな空気が人の住む地域から立ち上り、
大地は祝福を空に送り返す。
大地は柔らかな風に、豊かな畑の上を吹くよう、
暖かな蒸気が、風に舞う雪を融かすよう命ずる。
山から来る嵐には厳しい表情を明るくするように、
海からの颪には荒々しい咆哮を抑えるように命ずる。
春のにわか雨は軽く降るよう、
かじかむ霜には厳しい力を和らげて君臨するよう命ずる。（三巻 七七―七八、八三―九〇）

自然と人間は、ここでは救済的な雰囲気に包まれ完全に一つになっている。人口の増加など環境に対する脅威は、予定調和の秩序の中に吸収され無化されていると言えるだろう。

ナイトが主張した文明と環境、人間と自然の調和、そして先に見た人口についてのペイリーの楽観的な考え方は、同時代の科学者・文学者エラズマス・ダーウィン（一七三一―一八〇二）とも共通している。ダーウィンの科学思想は、自然界を構成する多様な事象が相互作用しつつ、最終的に調和と幸福を生み出すという予定調和のヴィジョンであ

り、モーリーン・マクニールが述べたように、彼もまた自然神学の一変奏をかなでた思想家と言うことができるだろう（五七）。

哲学詩『自然の神殿』は、自然界の動植物に見られる圧倒的な多産さを描き出している。

実を結ぶオークは、一本で一万個のドングリを実らせ、
それを秋の嵐があふれんばかりに播き散らす。
ケシは実を結ぶと、一本で一万の種を落とし、
頭を揺らせてあふれんばかりに播き散らす。
多産な種族である、無数に存在するアリマキは、
長く伸びたどん欲な口で甘い樹液を飲み込む。
葉の一枚一枚は卵や幼生でいっぱいになり、
小枝のひとつひとつに群れをなしてぶら下がる。（四巻 三四七―五四）

この他にもダーウィンは、カタツムリ、カエル、ニシンなど、多産な生物の例をあげ、これらが「子孫をつぎつぎと生み出し、海、空、大地を埋め尽くすであろう」（四巻 三六七―六八）と述べている。

個体数の増加で空間を「埋め尽くす」という表現には、現代の目からすると不穏な含意――人口爆発の脅威――があるように思われるだろう。しかしペイリーと同様ダーウィンも、人口については楽観的な見方を保持している。人

口の増加は、すなわち幸福の増加であるとして、「生きている生物の数と量は……地上における幸福の総量を増加させる」（四巻 三八七への脚注）と述べているからである。この見方はさらに、詩の終わり近くに示される救済的なヴィジョンに反映している。「生命が増え、地上全体に広がると、／生まれ変わったばかりの自然が時間を制服する」（四巻 四五二―五三）。

この人口増加に対する考え方一つとっても、ペイリーとダーウィンの思想に重要な共通点があることは明らかである。それは、世界は神の善意が司る場であること、そしてこの神の意向は、調和した世界のあり方を詳細に観察することによって整合的に理解されるという自然神学の考え方である。すでに述べたように、人間と環境とのかかわりという観点からすれば、この思想的枠組みは人間の環境インパクトを軽視する方向に機能するであろう。人口や個体数の一方的な増加が暗示する自然界の不均衡の要素――自然世界の不完全さや悪――は、全能の善なる神が司る総体としての世界の中では、決して深刻な害を与えるものにはなり得ないからである。アーサー・O・ラヴジョイによれば、十八世紀の自然神学を構成する重要な思想的要素に「充満の原理」があり、この原理に照らせば、局所的な不完全さはむしろ全体の完全性をよりいっそう強化する方向に働くという（二一一）。すると自然環境は、根本的に人間による破壊や毀損を免れているということになるだろう。自然神学の世界観において人間が環境に与えるインパクトは、自然全体の完全性と調和に資する要素となるはずだからである。人間は、環境中において悪をなし得ないものなのであるから、いかなる道徳的責任を担うものでもない。環境倫理の観点からすると、人間とは環境における道徳的行為者とはなり得ないということになるだろう。

三　マルサスの人口論と環境倫理

自然界の調和的循環という自然神学の概念は、十八世紀末にマルサスの人口論によって揺るがされることになる。マルサスの思想的インパクトは、環境における人間の倫理的立場を有意義なものとして再定位することになった。一七九八年に初版が出版された『人口論』は、自然というシステムには内的な不均衡が組み込まれていること、この本来的に不安定なシステムを正しく機能させるためには、人間の側の働きかけが不可欠であることを主張している。人間の行動は自然のエコノミーに影響を与え、人間は環境へのインパクトをもたらす存在となる。そしてそうした行動は意志と選択に基づき、環境インパクトは究極的には意志と選択の所産であることに鑑みれば、マルサスがもたらした思想的変革によって、人間は環境中の道徳的行為者として再定義されたと言えるだろう。そのことを明確にするためにも、まずはマルサスが論争の相手に選んだ論者の思想を瞥見しておく必要がある。

『人口論』の初版は、論争相手としてウィリアム・ゴドウィン（一七五六―一八三六）とコンドルセ（一七四三―九四）を選んでいる。この二人は、いずれも自然神学の影響下にあった。ゴドウィンと、先にとり上げた自然神学者ペイリーは、一見まったく異質の思想家に見えるが、楽観的世界観を展開するという点で両者は近接する。ゴドウィンは、人間は完全な状態に向かって向上するものだという確信をもっていた。『政治的正義』の初版（一七九三）では、「完全になり得るという性質は、人類の最も疑いない性質の一つであるから、人間の知的状況も政治的状況も、進歩向上の途上にあると考えることができるだろう」（一一）と、述べている。

ゴドウィンがこの論考を執筆している一七九二年は、政治的状況が急速に変転し、楽観主義思想を保持することが難しくなっていた時期である。一七八九年に始まったフランス革命は、旧弊な政治制度からの解放を実現すると共に、自由になった人間性や理性が全幅の信頼に足るものであることを保証するかに見えた。しかし『政治的正義』の執筆時は、九月大殺戮やジャコバン派の勢力拡大により、革命が暴力化する兆候を見せつつある時であった。だがそれでもゴドウィンの同書は、人間性への強い信奉から、フランスが手本となって広くヨーロッパを革命に導くはずだと予言した。「世界の中でも最も優れ、有力な国であるフランスは、自らが示した計画を模倣し、さらにそれを改善するようを諸国を導くであろう」（二二四―二二五）。政治的状況がさらに変化した五年後の一七九八年版でも、人間性の向上の末に理想社会が達成されると、ゴドウィンはなお高らかに予言している。「戦争も、犯罪も、司法と呼ばれるものも、政府も姿を消すだろう。それだけではない、病気も、苦しみも、憂鬱も、怒りも存在しなくなるのだ。ひとりひとりの人間がすべての人々の幸福を、ことばでは言い表せないほどの情熱をもって求めるようになるだろう」（一七九八年版 七七七）。

ゴドウィンの楽観論は、自身の人口についての見通しの基礎ともなっている。興味深いことに『政治的正義』の初版は、人口についてマルサス的な理解を示していた。「人口が常に生活の糧のレベルにまで抑え込まれていることは、人間社会の原理である」（八一三）、と述べているからである。しかし同時にゴドウィンは、農地の潜在的生産力を強調し、「平均的なヨーロッパの耕作状況は、現在の住民の五倍をまかなえるまでに改善することができるかもしれない」（八一三）とも言う。ここから彼が引き出した結論は、未来においては、現在よりはるかに大きな人口を養える可能性があるというものであった。

地球の居住可能な地域の四分の三では、現在耕作はおこなわれていない。すでに農地となっている地域は、今後測り知れないほどの改善ができる可能性がある。人口が絶えず増加しながらどれだけの世紀が過ぎようが、大地は居住者の生存に十分なほどの生産力をもつであろう。（八六一）

自然と人間社会の持続可能性への疑念は、ゴドウィンの思想から排除されていることがうかがえる。これはペイリーの自然神学とまったく同様である。

マルサスの批判の矢が向けられたもう一人、コンドルセはどうであろうか。ゴドウィン同様、人間社会の完全性を信じたコンドルセは、『人間精神進歩史の素描』（英訳 *Outlines of an Historical View of the Progress of the Human Mind*, 1795）において、人口増加が食料の供給を上回る日が果たしてくるものかどうか問いかけ、「人間の数が糧食を超えて増えれば、幸福と人口が継続的に減少するという必然的な結果が到来するに違いない」（四）と述べる。それでもコンドルセの結論は、ゴドウィンに劣らず楽観的なものであった。「そのような時がいかに遠い将来であるかは、誰でもわかることだ」（三四六）と断じたうえで、仮にそうした未来がやってきたとしても、技術の進歩が解決してくれるとコンドルセは示唆しているからである。そうした未来の時期までに「人類全体が成し遂げているであろう進歩については、今のところわれわれはまったく考えも及ばないのだ」（三四六）。ゴドウィン同様、人口増加は持続可能な範囲にとどまるとコンドルセは考えている。本章の議論からすれば、ゴドウィンの議論においてもコンドルセの主張においても、人口増加がもたらす環境へのインパクトは無視し得るものであり、その意味で人間は環境に対する道徳的行為者として認識されていない。

この二者の議論を、マルサスの『人口論』は正面から否定する。その主張は、人口の増加率と食料生産の増加の可能性の間には、埋めがたい不一致があることである。彼自身のことばで言えば、人口は「幾何級数的な割合で」（七二）増加するのに対し、食料生産は「算術的割合でしか増加しない」のだ。『人口論』の中の有名な一節は次のように述べる。「人類が増加する割合は一、二、四、八、十六、三二、六四、一二八、二五六、五一二……となるだろうが、食料は一、二、三、四、五、六、七、八、九、一〇……なのだ」（七五）。たとえゴドウィンが想定するような、理性に基づいた理想社会が実現したとしても、そうした社会がもたらす最適化された生存条件は、必然的に結婚と出産を増加させるとともに、若年自然死を減少させる。するとほどなくして自然条件に対してアンバランスな割合で人口は増加し、生存条件の持続は不可能となり、ゴドウィンの考える社会は内部から崩壊してしまうだろう。これがマルサスが冷徹にはじき出した人口増加の数理であった。エコロジーに対するマルサス理論の含意はすでに明らかであろう。現代的観点に翻訳すれば、環境が許容する個体数をはるかに超える人口増加の圧力が、人間社会のあり方には内在しているということを彼は主張していたのである。

しかしマルサスは、人口増加がすぐさま破局的な結果をもたらすと考えていたわけではない。人口増加と食料増産の間には根本的な不均衡があるものの、実際には人口増加に対してある種の「阻止」が作用することによって、不均衡の度合いは絶えず一定程度内に抑制されているとマルサスは考える。こうした阻止には、出生数を抑える「予防的」阻止と、現に生きている人々に死をもたらすことで人口を抑える「積極的」阻止の二種類がある。予防的阻止は堕胎等の行為を含み、当時の倫理観からすれば「罪悪」である。積極的阻止が機能すればそこには「悲惨」が生じる。このように現実の世界では社会の破局的崩壊は回避されているにせよ、均衡の実現には必然的に罪と悲惨がともない、そこにはゴドウィンらが想定した未来像とは対蹠的な状況が措定されている。マルサスの人口論はまさに後の論者たちが述べたように、「陰鬱の原理」(Flew 47) であると言えるだろう。

このようにマルサス理論は、自然神学者や、自然神学に影響を受けた思想家たちが唱えた調和的世界観とは相容れず、人間社会を含めた自然のエコノミーには、破局的不均衡か、罪悪・悲惨か、のいずれの道しかないように見える。しかしながらより仔細に検討すると、自然神学者たちと同様マルサスもまた、仁愛に満ちた神の導きの手の存在を排除しているわけではないことがわかる。彼は自然世界が「生存競争」(八四) をしつつ進歩すると唱えていた進化論者であり、中でも人間精神の進歩と完成が最も重要であると主張していた。世界は「[人間の] 精神の創造と形成を目的とする、神の大いなるプロセス」(二〇二) であり、神の愛の目的は「不活動で混沌とした物質を目覚めさせ、大地の塵芥を高め魂となし、土くれに霊性の電光を放たせる」(二〇二) ことだった。世界のすべては進化という神の大いなる計画の下にあるのだ。

ただし人間精神は無条件で進歩し完成にいたるわけではない。「生存競争」が示唆するように、自らの意志で活動することが、精神の発達と向上には不可欠である。マルサスの考えによれば、人間は必要にかられない限り、「不活動かつ無気力、そして労働を嫌う」(二〇四) ものであり、「喜びの追求ではなく、苦痛を避けようとする努力こそが人を行動へと駆り立てる大いなる刺激だ」(二〇四) と言う。そしてこの「大いなる刺激」の元になるもの、回避すべき苦痛を人間に与えるものこそ人口増加と食料供給の間の不一致に他ならない。「この [人間を活動に導く] 類いの刺激を絶えず与えるために、そして人をして神の恵み深いご意図をさらに進めしむるために……人口は食料よりもはるかに急速に増加する定めとなっている」(二〇四—〇五) とマルサスは述べているからである。よって人間活動一般の動因たる人口と食料の不一致は、文化構築の根源的動因でもある。「しばしば欠乏は詩人の想像力に翼を与え、歴史家の流麗な美文を導き、哲学者の研究の鋭さを増すものであった」(二〇三―〇四)。

人口と食料の不均衡という深刻な問題が、実は人間活動という肯定的な現象を生み出す動因であったとする議論が、悪の存在の意義を説明する、より一般的な論理の一つの変奏であることは容易に推察できるであろう。現にマルサスは世界の中の悪の存在の意味を、人口論と同様の観点から説明しているのである。悪を認識してはじめて、悪に嫌悪を覚え否定する感覚が養われるのだから、悪の存在は成熟した精神を形成する手段となると彼は述べる。つまり「道徳的悪は、道徳上の卓越を生み出すために必ず必要なのだ」(二一〇)。これは、部分的な悪や逸脱があればこそ、全体の完全性がよりいっそう高まるという「充満の原理」の考え方であり (Lovejoy 211; Santurri 322)、ペイリーら自然神学者と共通する思想である。自然のエコノミーの不均衡を指摘する「陰鬱の原理」(Flew 47) は、予定調和的発展を包摂した論理でもあった。

このように、マルサスの人口論は二つの対立する論理系によって構成されている。一つは人口と食料の関係に見られる、自然界に組み込まれた根本的な不均衡を認める立場であり、リンネ的な自然のエコノミーの調和的循環を揺るがす考え方である。もう一つはこのような不均衡も、人間の精神の発達と完成という最終目的へ向かう過程に包含されているという立場である。そして以下に論じるように、この過程の中で不均衡は最終的に抑制される可能性がある。それまで自然神学が考えていた神の摂理による調和的世界像は、マルサスにおいては人間精神の向上という能動的なプロセスに置き換えられていると言うこともできよう。人口増加という自然界の根源的な不均衡が、自然神学的な調和志向の枠組みと共存しているのがマルサス理論の特徴である。

この特徴は、環境倫理において重要な意味をもっている。というのも、マルサスにおける対立理論の共存は、自然のエコノミーにおける人間の主体的な思考と行動に意義を与えるものであるからだ。人間は、自然界に組み込まれた不均衡に対処するために、自ら考え行動する行為者となり、同時にその行動の過程において精神の向上を達成する。人間の行動がとり得る一つの方向は、「より多くの人口を支える」(Malthus, *Essay* 206) ための食料資源の開発であり、これは科学技術の進歩に未来をゆだねるコンドルセの自然神学的主張と軌を一にするものであって、いわば旧来型の概念である。より重要なのは、人間社会と自然界の持続可能性にかかわるマルサスの問題提起である。『人口論』の第二版は、「道徳的抑制」という概念を導入している。道徳的抑制は、子どもを養える見込みができるまで結婚を延期することであり（一二六）、先に述べた予防的阻止の一つである。これは積極的阻止にともなう悲惨を回避しつつ、人口増加の破局的結末を未然に防ぎ、持続可能な自然と社会の関係を可能とする方法であった。重要なことに、道徳的抑制はマルサスの中心概念である人間精神の向上を実現する途でもあった。

思想史研究者のエドマンド・N・サンターリが指摘しているように、人間精神の発達プロセスにおいてマルサスが重視したのは理性による因果関係の推論能力、つまりある事象や前提からその結果を推定する能力であった。マルサスにしてみれば、このような理性的能力をもった人間をつくることこそ、人間精神の向上と完成という神の意図の達成なのであった。彼の言う道徳的抑制は、精神的発達を遂げ、十分な理性と推論能力を獲得した者のみが行使できる機能である。なぜなら理性の高みからのみ、道徳的抑制のもたらす有益性は十分に理解でき、抑制を外した場合に訪れるであろう悲劇的結末の予見が可能となるからだ (Santurri 323)。道徳的抑制の有無は理性の獲得を示す指標なのであった。

理性的洞察によって道徳的抑制を行使することは、人間が環境の中で道徳的立場を占めることを示唆している。自然は、そのままの状態では不均衡に陥る可能性をもち、そこには悲惨と悪が生まれてくる余地がある。しかし人間は主体的に考え、行動を起こすことによって、自然のエコノミーの均衡を保ちながら、自然状態において生じ得る悲惨と悪を回避する潜在的能力を有している。言い換えれば人間の行為は、環境の持続可能性と、環境の構成員の幸福と不幸に影響を与えるという点から、道徳的な意味をもつのである。このようにマルサスの思想は、人間を環境における有意義な道徳的行為者として再定義し、それによりペイリーら自然神学者や、自然神学の流れを継承したコンドルセやゴドウィンとは一線を画す思想となっているのである。個々の人間は、環境の持続を可能にするために責任を担う行為主体となり、その責任を果たすことは、精神の発達と理性の獲得という究極の目的因の追求と同じ意味をもつのだ。環境と文学について重要な貢献をしたロマン主義とほぼ同じ時に、マルサスが環境における道徳的行為者の意義を人間に与えていたことは興味深い一致と思われる。

四　マルサス理論の余波

マルサスの人口論は出版時から多くの注目を集めた。一七九八年の初版に続き、一八〇三年には第二版が出版され、その後も一八〇六年、一八〇七年、一八二六年と復刻が続く。一八二四年には『ブリタニカ百科事典』の求めに応じ、「人口」の項目を執筆し、同事典の『補遺』に掲載した。この記事は一八三〇年には『人口論綱要』の名で独立した出版物となった。このように十九世紀全般を通じて、彼の人口理論はイギリスの読書界や思想界に大きな影響を与えている。

そうした中、マルサス理論に対する思想的な対応もさまざまな形でなされた。本稿がとり上げた思想家の中でもペイリーは、マルサスの登場によってその主張を部分的に撤回するにいたっている。一八〇三年出版の『自然神学』には、人口増加と食料供給の不一致という考え方を受け入れる記述が加えられるとともに、マルサスのゴドウィンに対する反駁にも肯定的に言及している。

しかしペイリーの自然神学観は、マルサスの衝撃を緩和しようとする方向へも働いている。マルサスの登場以前に書かれた『道徳・政治哲学の原理』では、幸福の増大は一にかかって人口の増加にあると論じていたのだが、『自然神学』では、人口増加に左右されない知的・美的幸福感が存在すること、そうした幸福感が人間にとって重要であることを強調する。それは「寛容な政治体制や、宗教、安心感に源泉のある幸福、徳、冷静さ、中庸、秩序に基づく幸福、そして最後に、きちんと方向づけられた趣味や願望をもつことの幸福」(二六二)とされるものである。この種の幸福感の達成は、食料の供給によって制約されることがないと主張することによって、ペイリーはマルサス理論の仮借ない帰結を部分的に回避しようとしたのである。

ダーウィンの『自然の神殿』もマルサスの人口論の主張を認めつつ、その結果を神の仁愛に満ちた世界の中に囲い込んでしまおうとする。第四巻ではマルサスと同様、人口の爆発的増加の可能性と、実際の世界においてそれが抑制されていること、そしてその要因を描き出す。

人間の子孫も、もし抑制されず、

気候にも恵まれ、生活の糧もあれば、
——何と多産な種族であろうか——ほどなくして海や大地に
広がり、大地の寝床にあふれんばかりになるだろう。
戦争、流行病、病気、飢饉が
有り余る無数の人々を地上から一掃することがないとしたら。（四巻 三六九—七四）

「戦争、流行病、病気、飢饉」は、人口爆発の恐怖にも増して人間を苦しめる悲劇であろうが、ダーウィンはこうした自然世界の負の側面を強調することはない。ここに列挙された「積極的阻止」の意義を最小化する論理が詩の中で展開されているのである。その論理は、生命体の死は自然世界の進歩のなかでは、単なる一時的な局面にしかすぎないという信念に基づいている。「王であろうが、きのこであろうが、死を迎えると」（四巻 三八三）、「錬金術のような力が、形を変えつつある死骸を分解する」（四巻 三八六）。そして死骸を形成していた物質は数えきれないほどの芽や小さな昆虫に生まれ変わり、生命は死を超えてさらに繁栄していく。それだけではない。生物は死後大地の一部となることで、「過去に感じた喜びの大いなる記念碑」（四巻 四五〇）を形成することによっても、自然界の幸福を増大するという。今や死骸となった生物だが、生前には多くの感覚を感じ、その中には喜びの感覚も多くあったはずである。生物が感じたこうした感覚の喜びが、死後も山、岩、土という大地の一部となることで、記念碑として自然界に刻み込まれる。生物は個体数の増大によって自然界の幸福を増していく。そしてたとえ個体数の増加がさまざまな要因によって阻止され、それらの要因に悲劇がともなったとしても、生物の死は喜びの記念碑となって大地を形成し、自然界全体の幸福を増加させていく。ダーウィンは、マルサスの論理を受け入れつつ、幸福が常に増大する形而上学的な見方を保持したと言えよう。

このようにペイリーもダーウィンも、マルサスの理論に対して自らの世界観を保守する努力を見せる。両者とも、人口論がつきつける自然界の不均衡の問題を前に、その必然的な結果を回避しようと知恵を絞った。ペイリーは人口の増減に影響を受けない、個人個人の内面的幸福の増大に視点をずらし、ダーウィンは喜びの記念碑という空想的形而上学に訴えている。両者とも当時の功利主義的世界観の中で思想的なつじつま合わせをしており、自然環境に与える人間の数量的インパクトや自然界の根源的な不均衡といった、マルサスの革新的な洞察を正面からとらえようとはしていない。環境倫理の観点から見れば、彼らの考える人間とは、自然環境における道徳的行為者にはなり得ていないということになるだろう。人間の行為が環境に対して有意であるというマルサス理論の含意を受け止めるためには、ペイリーやダーウィンの思想的前提である自然神学の調和的世界観を脱する必要がある。

ペイリーやダーウィンがロマン派と断絶していることも、ここで改めて明らかになる。ワーズワスもコウルリッジも、確かに汎神論による宇宙の一元的理解を志向していた。コウルリッジは『宗教的瞑想』（一七九六）において、人間は「壮大な統一体の部分」（一三七）を構成するものであり、自らが全体の部分を成すという認識が「われわれの善意や態度をつくりあげる」（一三九）と述べ、調和的に統一された宇宙の中に人間が占める地位と、そこから道徳性が由来することを主張した。こうした宇宙は「アイオロスの琴」（一七九六）においても登場し、そこでは生きとし生けるものは「さまざまな形につくられ」（三七）てはいるが、「ひとつひとつの生きものの魂でありつつ、万物の神でもある」（四〇）「一つの霊的な風」（三九）がそれらすべてを吹き抜けることによって調和的統一を形成している。また、ワーズワスは断片詩「能動的な原理」（一七九八）において、「一つの能動的な原理が万物の中に生き」（一）、これが「すべての世界の魂」（一二）となって「悪を／抑え込み」（三五―三六）、人間を善に導くと考えた。両詩人ともこれらの詩行においては、自然界には揺るがし得ない統一と調和があり、人間もその統一の一部を成すという、汎神論的な形而上学を展開している。その意味でペイリーやダーウィンと大きく変わるところはない。

しかしその一方で両詩人の新しい思想と感性は、人間の存在が自然環境の負荷や破壊者となることを感じとっていたようだ。冒頭で述べた「早春に詠む」、「ハシバミ採り」、『古老の船乗り』などはそのことを示す例である。これは彼らの焦点が、自然神学的な安定した世界観の描写にあったのではなく、主体が経験世界を構成するプロセスにあったことと関係があるのかもしれない。一元論的に調和した世界は所与ではなく、達成されるべき目標として認識され、ロマン派詩人たちの眼差しはこの達成へ向かって意識がたどるダイナミックなプロセスに注がれている。いずれにしても、整型性を超えた自然の受容、産業革命によって破壊されて行く景観、そしてプロセスとしての経験世界などの要素を孕むロマン派の詩学は、環境意識を考えるうえでペイリーやダーウィンを超え、現代につながる視点を提供してくれていることは確かである。そこには、環境とその持続可能性を左右する道徳的行為者という、マルサスが示唆した人間のあり方の継承者としての側面もあるのだ。

湖水派詩人、すなわちワーズワスやコウルリッジを中心とするロマン派詩人たちが、マルサスに敵対する心情を抱いていたことはよく知られている。ワーズワスはマルサスの思想を「偽りの哲学」（『序曲』［一八〇五］一二巻 七六）と呼び、コウルリッジは『人口論』を、「極度に非論理的」（『書簡集』一巻 五一七）であって、ゴドウィンやコンドルセへの反論になっていない（一巻 五一七）とまで断言している。しかし近年、ワーズワスのマルサス受容については新しい研究的知見が提示され、ロマン派とマルサスの関係が単純な対立関係のみではなかったことが示唆されている (Connell, *Romanticism* 41–62)。本稿が示したように、ワーズワスとコウルリッジは、マルサス同様、人間の活動は環境を左右する可能性をもつと考え、そこから自然に対する人間の倫理的態度のあるべき姿を模索している。彼らの詩と思想の出発点の一つがこの環境倫理の問題に立脚するならば、マルサスの文脈においてロマン派詩人を環境批評的視座から考察することは、一定の価値があるテーマと言えるだろう。

注

（1）本章は、著者による英語論文 "Population Principle and Natural Theology: The Significance of Malthus for Environmental Ethics" (*Studies in Language and Culture* 40 [2014]: 237–56) の加筆修正版である。

（2）モートンの「網の目」概念の通時的次元の理解については、シンポジウム「環境感受性とエコポエティックス——イギリス・ロマン主義をめぐって——」（二〇一四年三月九日、早稲田大学）における伊藤詔子氏のコメントから重要な示唆を得た。

第三章

非‐場所の詩学
――現代環境思想とジョン・クレア

金津　和美

「われわれが危険に近づけば近づくほど、それだけ救うものへの道は明るく光りはじめ、それだけいっそうわれわれはよく問うようになる。」（ハイデッガー『技術への問い』六六）

一　はじめに――場所の不在を問う

場所の感覚をめぐる環境主義的思考には二つのアプローチがある。そのひとつとして、ジョナサン・ベイトは土地の名を詩に刻み込み、場所を記念碑化して永遠性を付与しようとするイギリス・ロマン主義の詩作品を、二十世紀を代表する環境思想ディープ・エコロジーの実践であるとして高く評価した。一方、ティモシー・モートンは、同じく環境主義の視点に立ちながら、喪失された場所を詩的言語によって回復するという可能性そのものを疑問視する。[1]場所の感覚を問題とするベイトとモートンの相違は、エドワード・トマス（一八七八―一九一七）の詩「アドルストロップ」（一九一七）についての両者の解釈の相違に見ることができるだろう。ベイトはトマスの詩を、土地に名前を与えることでその場所を記念碑化し、永遠性を与える詩的作用の好例として論じている。「アドルストロップ」を始めとするトマスの詩は、自然の美しさを土地の名前の中に刻み、所有・共有できるものとすることによって、イギリスの自然をひとつの家として表現する詩的世界を創造したとして、ベイトは、「アドルスロトップ」という場所の名におけるイギリス的自然という意味の充足に注目する (Bate 111)。対照的に、モートンは「アドルストロップ」における場所の不在を指摘している。「アドルストロップ」という場所の名が具体性を持つためには、他の場所の感覚、周りの風景や音、オックスフォードシャーやグロスターシャーという地名が必要とされ、この詩が構成する地勢図は、こういった場所の他者性を写しとっている。たとえば、それは二連から三連の間にある空白のスペースのように、単なる余白ではなく、「環境狂詩曲（エコラプソディー）の始まりを示す駅名と『そして柳が……』と語られる風景との隔たりの空間化、延長」(Morton 174) として捉えられる場所の感覚である。「アドルストロップ」というひとつの言葉が場所としての意味を獲得する前に、読者（あるいは旅人）の意識が意味の派生を求めて彷徨う場、この詩の余白と同じく空虚で曖昧な場を、この言葉自体が切り開いている。モートンが目を向けるのは「アドルストロップ」という名を満たす意味ではなく、言語的・地理的環境としてこの名を取り巻く周縁的（アンビエント）な空間なのだ。こういった空間は、言葉が意味を獲得するとともに消え去り、「内側から空洞化され」(Morton 174)、決してそこに場を占めることはできないものであるがゆえに、場所の不在という感覚を導いてくる。

　場所の不在という問題は、モートンのみならず、グローバル化とともに急速に均質化・画一化する現代の風景を論じる思想家によっても頻繁に指摘されている。エドワード・レルフによれば、グローバル規模でメディアが普及し、経済システムが拡張したことで、世界のどこに行っても「ディズニー化」「博物館化」および「未来化」といわれるような「別世界思考の場所（アザー・ダイアレクテド・プレイス）」に満ちあふれているという（レルフ 二一三）。こんにちの私たちは、大衆化が生むキッチュに満たされ、都市計画という「テクニーク」に馴らされて、場所としての固有性（アイデンティティ）をほぼ完全に失った「没場所性」（“place-lessness”）に晒されている。マルク・オジェもまた、世界的に均質化・画一化する景観を「世界の『スペクタクル化』」（オジェ 一四二）と呼び、「アイデンティティも、他者との関係も、歴史も象徴化されていないような空間」（オジェ 二四五）、すなわち「非 - 場所」（“non-place”）がこんにち増殖していると述べる。「非 - 場所」とは、高速道路、航空路、スーパーマーケットなど、こんにちの地球全体に広がっているスーパーモダニティーな空間をいう。人はそこで生をともにすることなく空間を行き来し、共存、共住することが可能となる。しかし、ひとつの都市を中心としたそれ以前の近代的都市空間にはあった人々の生の折重なり、歴史や関係性の累加的な過程は、もはやそこには見られない。

注意しなければならないのは、場所の不在は現代に特有の問題ではないということだ。エドワード・ケーシーは『場所の運命』において、「十八世紀末までには、場所は自然学と哲学における真摯な論理的言説からすっかり姿を消した」（ケーシー 一八四）と述べて、西洋思想における場所の不在の起源をアリストテレス（前三八四―前三二二）に遡って究明している。「場所」を事物を取り巻く周縁であるとする定義にしたがってアリストテレスは「空間」を語るようになり、それとともに、場所の消滅の過程が始まった。アリストテレスの自然物理学世界はやがてニュートンの「絶対空間」を用意し、イマヌエル・カント（一七二四―一八〇四）によって「純粋な感性的直感の形式」としての「空間」が「人間精神の主観性」（ケーシー 一八八、二五九）に位置づけられたことで、場所は完全に消滅する。アリストテレスからニュートンにいたるまでの時期に、場所は「空間に敗北」（ケーシー 四四二）し、現代では、ロマン主義的主観性の中にかろうじてその面影を止めるものとなるか、または高度資本主義の交換と流通の法則の中に液状化し霧

散する運命にある (Morton 170)。だとすれば、レルフの「没場所性」[2]、オジェの「非 - 場所」という問題は、失われた場所の固有性(アイデンティティ)をいかに回復するかと問うだけでは解決されない。現代よりはるか以前から場所が不在であったとするならば、私たちはどこに場所を見いだしうるのか、私たちの場所の感覚こそが問われるべきなのだ。

> 私たちは何かを喪失したのかもしれない。だが、もし問題がもっと複雑で、何かを失ったわけではなかったのだとしたらどうだろう。少なくとも失われたのであれば、環境政策が上手くいけばどうにか回復されるだろう。しかしもっと問題を深く掘り下げて、もし私たちが最初から場所を手にしていなかったがゆえに、何も失っていないのだとすれば。明確な境界を持つ実体的な「モノ」としての「場所」という考えがそもそも間違っているとすれば。「場所」というものが全くないとは言わないまでも、私たちがそれを間違ったところに求めているのだとすればどうだろう。(Morton 170)

十八世紀末にロマン主義的主観性という無限空間の中に場所の消滅が決定的になったのだとすれば、現代、環境主義的な場所とのかかわりを求めてロマン主義を問う意義はそこにある。その試みのひとつとして本論では、イギリス・ロマン主義において特定の場所との深いつながりを詩に描き、その喪失を詠ったことで環境主義的に評価の高い詩人ジョン・クレア（一七九三—一八六四）の詩想に注目し、その現代的意義を明らかにしてみたい。ベイトを始め、クレアの詩作品は土地との結びつきを回復するディープ・エコロジーの詩的実践として高く評価されてきた。そればかりではなくロマン主義の超越的自然観を独自に受容した農民詩人クレアの詩想は、モートンのようにディープ・エコロジーの読み直しを求める現代の環境批評・文学にも多くの示唆を与えている。事実、数多くの芸術家や作家が、クレアの詩作品や伝記的事実に共鳴し、自らの作品のモチーフとして用いることで、二十一世紀の新しい場所のイメージを創出している。本論では、クレアから着想を得た現代の芸術家や作家の作品を中心に、いかなる場所の詩学あるいは非 - 場所の詩学が生み出されているのか、非 - 場所といわれる、場所の不在そのものを問う現代の環境思想の動向において、クレアの詩がいかに読まれうるかを考察することで、ロマン派のエコロジーの再考を試みてみたい。

二　余白のある風景――キャリー・アクロイド

まず、クレアの詩作品から影響を受けた現代芸術家として、キャリー・アクロイド（一九五三―）に注目する。アクロイドは『羊飼いの暦』(*The Shepherd Calender*) や『森は美しい』(*The Wood is Sweet*) を始めとしたクレア詩集に木版の挿絵を施したことで知られる版画家である。クレアと同じくノーサンプトンシャーに居住して、フェンズ (The Fens) と呼ばれる沼沢地が長年の干拓事業によって耕作地へと変えられ、自然の多様性が劇的に失われたことへの悲痛を表現する作品を発表している。作品集『自然の力と魅力――変わる風景、ジョン・クレアと私』(二〇〇九) では、クレアの詩的イメージに深い共感を得て、いかに自らの風景画に取り込んできたのか、アクロイドの画風におけるクレアとのかかわりを詳細に綴っている。

アクロイドの作品の魅力は、独特に切り取られた空間によってできた余白にある。その一例としてここでは、「思い出 (“Remember”)」（一九九六）【図1】を挙げよう。

この作品はクレアの詩「思い出（"Remembrances"）」（一八三二年執筆）のイメージを反映したシルク・スクリーン画であり、三つの空間によって構成されている。まず左側には、クレアの詩の一節が書き込まれ、開発以前の木々や小川、草地が残る風景が描かれた空間がある。対照的に右側の空間には、トラクターによって一様に均された開発後の風景が広がっている。そして、開発の前後に分けられたこれらの二つの空間の境界を縁取るように、白く塗り残された空間、余白が存在している。

【図 1】キャリー・アクロイド「思い出」(1996)
(*Nature Powers & Spells*, 18–19)

農事産業の拡張とともに失われていく野生自然や動植物の生息地の喪失を描くことは、アクロイドにとって初期作品からの主題であった。しかし、彼女の初期作品では、農地を耕すトラクターや噴霧作業をする飛行機が風景の中心として描かれていて、画面には余白のスペースは存在していない。たとえば、『菜の花の風景』（一九八七）では、画面をほぼ一色で単調に塗りつぶすことで、大規模な単一栽培によって自然環境が破壊され、風景の画一化がもたらされたことへの憤りが表現されている。ところが、一九九六年の作品『鳥』を始めとして、クレアの詩的イメージが取り込まれるようになるとともに、アクロイドの作品には余白がより印象的に用いられるようになる。

「一般に受け入れられることは期待していなかったけれども、私にとって重要な作品であった」(Akroyd 19) とアクロイド自身が述べるように、「思い出」はクレアの詩を取り入れた風景画の中でも極めて意欲的な作品だ。画面に刻まれたクレアの詩は、囲い込みによって失われた土地の名を挙げ、その喪失を悼む一連である。

私はラングレー・ブッシュをぶらぶらと歩く。だがその丘から茂みはなくなっている。
私はクーパー・グリーンをさまよう——だがそれはよそよそしい、冷たい砂漠である——
そして枝を広げていたリー・クロース・オークの樹は、老齢ゆえの遺書を
書き終えるまえに、利己心にとらわれた収奪者の斧の犠牲となった。
そして説教壇のような、虚になった木々のあるクロスベリィ・ウェイや
なつかしいラウンド・オークのせまい道は私の眼にふたたび映ることはない。
ボナパルトのような者がしたように、囲い込みはあとに何一つ残さなかった。
それはあらゆる茂みや木々を平らにし、あらゆる小高い丘を平らにした。
そしてモグラたちを反逆者として縛り首にした——小川は今でも流れているけれど、
そのほとりには草木がひとつもなく、はだかのように見え、寒々と冷たく流れている。(七一—八〇)

画面の中央に配置された「囲い込み」(“Inclosure”) の一語が、この作品の主題を象徴的に示している。まさにこの文字の真下では、幹線道路 (A1) の拡張工事のために夥しい数の重機が道を均していく様子が描かれ、現代の囲い込み

が進行中だ。現代の囲い込みによって土地の固有性（アイデンティティ）が奪われ、風景に画一化がもたらされるように、画面の右側に向かうほど、クレアの詩文は消えて、平坦に塗りつぶされた空間が広がっていく。そして、重機が通った後にできた轍、道、道路が、囲い込みの爪痕であるかのように、空間を切り裂く余白として塗り残されている。

しかし、道のように、また囲い込みの爪痕のようにも見えるこの余白の空間は、マルティン・ハイデッガー（一八八九―一九七六）の後期思想において次第に重要となっていく「空け開け」という言葉を重ねてみるとともに印象的な輝きを放ち始める。「空け開け」（"Lichtung"）という語の語源は、「たとえば、森を或る箇所で木を伐って空けること」（ハイデッガー『芸術作品の根源』一九五）と説明されている。だとすれば、クレアから故郷を奪った囲い込みも、現代の幹線道路拡張工事に見られるより大規模な囲い込みも、同じ「空け開け」の延長にあるといえるだろう。留意すべきは、ハイデッガーがこの言葉を、存在するものの周囲を取り囲んである場所、存在するものを存在へともたらすためにそれに先立って生起する遊動空間、いわば存在そのものを表す言葉として用いたということだ。

「人間はこの大地に詩人的に住む」というフリードリヒ・ヘルダーリン（一七七〇―一八四三）の詩行は、ハイデッガーの講演『技術への問い』に引用され、現代の環境思想において示唆深い言葉として、その意味が問われ続けている。ハイデッガーにとって技術の本質を問うことは、「真なるものを光輝へともたらす」芸術的・詩的な創作（ポイエーシス）としての技術（テクネー）の可能性を追求することにあった（ハイデッガー『技術への問い』六四―六六）。同じく、アクロイドの風景画も、ただ単に囲い込みによって自然環境が破壊されたことへの憂い、憤りを表しているだけではない。むしろ自然の相貌を変え続ける人間の技術の本質こそを問うべきであると迫ってくる。「思い出」では、重機の群れの下に「それはあらゆる茂みや木々を平らにし、あらゆる小高い丘を平らにした。」という詩行が刻まれ、現代の破壊的な技術（テクネー）と詩的な創作（ポイエーシス）

との間の隔たりを示して、技術（テクネー）の本質の問うための場を開いている。クレアの詩「思い出」の原題が“Remembrances”という名詞表現であるのに対して、アクロイドが“Remember”という動詞表現を用いたのは、技術の本質を問うという行為そのものに駆り立てることがこの作品の主題だからであろう。そして、囲い込みの跡として画面に「空け開かれた」この白い空間は、そこで私たちが自らの存在のあり方そのものを問うことによって、「この大地に詩人的に住む」自由と可能性を開く場となる。

三　「故郷にて故郷なき者（ホームレス・アット・ホーム）」の理想郷（ユートピア）――イアン・シンクレアとD・C・ムーア

アクロイドの風景画は、農事産業の大規模化によって失われていく農村風景に心を痛め、野生自然の保護を訴える環境主義的な姿勢ゆえにクレアの詩作品と共振する。しかし、現代の環境思想が問題とするのは、急速に産業化・都市化へと向かって開発される農村地域で、手つかずに残された原生自然をいかに保護・保全するのかということばかりではない。人間がいかに「この大地に詩人的に住む」のかを考えるために都市環境という問題への関心が集まっている。[3]

イアン・シンクレア（一九四三―）[4]の『祈りの果てに――ジョン・クレアの「エセックスからの旅」を辿って』（二〇〇五）は、都市化の波に飲み込まれ失われてしまったクレアの故郷を訪ねて、現代の風景を詳細に描いた紀行文である。「エセックスからの旅」（一八四一年執筆）は、精神に破綻を来して精神療養所 (High Beach Asylum) への入所を強いられたクレアが、故郷ヘルプストンを目指して療養所を逃げ出し、およそ百キロの道のりを徒歩で彷徨った放浪の記録である。精神的地理学（"Psychogeography"）という描写手法を用いることで知られるシンクレアは、クレアの足跡を辿って歩き、その旅の記録として、クレアの伝記的事実の回想や土地に縁のある古今のイギリス詩人との連想を記し、またヘルプストンから約三十キロ離れた町で子供時代を送ったという自身の妻アナとその家族の記憶を織り交ぜて綴っていく。現在ある風景、そしてもはや存在しない数々の風景がコラージュ的に併置されることで、多層性と流動性を伴った場所の感覚が浮き彫りにされる。シンクレアの描写は、クレアが追慕した故郷の風景がすでに存在しないものであることを印象づけるだけでなく、現代の都市環境において固有性（アイデンティティ）を持つ場所という感覚そのものが不可能であることを明らかにする。

旅の始まり、ロンドンの周囲をつなぐ環状高速道路（M25）の圏外に出たシンクレアは、クレアが辿ったグレート・ノース・ロードがもはやなく、幹線高速道路（A1(M)）にとって代わられていることに気がつく。それとともに都市郊外の風景の中で、数々の標識に囲まれながらも、むしろ方向性を失っていることに戸惑いを覚える。

> 標識は開発者たちが捏ち上げた理想によって侮られている。新たな名前を与えられることで場所は改めて場所となるのだ。
>
> バレット・ホームズ、ベルウィンチ・ホームズ、フェアクロー・ホームズ、トゥイグデン・ホームズ、ウィンペイ・ホームズ。経度0地点の未来は、どこか固有性（アイデンティティ）に飢えている。
>
> チョコレート食べ放題（フリー）という赤と黄色の広告が立っている。インターネット接続し放題（フリー）、ウェッブ・スペース使い放題（フリー）、無料（フリー）メール・アドレス。現実の空間が収縮するにつれて、ウエッブ・スペースはその真空を埋めるか

> のように拡張していく。「どこでも」が「どこか」を征服する。瞬きをする間にも、「四八エーカー新工業団地」などは古い話になってしまうだろう。普通に建物が建つ環境に近しい目に見えない空所、増殖する超都市（スーパーシティ）文化が超空間（ハイパースペース）に広がっている。(Sinclair 137)

「バレット・ホームズ」、「ベルウィンチ・ホームズ」、「フェアクロー・ホームズ」など、「ホームズ（家）」という地名がつけられているにもかかわらず、この都市郊外の風景は家としての親しみある場所とはなっていない。ここの住人たちとって、モノや言葉を交わし、実際に生きる場所は、目の前にある風景ではなく、超空間（ハイパースペース）という巨大な仮想空間によって飲み込まれているからだ。シンクレアは、精神療養所から故郷までの道のりを示す里程標に惑わされ、方向を失った詩人クレアに自身を重ねあわせて、標識に掲げられた土地の名やイメージを介してしか場所とのかかわりを持つことができない空虚を描き、現代の場所の感覚を問い直そうとしている (Sinclair 138)。

D・C・ムーア（一九八〇―）の戯曲『タウン』（二〇一〇）もまた、「エセックスからの旅」を取り上げた作品のひとつとして、クレアの帰郷と狂気というテーマを現代のノーサンプトンを舞台として描いている。クレアの半生を題材とした戯曲としては、一九七五年に初演されたエドワード・ボンド（一九三四―）の『フール』がある。この作品では、クレアの狂気の原因を土地所有者による農村労働者への搾取と抑圧に求め、階級闘争の悲劇を描くことに焦点があてられている。しかし、ムーアの『タウン』では、階級闘争は中心的な主題ではない。主人公ジョンは農村労働者ではなく、ロンドンの保険会社に勤務する若者である。また、彼が精神的破綻にいたる過程が描かれるのではなく、むしろ帰郷した主人公が、そこに故郷としての場所を見いだすことができないという場所の不在という問題が主題となっている。
故郷としての固有性（アイデンティティ）を失った場所において、主人公ジョンの狂気は、家族や友人を始めとする故郷そのものが共有する狂気となる。詩人クレアの母親と同じく、ジョンの母親エレノアも娘エリザベスを亡くしていて、その心の傷はいまだ癒えない。彼女は娘の墓に足しげく通う一方で、息子ジョンに対して十分な愛情を注げないことに罪悪感を抱いている。またクレアが狂気の中で真実の妻であると信じたメアリは、帰郷したジョンが母校を訪ねた時に偶然に知り合った高校生メアリとして登場する。彼女も両親の不仲ゆえに家庭的な愛に恵まれず、大学入学志願受付機関(UCAS)に提出する願書が書けないことに悩み、自身の将来に絶望している。そして、クレアの現実の妻パティーを思わせる人物として、友人アナはジョンに密かな恋心を抱きつつ、彼が突然に帰郷したことに戸惑い、またその帰郷の本当の理由を聞かされなかったことに憤り、傷ついている。

主人公ジョンのみならず『タウン』の登場人物は、いずれも孤独の苦しみに苛まれて精神の極限にまで追い込まれ、どこにも居場所を見いだせない人物たちだ。ロンドンを逃げ出したジョンがアナとともに高台に立って眺める故郷の風景は、もはや詩人クレアが愛した自然豊かな農村風景ではなく、現代的に造成された団地が立ち並ぶ都市郊外の風景である。彼等の狂気が彼等だけのものでないことは、その空虚で不毛な精神風景が町の風景に投影されていることからもよくわかる。

アナ　私たちが登ってきたところ、あれは疑似（モック）ジョージアン風の家。ニューヨーク風のロフトアパートっぽいのが真ん中にあって、球技場の向こう側にあるのがスカンジナビア風のエコで高価な苔が屋根にひいてある……ソーラー何とかっていう建物。病んでる。本当に、病んでる。私たち、病んだ心が生み出したものの上に立ってるのよ。

［中略］

ジョン　趣味の悪い住宅を見て、こんな風に楽しめるのは君だけだよ。

アナ　間違ってるっていうなら、その方がいいわ。看板だって見方を変えたら、住まいの哲学がみえるのよ。

ジョン　すごいな。

アナ　そうよ。あそこに立っている看板だって、「ここに未来の住まいがある」だなんて。アプトン。ここがよ……でも、それってゾッとするくらい本当のことじゃない。この世界は全て、大きくてぱっくりと開いた空洞でできてるんだわ。(Moore 26–27)

疑似（モック）ジョージアン風、ニューヨーク風、スカンジナビア風の建物が建ち並ぶこの住宅地には、場所としての固有性（アイデンティティ）が認められないがゆえに「病んで」いる。どこでもあるような場所は、どこでもない場所であり、そこに住まうということは、巨大な空虚の中に身の置き所を求めるということだからだ。現代の非 - 場所において行き着くところは、孤独の狂気という陥穽に他ならない。「ここに未来の住まいがある」という不動産屋の看板の文字が皮肉なのはそのためである。

「こうして私は故郷にて故郷なき者（ホームレス・アット・ホーム）となり、どこにいても幸せであることを半ば喜んだ」(*John Clare By Himself* 264) とクレアは自らの記録「エセックスからの旅」を締め括った。『タウン』の作者ムーアもまたこの一文を作品の冒頭に掲げ、現代の都市空間に住まうことの空虚と希望を主題としている。ムーアによって描かれた孤独の狂気が蔓延する非‐場所という都市空間は、狂気の果てにクレアが辿り着いた反理想郷(ディストピア)を彷彿とさせる。現代の非‐場所に住まうとは、クレアの狂気を引き受けて、現実として生きることなのだろう。そして、もしそこに喜びが見いだされるとすれば、それは非‐場所とは別の意味で「どこにもない場所」、いわば理想郷(ユートピア)を求める希望の中にある。[5]

四　身体の小径を通って――アダム・フォールズの『蘇る迷宮』

どこにもないとともに、どこでもある場所、いわば理想郷(ユートピア)をいかにして見いだすのか。その問いは、アリストテレスからニュートンにいたるまでの時期に、「空間に敗北」した場所をいかに見いだし、顔を与えるのかという、二十世紀以降の西洋思想が取り組んだ問いを、再び問い直すことに相違ない。カントによって美学を主観性に基礎づけることが正当化されるとともに、その後、フリードリヒ・フォン・シラー（一七五九―一八〇五）やゲオルグ・ヴィルヘルム・フリードリヒ・ヘーゲル（一七七〇―一八三一）によって完成された観念論的美学は徹底的な主観化の道を歩む。カントによって導かれた主観的観念論の中で完全に姿を消したと思われた「場所」がいかに再発見されるかという問いに対して、ケーシーは「身体の小径」（ケーシー 二七〇）を通ってと答えている。そして、さらに驚くべきことに、無限空間の誘惑を避けて場所へと通じるこの「身体」という抜け道を用意したのも、他ならぬカント自身であったと指摘する。[6] 空間を直感の純粋形式とする定義は、まず場所が身体と特別な絆をもつものであると示すことで発見された。しかし、そうすることでカントは、場所がロマン主義的主観性という無限空間に完全に飲み込まれるその直前に、「精神的あるいは直感的主観としてではなく、際立って身体的な主観」（ケーシー 二七五）によって場所に接近する可能性を開いたのだ。[7]

カントと同様に、直感的主観と身体的主観との相克を通して、超越論的に拡張する空間の中で、消滅する直前に光り輝く場所の姿を垣間見た者たちがいたとすれば、それは他ならぬロマン主義時代の詩人たちであっただろう。[8] そして、クレアが超越論的無限空間に魅せられ飛翔を試みるその一歩手前で、自らの身体的主観を見つめ続けた詩人の一人であることは間違いない。

身体的主観を基点とするクレアの場所の感覚を表す一例として、ここでもう一度、前述の詩作品「思い出」を論じよう。囲い込みによって失われた故郷の風景を悼みながら、詩人はその想いを去っていった恋人に寄せる恋情を重ね合わせることで詩を結んでいる。次の引用はアクロイドが自らの風景画に刻んだ詩連に続く、この詩の最終連である。

ああ、人間が歩む道から喜びが去るものだと、あの頃知っていたなら、
私はきっと昼も夜も喜びを見張っていたし、けっして二度と眠らなかったであろう。
そして喜びが去ろうと背を向けたとき、ああ、私は彼女の外套をつかみ、
孤独な私のそばにいてくれるようにと、恋人のように彼女にせがんだであろう。
そうだ、美しい女性の部屋で恋人がするように、私はひざまずき、慕いつづけ、
蜜蜂が花から離れないように、彼女の微笑みにしがみついていたであろう。
そして太陽が輝いているときに摘んだすべての花束を
けっして消滅することのないすべての形見や誓いとして彼女の胸に捧げたであろう。

しかし愛はそのサンザシの花をわざわざ胸に秘めようとはしなかった。
それゆえその花は月並みな道をたどり、衰退していった。(八一―九〇)

自然を女神として称えて求愛する牧歌詩の伝統をここに見ることも可能である。だが、クレアにとって自然の女神は理想美の象徴ではない。詩人の女神は失われた恋人として、この最終連において肉体的な存在性を纏って姿を現し、すでにいない恋人を求め追いすがるその想いは、詩人の故郷への喪失感を語り尽くしてなお余りある。彼女を求めるこの切実な想いを基点として、それ以前の詩行で連綿と綴られた失われた風景の詩的イメージが再び立体感をもって立ち上がってくる。愛するという行為、あるいはその身体的主観によって初めて故郷は故郷となり、場所に顔が与えられるのだ。その一方で、愛するという営みが奪われたところでは、風景も詩も、単なる名や記号としてしか残らなくなり、「衰退」("decay")へと堕ちていく他はない。

クレアの詩作品の中には、故郷ヘルプストンを描いた多くの自然詩とともに、初恋の人メアリ・ジョイスに寄せた一連の恋愛詩がある。晩年、狂気に陥ったクレアは、すでにこの世にはいないメアリを真実の妻であると信じて帰郷の夢を見続けた。「エセックスからの旅」に見られるように、クレアにとって失われた故郷への回帰は、存在しない妻への回帰であり、それはどこにもない場所、すなわち理想郷(ユートピア)を求める放浪の旅となった。

現代作家アダム・フォールズ(一九七四―)は『蘇る迷宮』(二〇〇九)[9]において、理想郷(ユートピア)を希求するクレアの場所の感覚を鮮やかに汲み取り、再現している。『蘇る迷宮』はハイ・ビーチの精神療養所を舞台として、経営者マシュー・アレンと詩人クレア、そして、もう一人のイギリス詩人アルフレッド・テニスン(一八〇九―九二)とのかかわりという伝記的事実に基づいて描かれた作品である。テニスンは一八三七年から一八四〇年にかけて、アレンが経営する精神療養所に入所していた弟エドワードを訪ねてハイ・ビーチに逗留していた。テニスンはここで、朋友ハラムを失った哀しみに沈み、また自身も狂気に陥る不安に怯えながら、自らの詩的世界に閉じこもる日々を送っていた。孤高の詩人テニスンの詩情に人々は魅せられ、アレンの長女ハナもまた淡い恋心を抱くようになる。しかし、その詩的世界は詩人の深い主観性の中にあり、彼女はそこに入り込む余地が見いだせないことに深く傷つく。結局、テニスンはアレンの勧めにしたがって投資した木彫家具事業が失敗したことで町を去り、両者の関係が決裂するとともに、精神療養所の経営も破綻する。ハナはひとつのロマン主義的世界の崩壊を見届けながら、彼女に温かな想いを寄せる一人の男性の愛を受け入れ、自らの場所を見いだしていく。場所を探し求めること、それが『蘇る迷宮』の主題であるといえるだろう。しかし、ハイ・ビーチというひとつの場所を舞台としながらも、ここに同じひとつの風景を見る登場人物は誰一人としていない。それぞれの人物の物語がそれぞれの視点で語られ、それぞれが求める場所が併置されて、いわば混在郷（ヘテロトピア）の世界観が創造されている。

療養所の障壁の中で妄想へと走る詩人クレアについても、またひとつの物語として、他の登場人物の物語と平行して語られている。史実においても小説においても、クレアとテニスンとの接触はひとつもない。だが、ロマン主義の伝統につながる二人の詩人の描かれ方を比較して興味深いと思われるのは、テニスンが外界とのかかわりを避けて自らの崇高な詩的想像力の世界に浸るのに対して、外界との身体的交わりを純粋に求め続けるクレアの姿が強調されて描かれていることである。

束の間ながらクレアが精神の平衡を取り戻すのは、療養所に接する森の中でジプシーたちと出会い、彼らと寝起きをともにして触れ合うことによってである。さらに詩人は、療養所の中で拘束された身体感覚の自由を取り戻すために、永遠の愛の対象であるメアリの姿を追い求めていく。狂信的な強迫観念に囚われた患者マーガレットが、神の啓示を受けたと信じて自らをメアリと名乗って現れると、クレアは彼女を抱擁し、激しく愛撫する。そして、彼女の姿を見失うとともに、行き場のない身体的欲求を拳闘家（ボクサー）バイロンという倒錯した自我像を作り上げることに向け、妄想の中に我を忘れていく。最終的に、マーガレットが魂の救済と解放を得て療養所を出て行く後ろ姿を見送りながら、クレアは彼女が自分が求めるメアリではないと悟り、故郷を目指す旅へと発つ。物語は「エセックスからの旅」と同じく、放浪するクレアが妻パティーと再会することで結末する。

ピーターバラ。通り。窓。人々。馬。ピーターバラはどんどん小さくなっていく。ウォルトン。それからウェリントン。あと数マイル。傍で馬車が止まる。男と女、そして少年が乗っている。「さあ、乗って」と言うが、断った。もう少しなのだ。構うことはないではないか。なのに女はいやにしつこく誘ってくる。酒に酔っているのか、狂っているのかと思うほどだ。「パティーだよ。あんたの家内だ。さぁ、乗って。」馬車の上に引き上げられると、仰向けになったまま最後の数マイルを家まで運ばれていった。揺られながら動く雲をじっと見つめている。パティーが荒っぽく頬に口づけたのを感じた。「ジョン」、パティーが言った。「かわいそうにジョン。もうすぐ家だよ。着いたんだよ。」着いたのだ。もう戻ることはない。パティーはしっかりしたきれいな手で顔についた土を払い、頭をなでた。脚を引き寄せ、彼女の臭いがする方に顔を向ける。「パティー」、乾いた唇が動き、囁いた。「パティー」

「そうだよ。もうすぐ家だ。」

「メアリ」(Foulds 257–58)

クレアの記述をほぼ踏襲しつつ、唯一異なるのは、「こうして私は故郷にて故郷なき者（ホームレス・アット・ホーム）となり、どこにいても幸せであることを半ば喜んだ」という末尾の一文が、パティーの体臭の中にメアリの存在を嗅ぎ取る詩人の身体的主観の表現に置き換えられていることである。心神を喪失したクレアは、妻パティーの身体の臭いを感じることによって、故郷に帰還したことを知る。しかし、そこはクレアが帰郷を目指したヘルプストンではない。クレアの家族ははるか以前にノースバラに移り住み、そのことが詩人の精神に異常をもたらす転機となった。失われた故郷への回帰は、存在しない妻という普遍的な愛の対象への回帰である。詩人にとっての「家」は、もはやどこにもない場所、理想郷（ユートピア）であり、そこへと通じる唯一の場所の感覚はパティーの体臭という身体的主観の中に残されている。

五　終わりに——場所を見いだす

場所の局所性とつながりながら、世界の万物と共生するという環境主義的な場所の感覚を開示する環境文学として、クレアの詩想は現代において多くを語る。本論では、クレアの詩想を原点に新たな場所の詩学、あるいは非 - 場所の詩学が生み出されてきた例を、クレアに共鳴して場所の不在を描いた現代画家、また、すでにない故郷へと回帰する詩人の足跡を追う現代作家たちの作品の中に確認した。それらはいずれも局所的な場所とのつながりという身体的感覚を場所との断絶の中に求める想像力、「故郷にて故郷なき者（ホームレス・アット・ホーム）」という絶望の果てに見いだされる希望として、理想郷（ユートピア）を構想することを主題とした作品であり、クレアの詩境の中に二十一世紀の場所の感覚を発見する試みであった。

アーシュラ・K・ハイザは『場所の感覚と地球の感覚――グローバルな環境的想像力』において、場所からの断絶が日常となっている現代において、いかに「場所に近接した倫理観」(Heise 33) を実践するかを問うている。そして、地球をひとつの場所として思考する一方で、それぞれの地域の文化的・地理的多様性にも目を向ける二重の視点を持ったエコ・コスモポリタニズムという立場から二十一世紀的な共生の場所をイメージする美的実践が必要であると述べる (Heise 62)。「グーグル・アース」のイメージに象徴される「地球の感覚」に、ハイザは二十一世紀の場所の感覚の一例を見ているが (Heise 66)、同様に、宇宙空間の中に私たちが住まう理想の場所を描いてみせるムーアの『タウン』もまた、環境主義的想像力による美的実践のひとつとして考えることができるだろう。

『タウン』において現実に生きる空間が空虚であることに絶望した主人公たちは、宇宙に住まうことを想像することによって場所の感覚を回復する。アナとの和解を求めてジョンは、地球を脱出する宇宙船に誰を、何人搭乗させるのが理想的かと尋ねた彼女のかつての問いを思い出してこう答える――「四人だ、きっと。乗組員の数としても完璧だよ。他の惑星に行くために。宇宙空間を通って。男二人と女二人」(Moore 79)。広い宇宙空間を漂いながら、いつものスナック菓子を食べて、同じコメディ・ドラマを何度も見て、普段と変わらぬ暮らしを続ける自分たちの姿を想像して、二人はそれまでの軋轢を忘れて微笑みあう。一見、絶望的とも思われるこの未来予想図に、私たちは戦慄を覚えずにはおれない。だがしかし、二人の間の温かい愛情によって孤独の狂気が癒され、それとともに絶対的無の空間という場所なきところにひとつの場所が開かれる瞬間がここにあることも確かなのだ。ムーアの『タウン』が描くように、二十一世紀において環境主義的に場所を問うとは、失われた場所をいかに回復するかを問うことではない。場所の不在という恐怖を見つめ問い続けること、この大地に住まうべき場所として理想郷（ユートピア）を想像し続けることが必要なのだ。言い換えれば、今こそ私たちは、技術の本質への問いを促したハイデッガーのあの示唆深い言葉にもう一度立ち返り、場所とは何かを問い続けることが求められているのであろう。近づく危険から目を背けることなく、明るく光り始める「救うものの道」へと向かって。

注

（1）ベイトの『ロマン派のエコロジー』は自然を観念（イデオロギー）として文化的構築物にすぎないとする二十世紀後半の文化批評を否定する立場から、統一的生命体としての自然観を重視するディープ・エコロジーに通じるとしてイギリス・ロマン主義の再評価を促した。一方、モートンは文化批評の示唆を受け入れながら、ディープ・エコロジーおよびロマン主義の自然観を批判的に読み直し、観念（イデオロギー）でもなく、統一的生命体でもない、いかなる「自然」をも想定しない新たな環境主義的思考の試みとして『自然なきエコロジー』を著した。

（2）「没場所性」についてレルフは「いつの時代のどんな社会においても、何らかの没場所性は存在していたし、場所に対する心配りの欠如が場所の背景やその比較基準を与えてくれる限りは、没場所性も場所のセンスにとって必須のものなのである」（レルフ 一八九）と述べて、近代技術や現代社会にのみに起因する局所的な問題として考えるのではなく、場所に対するひとつの態度として捉えるべきであるとしている。

（3）アシュトン・ニコルズは、ロマン派の環境思想がもたらした問題として、自然と文化の乖離とともに、田園と都市との分離を挙げて、都市文化と原生自然を同じ観点から考察する“urbanature”という自然観を唱えている。(Nichols xiv)

（4）シンクレアは二〇〇二年に、ロンドンの環状高速道路（M25）に沿ってロンドン郊外の風景を描くノン・フィクション『ロンドン外郭環状道路』を発表して話題を呼んだ。『祈りの果てに』はその続編となる作品である。
（5）オジェは、非‐場所と呼ばれる空間は、都市には常に幾ばくかあり、そこでは個人の自由が感取されるが、その一方で「非‐場所が開示する自由は孤独の狂気にまでいたることがある」（オジェ 二七六）という。そして、現代のスーパーモダニティーな空間を生きるために、「場所にそなわった意味と非‐場所にそなわった自由とが結合しうるような空間」（二七六）を再構築すること、すなわち「ユートピアの要請」が必要であると述べている。
（6）「〈空間〉と〈時間〉という包括的な絶対者が隆盛になったからといって、場所への関心はまだ完全に消滅してしまったわけではない。啓蒙主義の伝道者であり、空間と時間の超越論的観念性を主張したカントは、この点についての最も顕著な実例を与えてくれる。周知のように、カントによれば、右と左という二つの側面をもつ身体は、その方向づけの力によって、空間のうちに一つの場所を作り出す。［中略］場所を普遍宇宙のこの一見無害で貧弱な片隅に――まさに主流思想の余白に――取り戻すことで、身体は哲学的な復帰に備えていた。この復帰は一世紀半ほど延期されたが、その間、場所は身体に基づいているという考えは潜伏状態のままであった。しかし、この考えは、フッサールとメルロー＝ポンティの現象学や、ホワイトヘッドの存在論において、説得的なものとして復活したのである。」（ケーシー 四四二）
（7）カントは一七六八年の小論「空間における方域［領域］の区別の第一根拠」において、右手と左手、胸と背中、頭と足といった身体的分岐を再統合して反映させることで、感覚可能な対象が場所づけられ方向づけられることを考察し、身体と場所の間の絆を発見した。（ケーシー 二七三）
（8）ポール・H・フライは「ワーズワスは物体の無機物性において、人間と人間以外の存在の存在論的統一性を発見した」（五九）と述べて、フランシス・ジェフリー（一七七三―一八五〇）の啓蒙主義的人間中心主義とも、ドイツ観念論に基づくS・T・コウルリッジ（一七七二―一八三四）の想像力論とも異なるものとして、ワーズワスの詩学を環境批評の視座を踏まえつつ、ハイデッガーの現象学に近づけて考察している。
（9）『蘇る迷宮』は二〇〇九年度マン・ブッカー賞候補作品、二〇〇九年度作家協会アンコール賞受賞作品、二〇一〇年度ウォルター・スコット賞候補作品、二〇一一年度欧州連合文学賞受賞作品として高い評価を受けた。

第二部

動物と人間のあいだ

第四章　動物愛護と食育
――キャサリン・マコーリーの『教育に関する書簡』

川津　雅江

一　反菜食主義の動物愛護

「私は、このように自分の優しい心を自慢しながら、同時にフリカッセの中で混ぜ合わされた六種類の動物の肉を貪り食っている人たちを見たことがある。訳が分からない矛盾した振る舞いだ！　彼らは情けをかけて、思いやりの対象を食べている！」(Goldsmith 1: 72)。

オリヴァー・ゴールドスミス（一七三〇頃―七四）の『世界市民』（一七六〇）の中で、イギリスを訪れた中国人はこのようにイギリス人の動物に対する矛盾した態度を伝えている。

イギリスでは、十八世紀中葉までに動物に対する見方や処遇の変化が起こっていた。物心二元論を唱えたルネ・デカルト（一五九六―一六五〇）の影響が強かった十七世紀では、人間と動物との間の境界線は歴然と存在し、人間が不滅の精神を持っているのに対し、それを持たない動物は単なる自動機械にすぎず、苦痛すら感じないと考えられていた。こうした動物観では、動物に対する生体解剖やあらゆる虐待行為が正当化されていた (Keith Thomas 33–36)。しかし、十七世紀末に生体解剖によって高等動物の身体構造や生理機能が人間と類似していることが発見されるにつれ、人間と動物の間に引かれた境界線は次第に曖昧になり、十八世紀後半になると、哲学、宗教、文学、教育、科学などさまざまな分野において、動物愛護を説くことが大流行した (Keith Thomas 121–36, 143–91)。

それらの動物愛護の言説は大きく分けて三種類ある。一つは、人間本性の徳性である「仁愛」(benevolence)、あるいは「慈悲」(humanity) や「同情」(compassion)[1] の及ぶ道義的範囲を動物にまで拡大したものである。R・S・クレインによれば、十八世紀の仁愛思想は王政復古期のイングランド国教会内部の穏健な聖職者たち(ラティチューディナリアン)の教義まで源を辿ることができ、イギリス道徳哲学を経て、感傷文学などに広がった (Crane 207–08)。[2] 第二の動物愛護の言説は、ジョン・ロックの教育論に基づいて、動物を虐待しないように子どもたちを教育するものである。ロックは『教育に関する考察』(一六九三) において、子どもたちが動物を虐待して喜ぶのは本性ではなく「習慣」であるから、動物には優しくするように教えるべきだと主張した。なぜなら、動物を虐める子どもは、次第に「人間に対してすら冷酷になる」からだ (Locke, *Some Thoughts* 180–81)。サミュエル・F・ピカリングが『ジョン・ロックと十八世紀イングランドの児童書』(一九八一) で論じているように、ロックの動物愛護教育論の影響の跡は十八世紀を通じて見られる。[3] そして第三の言説は、ジャン・ジャック・ルソー(一七一二―七八) の思想に従って、動物も人間と同じく痛みを感じるから、虐待されない権利や生きる権利などの「自然権」(natural rights) を持つと主張するものである。ルソーは『人間不平等起源論』(一七五五) で、動物も人間と同じように「感性的存在」だから、人間と同じように「無用に虐待されないという権利」があると唱えた (Rousseau, *Discourse* 7)。そして、ロックと違って、子どもは経験によって無垢・自然の状態ではなくなっていくと考えたルソーは、『エミール』(一七六二) においては、十二歳以前の子どもには全く「習性」がつかないような「消極的教育」(Rousseau, *Emile* 93) を薦めたが、(動物を含め)「誰にもけっして害をあたえないこと」(一〇四) という教えだけは重視した。動物の自然権の主張は一七七〇年代頃から教育書、詩、小説、宗教書、哲学書など多分野で唱えられ、世紀末になるとますます強い口調になった。[4]

これらの言説は、やがて一八二二年の家畜虐待防止法 (Act to Prevent the Cruel and Improper Treatment of Cattle)、通称マーティン法 (Martin's Act) 成立に寄与することになる。そして一八二四年には、動物愛護協会 (The Society for the Prevention of Cruelty to Animals) が創設された。これはのちにヴィクトリア女王の後援で王立動物愛護協会 (The Royal Society for the Prevention of Cruelty to Animals) になり、現在では世界有数の動物福祉団体である。

動物が持つ快や苦の感覚を重視する考えは、現在のエコロジー思想の一つである動物の権利論や動物解放運動の基幹的な倫理思想である。動物解放論者の第一人者ピーター・シンガーはその起源をジェレミー・ベンサム（一七四八—一八三二）の功利主義的道徳哲学に辿っている (Singer 7–8)。ベンサムはのちに、動物虐待を批判するのはそれが人間に対する虐待を誘発するからであるとロック的な考えを示すようになるが (Baumgardt 338–39)、『道徳および立法の諸原理序説』（一七八九）では、動物の「理性」や「話す」能力ではなく「苦しむことができる」[5]能力を問題にし、「人間以外の動物たちが、もっぱら［人間による］圧政に奪われた諸権利を獲得する時がいつかくるかもしれない」(Bentham 283n) と主張した。

しかしながら、ゴールドスミスの虚構の中国人が皮肉を込めて述べているように、イギリスにおける動物愛護はその流行のはじめから矛盾を内包したものだった。なぜ動物の痛みを自分のことのように感じる慈悲深い人が、食卓で肉料理を楽しむことができるのであろうか。セアラ・スコット（一七二三—九五）の『ミレニアム・ホール』（一七六二）

で、マンセル夫人はこう言う。「人間は自分の生命維持のために、ことによると自分の都合のために、動物を使う権利を持っていると思います。理不尽に虐待する権利は確かにありませんが」(Scott 71)。すなわち、人間は動物を虐待する権利はないが、食べる権利は持つので、肉料理を楽しんでもよいのだ。

動物に対するこうした態度は、菜食主義の文化史を辿ったトリストラム・スチュアートによって、「反菜食主義」("counter-vegetarianism" [Stuart 215]) と名付けられているものである。当時の動物愛護の言説のほとんどが反菜食主義であるのに対し、ジョン・オズワルド(一七六〇―九三)、ジョージ・ニコルソン(一七六〇―一八二五)、トマス・ヤング(一七七二―一八三五)、ジョセフ・リトソン(一七五二―一八〇三)、パーシー・ビッシュ・シェリー(一七九二―一八二二)などは、肉食の残酷さを指摘し、菜食を薦めた。[6]

十八世紀後期の教育書や児童書も子どもに動物愛護の精神を植え付けることの重要性を繰り返し説いたが、ほとんどのテクストは反菜食主義を標榜する。しかしながら、最初の女性歴史家として有名なキャサリン・マコーリー(一七三一―九一)の『教育に関する書簡』(一七九〇)だけは、肉食が子どもに与える悪影響について指摘した。本論では、マコーリーの教育論を中心に、動物愛護精神の育成と肉食の問題について考えてみたい。

二　子どもの食育

十八世紀後期の教育書や児童書における動物愛護の言説は、ロックとルソーから多大な影響を受けている。マコーリーの前にまず、彼らが動物の肉を食べるという行為に対して、どのように考えていたかについて見てみよう。

ロックは、「美食家や暴食家も習慣によってつくられる」(Locke, *Some Thoughts* 93) と考えた。それ故、子どもの食べ物は「あっさりした質素なもの」にし、「パン」はたくさん食べさせてもいいが、肉類は、「幼児服を着ている間、あるいは少なくとも二、三歳頃までは控えるように薦めたい」(九一) と述べている。さらに理想的な食事は「生まれて三、四年間、肉を全く食べない」ことであるが、どうしても必要というならば、「一日に一回、そして一食に一種類だけ」、「空腹以外のソースは何もかけていない牛肉（ビーフ）、羊肉（マトン）、子牛肉（ヴィール）など」にするように薦めた。なぜなら、「イングランドにおける大部分の病気は、肉を食べ過ぎてパンをあまり食べないことに起因する」(九三) と考えたからである。このように、ロックは動物の肉を食べることを控えるように薦めたが、それは動物に対する慈悲を養うためというよりも子どもの健康のためだった。

一方、ルソーもまた子どもに肉を控えさせたが、それはロックとは違う理由による。ルソーによれば、原初の人間は「土地の産物」(Rousseau, *Discourse* 34) のみを食べた。やがて、「土地や気候や季節の相違」(三五) によって、必要に迫られて、糸と針を発明して魚を捕ったり、弓と矢をつくって獣を狩ったり、火山などの火を知って肉を料理するようになっていったのだという。したがって、『エミール』では、「肉に対する好みは人間にとって自然なものではない」ので、「この［肉を不自然として避けようとする］原始の好みを損なわないこと、そして子どもたちを肉食動物にしないことが何よりも大切である」(Rousseau, *Emile* 153) と説く。それは「子どもの健康のため」ではなく、「性格」を残酷にしないためだった。「一般に肉をたくさん食う者がそうでない者よりも残酷で凶暴であることは確かだからだ」(一五三)。「イギリス人の野蛮なことはよく知られている。ゾロアスター教徒は反対に最も温和な人間だ。あらゆる未開人は残酷だが、彼らの道徳がそうさせるのではない。その残酷さは食物のせいだ。彼らは狩猟にでかけるように戦争に行く。そして人間を熊のように取り扱う。イギリスでも屠殺者は外科医と同じように裁判の証人にはなれない。ひどい悪党は血をすすることによって人を殺すことをなんとも思わなくなる」(一五三)。

ルソーは以上を論じたあとで、古代ギリシャの伝記作家・歴史家・道徳哲学者プルタルコス(四六頃―一二〇頃)の「肉食に関して」から長々と引用する。引用は、「ピタゴラスはなぜ獣の肉を食うことを差し控えていたのか、とあなたはたずねる」(一五四)からはじまり、太古の人々が「ブナの実、クルミ、あるいはドングリ」(一五四)を食していた時代から、農耕時代を経て、肉を食べるようになった歴史を辿る。ヒョウやライオンのような肉食動物は「本能に従って、生きるために他の動物を殺す」のに対し、人間は「必要もないのに残忍な楽しみにふけっている」(一五五)。人間が食べる肉は草食動物のものであり、「あの肉食動物を食わないでそのまねをしているのだ」(一五五)。そして、人間が肉を食べることがいかに自然に反した行為であるかを、次のように激しい言葉で示す。

おお、自然に反する殺害者よ、自然はあなたを、あなたの仲間、あなたと同じように感じ、生きている肉と骨とを持った存在を、貪り食うようにと造ったとあくまで主張しようとするなら、そういう恐ろしい食事に対して自然があなたのうちに呼び起こす恐怖を消すがいい。あなた自身で動物たちを殺すがいい。つまり、鉄の道具やナイフを使わないで、あなた自身の手で殺すがいい。ライオンや熊がしているように、あなたの爪で動物たちを引き裂くがいい。この子羊を生きたまま食ってしまうがいい。まだ暖かいその肉を貪り食い、その血と一緒に魂を飲むがいい。あなたはふるえている。あなたの歯の間で生きた肉がピクピク動いているのを感じる勇気がない。あわれな人間よ！　あなたはまず動物を殺し、それからそれを食う。まるで二度その動物を死なすように。

それだけではない。死肉はそれでもあなたに嫌悪を催させる。あなたの心はそれに耐えることができない。火によってその形を変えることが、煮たり焼いたりすることが、香辛料で味付けしてそれを偽装することが必要なのだ。あなたには肉屋や料理人や焼き肉係など、殺害の恐ろしさを隠し、死んだ肉体をカムフラージュしてくれる人間が必要なのだ。それは味覚がそういう偽装に欺かれて、異様なものを吐き出すことなく、目にするだけでもとても我慢できない死骸を喜んで味わうためなのだ。（一五五）

こうしてエミールは原初の自然な食事で育てられるが、ルソーのヒロインたちも同様である。ソフィーは「乳製品や甘いもの」が好きだが、肉はあまり好きではない」（三九五）。ジュリも「肉も、強い薬味も、塩も好まず」、「極上の野菜、卵、クリーム、果物というのが彼女の常食で、同じく大好物の魚を除けば、正真正銘のピタゴラス派(Phythagorean)」(Rousseau, *Julie* 373)、すなわち、菜食主義者(vegetarian)[7]である。そして、彼女は動物に優しい女性で、鳥を猟銃で殺すのは恥ずかしいことだとサン・プルーに思わせたり、櫂の一撃を喰らった紅鱒を除いて釣った魚をすべて水の中へ放つよう言い張ったりする（四二二）。

三　動物を食べる権利

ルソーが唱えた人類の草食起源の考えは、神話や聖書に辿ることができる。ローマの詩人オウィディウス（前四三―後一七頃）の『変身物語』（後八）の第一巻で描かれる原初の「黄金時代」では、人間は自生する果物や木の実だけを食べていた(Ovid 5)。創世記第一章では、動物に対する人間の支配が描かれているが、その支配の中に肉食は含まれていなかった。人間の食べ物は「全地のおもてにある種を持つすべての草と、種のある実をむすぶすべての木」(*Gen.* 1. 29) だけだった。人間が肉を食べるようになったのは大洪水のあとである。創世記第九章で、神はノアとその子どもたちに言った。「すべて生きて動くものはあなたがたの食物となるであろう。さきに青草をあなたがたに与えたように、私はこれらのものを皆あなたがたに与える。しかし、肉を、その命である血のままで、食べてはならない」(*Gen.* 9. 3)。

反菜食主義の動物愛護論者はそこに大義名分を見出した。ウィリアム・クーパー(一七三一—一八〇〇)は『課題』(一七八五)で、「どんなに卑しいものでも」(Cowper, *Task* 6.447) 自由に生き、生を楽しむ権利があると言いながら、ノアの話を述べたあと、こう総括している。「人間の便宜、健康、/あるいは安全が抵触するならば、人間の権利と要求が/優先し、動物の権利と要求を消滅させねばならない」(六巻 五八一—八三)。エラズマス・ダーウィン(一七三一—一八〇二)も『女子教育指導法』(一七九七)の第十七章で、キリスト教の美徳である「同情」の対象を動物の痛みにまで広げるべきであると主張するが、「自然の第一法則は、食べるか食べられるかである」から、人間が生きるために動物を殺して食べることは人間の「自然の権利」(Darwin, *Plan* 48) であるとした。

ロックやルソーに影響を受けた教育書や児童文学の分野でもほとんどが反菜食主義を唱えた。だが、子どもたちにとって、動物に優しくしなさいと教わりながら、食卓で肉料理を食べさせられることはなかなか理解できることではないだろう。そこで、セアラ・トリマー(一七四一—一八一〇)の『自然の知識への易しい入門書』(一七八〇)では、虚構の母親が子どもたちを戸外の散歩に連れ出し、さまざまな自然物に出会わせながら、「神の知恵と善」(Trimmer,

Easy viii) を学ばせる。雄牛を見たときは、それが肉屋に売られ、肉（フレッシュ）がビーフになり、皮はなめし皮業者に売られてレザーになり、それを靴屋が靴にし、馬具屋が鞍や馬勒にするのだと教える（四五）。羊を見たときも、肉（フレッシュ）はマトンになり、皮は羊皮紙になり、羊毛は梳毛糸になり、それから服ができると教え、次のように言う。「お前たちは生き物を殺すのは残酷だと思っている」が、「もし［羊を］何頭か殺さねば、羊が食べる牧草の量が足らなくなるほどの数に増えて、多くの羊が飢え死にしてしまうでしょう」（四八—四九）。「私たちは私たち自身の命を保つためにそれらを殺さねばなりません。しかし、それらが生きている間は決して苦痛を与えるべきではないのです」（五〇）。鶏についても同様に、「もし全部の鶏を生きさせたら、餓えで死んでしまうでしょう。そして私たちもそうなるでしょう。鶏が小麦や大麦を食い尽くしたら、私たちはパンも獣肉も鳥肉もなくなるでしょう」（六九—七〇）。このように母親は、人間の食べ物用に飼育された動物の殺害を容認するのは、人間の生存のためだけではなく、動物自身の種の存続のためでもあるのだと教える。しかし、自分で殺すことはしない。「確かに私は鶏を殺すことなんかできませんが、誰かがしなければならないのです」（七〇）。

トリマーの『寓話的物語——動物の取り扱いに関して子どもたちを教育するために』（一七八六）におけるベンソン夫人のレッスンも、常に人間の必要性を優先し、人間とその他の動物の上下関係を維持する範囲内で、動物に「苦痛を負わせるよりもむしろ幸福を与えるように努めるべきである」(Trimmer, *Fabulous* [1786] 35) ということである。したがって、人間の食料である家畜や家禽や魚、人間の食料である果物や野菜などを食う芋虫や蝸牛などの害虫やスズメのような害鳥、人間の命を奪う獣や毒蛇などの殺害はよしとする（四八—四九、一五一、一五七—五八、一六四、一六七、一七二、二一七—一八）。そのとき心がけることはただ一つ、苦しみを長引かせないように、「できるかぎり素早く」(一六三)殺すことだけである。ベンソン夫人は、生きながらロブスターを焼いたり、生きたウナギの皮をはぎ、刻んで、熱い油の中に放り込むなどの料理法は残酷だから、ウナギの皮をはぐ前に気絶させたり、ロブスターをまず熱い湯の中に放り込んですばやく殺してから調理すべきだと、娘のハリエットに教える(一六四—六五)。しかし、食べ物となる動物を自分の手で慈悲的に殺すようにとは言っていない。料理人にそのような指示を出して調理してもらうのである。動物に対して慈悲深い農夫の妻のウィルソン夫人も、「私は生まれてから一度も鶏を殺していませんが、それをやってくれる人を見つけるのは簡単なことです」(一四八)という。人間の食べ物のために動物を殺すことはその動物の種としての保存のためでもある。ウィルソン夫人は、「[鶏が]何羽か死ぬことは絶対に必要なことです。なぜなら、非常に早く繁殖するので、短期間で私たちがえさをやれる以上の数になってしまうからです」(一四八)といい、ベンソン夫人も、「産卵したすべてが成魚に成長したら、私たちの池や海の収容能力以上の数になり、餓死してしまう」(一六四)という理由で魚採りを容認している。

四 マコーリーの仁愛教育

このように動物を食べる権利の主張が大勢を占める時代にあって、マコーリーの『教育に関する書簡』はかなり独特な仁愛教育論を展開している。同書は、架空の「友達」(Macaulay, *Letters* 6)もしくは「生徒」(一三四)の女性ホーテンシア[8]宛ての書簡体形式で、三部で構成されている。男女両性に共通した教育を唱え、メアリ・ウルストンクラフト(一七五九—九七)の『女性の権利の擁護』(一七九二)に影響を与えた本として知られる。[9]しかし、ウルストンクラフトと違って、女性の社会的権利の擁護や国立の昼間学校の設立よりも、家庭教育における両性の「知恵と完全な美徳」(Gunther-Canada, "Cultivating Virtue" 48) の育成を目指した。

第一部「序言的書簡」と題した第一書簡は「ホーテンシアよ、それであなたは賛同するのですね、私が獣の未来の存在のために提案してきたことを」(一) から始まる。そのように、マコーリーが最も関心を寄せる話題は動物の取り扱いについてである。彼女は、「あらゆる思索のうちで最も崇高なもの、すなわち、神の摂理による支配を神の無限の仁愛についての私たちの考えに一致させたことについて、あなたの注意を向けさせた最初の人物であった」(二) ことを誇る。彼女によれば、神の仁愛は、「一羽のスズメも気づかずに地面に落とすことはない」(五) ものだった。にもかかわらず、聖職者たちは「私たちの仁愛を口のきけない動物に広げる必要性を強調してこなかった」し、「動物に対するあらゆる虐待を特にもっと強く、繰り返し非難するようなことはなかった」(六) と批判する。

実際には、仁愛の範囲を動物にまで及ぼすべきであると説いた聖職者たちはいた。たとえば、一七七二年十月十八日、オックスフォードシャーのシップレイク教会区司祭のジェイムズ・グレンジャー (生没年不詳) は同教会でおこなった説教において、馬や犬などの動物にまで仁愛を広げるように説くとともに、子どもへの動物愛護教育の重要性を強調した。しかしながら、彼もまた、人間は神から動物を支配する力を授かったので、人間の必要性によって「動物を殺す権利」(Granger 16) を持つと主張した。

マコーリーはこのような考えを退けて、動物に対する「あらゆる虐待」の中に肉食も含める。もし神の仁愛が「創造物の一部［＝人間］の究極の幸福」だけを気にかけて、残りを「死の貪り食う顎」の犠牲にすることならば、それは「偏っている」(Macaulay, *Letters* 6) ことになる。動物に慈悲をかけながらその肉を食べる人間は、その「限定的で偏った共感(sympathy)」を「仁愛の崇高な美徳」(一二一)と呼んでいるにすぎない。動物に対する「慈愛（マーシー）」は、「その程度の低さによって、残虐の悪徳と区別されうるだけ」(一二一)なのだ。

マコーリーは人間が生まれながら残酷であり、他の動物の肉を貪り食うとも考えなかった。アレクサンダー大王(前三五六―前三二三)の次の言葉で示されるように、人間にはもともと他者の苦しみに共感する心があり、仁愛の美徳を持っている。これこそが他の肉食動物と違う点なのだ。

> 猫は自分が悪いことをしているのか、よいことをしているのか考えることなく、獲物を苦しめる。しかし、人間は本来共感する心を持つ。そして物事の関係の知識によって、苦しむものの立場に自分をおき、こうして公正観と仁愛の功利を獲得するのである。それは改善される限り、私たちを残虐あるいは不必要な殺戮と反対のところに運ぶだろう。(一九六―九七)

しかし、どの人間も生来的に共感心を持っているけれども、そうした感情は「ある関連した印象の影響を受けて動かされるまで、不活発なままである」(二七六)。そのうえ、それは一度動かされるだけでは不十分で、「その感情の成長と普及は大いにその印象の繰り返しによる」(二七六)。そして、「慣習、範例、教訓、習慣が私たちの印象すべての主要な源泉なのである」(二七六)。

それ故、マコーリーは、子どもたちに遊びで虫などを殺すのをやめさせるだけでは不十分だとした。

［家庭教師(チューター)は］教え子が他のやり方で悪を広げることを禁じているだろうか。鳥から雛を奪うのを妨げているだろうか。狩猟などの野のスポーツとか、魚を捕まえるための餌として虫を釣り針にかける冷酷な残虐行為から遠ざけ、全く残酷な習慣がつかないようにしているだろうか。あらゆる不必要な危害を完全に差し控えるときや、感情を持つすべてのものに優しい振る舞いをするための機会を捉えるたびごとに、消極的な善と積極的な善の両方の手本を教え子に示しているだろうか。（一二一―一二二）

五　週三回までの肉料理

さらにまた、食育も仁愛教育の重要な一環だった。マコーリーは食べるために他の動物を殺すという「残虐な必要性」は「十分重い悪弊」（三八）であると切り捨て、次のように言う。

私自身の経験から、肉食の習慣に汚されていない人の味覚にとって肉の味は自然ではないというルソーに賛同することができる。乳、果物、卵、そしてほとんどあらゆる種類の野菜が子どもの滋養物の主要部分になるべきである。（三八）

ところが、彼女はルソーのように完全に肉を断たねばならないとまでは主張していない。乳児には人間の乳[10]の他に「茶さじ一杯の混ぜ物のない肉汁」（三二）を与えることを薦める。しかし、それは肉汁のアルカリ性が人間の乳の酸度を中和させるからという理由であって、乳児を「動物の肉を貪り食う人間」（三八）に育てるためではないと、わざわざ強調する。

もっと大きな子どもには、「週三回を超えた肉」（三九）は容認しなかった。つまり週三回まではよしとした。ただしその肉料理は「よく焼いたり、煮たりした」（三九）ものでなければならなかった。なぜなら、「ほとんど生の状態で血を飲むことは、繊細な心を恐怖で満たす。それは野蛮人だけにふさわしい食事である。そして、自然が人間に委ねた広大な権力の乱用への最良の見張りとして、人間に与えたあの共感を弱める方向に向かうに違いない」（三九）からである。

また、若い動物よりも成長した動物の肉の方がよいと薦めた。それは、どの医者も同意見のように、「成長した動物の方が若い動物より消化しやすく、豊富な栄養物を与えてくれるので、前者を少し食べるだけで、後者をたくさん食べることと同じ効果が得られる」（三九）からである。そしてもう一つの理由は、次の引用に示されるように、生まれて間もない動物の命を奪わないようにするためだった。

> 家庭教師（チューター）にとって当然やるべきことは、若い動物の肉を教え子たちの食卓から追い払うように特別な注意を払うことであろう。教え子たちの健康状態はそれによって増進する。そして、教え子たちがこのように身につけた味覚は、ほとんど生まれてすぐの命を奪うことを差し控えることにおいて、仁愛の道義にかなったものであろう。
> （三九）

このように、マコーリーは子どもの身体的な健康のために限って肉食を容認したが、その場合でも、動物の命を奪う残酷さをいかに最小限にするかに心を砕いた。そうした食育が子どもにもたらす道徳的効果を信じたのである。

六　菜食主義と平等

マコーリーが動物に対する「あらゆる虐待」の中に肉食を含めたにもかかわらず、食育において完全な菜食を唱えなかったのは、ただ単に医学的・栄養学的な見地からだけではなく、ルソー的菜食主義のもつ過激な政治性をできる限り和らげるためであったと思われる。

『教育に関する書簡』出版当時のイギリスは革命論争の最中で、[11]食事の話題も政治的意味合いを帯びていた。フランスでは、ルソー的菜食主義が一七六〇年代頃から流行しはじめ、やがてフランス革命の平等主義の象徴の一つとして見なされるようになった (Stuart 207–08)。一方、イギリスで菜食主義と急進主義の結びつきを最初に示したテクストは、オズワルドの『自然の泣き声——迫害された動物のための慈愛と正義への嘆願』(一七九一) である。エジンバラ生まれのイギリス軍人オズワルドは、インドでの勤務中にヒンズー教に出会い、菜食主義者になり、フランス革命時にはパリでジャコバン党に加わった。急進的な出版業者のジョゼフ・ジョンソン (一七三八—一八〇九) のもとから出版した『自然の泣き声』というタイトルはルソーのいう「人類最初の言語」たる「自然の泣き声」(Rousseau, *Discourse* 23) に由来する。オズワルドは、「平和と人間に対する善意の感情が増大して、仁愛の広範囲内に低い階層の生き物も含むような時代が近づきはじめている」(Oswald ii) と信じ、ヒンズー教に由来する菜食主義を唱えた。それは理想的な平等社会の到来のイメージも提供している。どこの国でも果実は自生し、誰でも用意に手に入れることができるに対し、「食肉は人類の大多数が届かない贅沢品である。トルコ、フランス、スペイン、ドイツ、そして、すべての国で最も肉食性のイギリスでさえ、小作人は肉を食べる余裕が滅多にない」(一五)と、彼は肉食を社会的不平等の象徴と捉えた。(12)

『自然の泣き声』の扉絵【図2】では、複数の乳房をもつ果実と果樹の女神ポーモーナが子鹿の死を嘆く様が示される。多産な自然の擬人化の彼女はテクストの中で次のように人間に問うている。

> なぜお前は自分の手を仲間の生き物の血に浸すのか。私は人類の必要物だけではなくて娯楽のためにも、十分に供給していたのではないのか。……飽くことを知らない卑劣漢よ、お前は今もなおこの無垢な羊の血を渇望するのか。その唯一の食べ物はそれが踏みしめる草であり、唯一の飲み物がその足からしたたる泥水なのに。ああ! 私の涙を——ああ! お前に何の危害も与えなかった(実際、危害を与えることができない)哀れな無垢なもののために、自然の涙を懇願させておくれ。(三九—四〇)

【図2】ジョン・オズワルド『自然の泣き声』(1791) 扉絵

この扉絵を描いたとされるジェイムズ・ギルレイ(一七五六—一八一五)は、二枚連続の戯画「フランスの自由、イギリスの隷属」(一七九二)【図3】では、菜食主義と平等主義の結びつきを嘲笑した。「フランスの自由」の絵では、痩せこけた下層階級の共和党員サンキュロットは生玉葱をかじりながらも「自由」を喜び、「もはや税金も隷属もない。みんな自由市民だ。……われわれは〈乳と蜜〉[13]の中を泳いでいる」と宣言する。一方、「イギリスの隷属」の絵では、太った体をし、酒で赤ら顔の顔にはできものができ、通風の痛みを和らげるために靴に切れ目をいれているジョン・ブル（イギリス人の代表）が、大きなローストビーフを切り分けながら、現政府は「われわれをいまいましい税金で破滅させるだろう。……奴らはわれわれ全員を奴隷にして、餓死させるのだ」と、文句を言っている。

【図3】ジェイムズ・ギルレイ「フランスの自由、イギリスの隷属」(1792)
©National Portrait Gallery, London

七　子どもに託す未来の平和社会

ベン・ロジャースによれば、イギリス人はエリザベス朝時代から肉を大量に食べる国民として有名だった（Rogers 9–15）。特にローストビーフはフランス料理のようにソースや香辛料を使用せずあっさりした味付けに調理したイギリスの伝統的料理だが、十八世紀中頃までには愛国主義を象徴する料理として見なされるようになっていた（四〇―五五）。このようにまさにローストビーフの国で、しかもルソー的菜食主義が危険視される時代において、週三回までの肉食を認めたマコーリーの食育論は実践的提案だったと言える。しかし、それでも、共和主義的歴史家で反エドマンド・バーク論者のマコーリーの考える子どもの仁愛教育は、個人のレベルに留まっていなかったことを見逃すべきではないだろう。つまり、子どもが慈悲深い大人に成長することだけが彼女の目的ではない。むしろ、そういう大人に育った人が暴力のない平和な社会を築くことを目指したのである。

彼女は、もし私たちが日常生活からあらゆる暴力を排除し、共感の感情を高めることができれば、平和な社会が実現すると考えた。

> もし私たちが自分たちの道徳的なおきての精神によって、どんなに小さな残虐でもそうした性質を帯びているあらゆる印象の働きを社会から除くことができるのならば、そして、仁愛の傾向を持つあらゆる印象の働きを鼓舞するならば、おそらく、厳格な法の強制よりももっと強力に働く程度まで――あらゆる暴力行為を抑制し、その結果、公の平和に不利に作用するあらゆる行為を抑制するまで――共感の感情を高めるべきであるのは明らかである。(Macaulay, *Letters* 276–77)

つまり、仮に家畜の虐待防止が法律で定められたとしても、人間の都合で動物を殺しているのなら、それでは不十分だから、共感を高めることが必要だというのだ。

たとえば、もし政府が進歩的(リベラル)な仁愛の感情に基づいて行動し、動物の幸福を法の保護のもとにおいて、動物が有用な働きをしている間に出くわすあの厳しく、残忍な扱いをする違反者たちを罰するところまでやるとしても、それは共感を増大する方向に向かわないのではないか。動物の日々の労働がなかったら、社会は生活を快適なものにするあらゆる楽しみを奪われてしまうから、動物に優しくするのは当然だというこの道徳的真実に公衆の目を向けさせても、私たちの公正の概念を大して拡大しないのではないか。（二七七）

換言すれば、マコーリーは人間の生存のためだったら、動物を殺してよいとする考えに潜む残虐性を問題視する。動物を殺してよい場合は、人間の滋養に必要な場合だけである。その場合でも、残虐な印象を人に与えないように、最大限の努力をしなければならない。

おお、すべての屠殺場を迷惑なものとして扱いたまえ。それらを人間の生活域から隔離せよ。滋養に必要な動物たちの命を、ほとんど痛みを与えずに奪う方法を発見できる者に褒美をとらせよ。それ以外の命を奪う方法をすべて厳格な刑罰のもとで禁止させよ。スポーツや遊びで命を奪うことを手本や教訓で思いとどまらせよ。そうすれば、ほぼ確実に仁愛の精神が公衆の心に広まるであろう。（二七八）

屠殺の光景が人間の心に及ぼす悪影響を怖れて、屠殺場を一般人の目につかないようにとのマコーリーの要望は、トリマーの虚構の母親の言葉、自分では手を下さないが、誰かが殺さねばならない、と同じ論理である。それは肉の消費者たる自分たちと屠殺に携わる人を区別し、前者が後者よりも階級が上であるだけでなく、動物に対する優しい感情の点でも上であることを暗示する。トリマーと同じくマコーリーも階級意識が強かったと言える。それでも、食用に動物を殺すことの道徳的悪影響に目を向けさせたマコーリーの功績を過小評価すべきではないだろう。もし、子どもたちが滋養に必要な最小限以上の肉を食べることを控え、正しい道徳教育を受けて、常に動物に優しくする習慣を身につけたならば、彼らは社会の変化の担い手になることができる。マコーリーは人間と動物が共存する平和な未来社会の実現を子どもたちに託したのである。

注

（1）これらの語は、十八世紀の感受性文化の時代にほとんど同義的かつ互換的に使用されていたが、本論では便宜上、大石を参考にしながら訳し分けた。

（2）このことは他の批評家 (Barker-Benfield 66; Fiering 200–02; Keith Thomas 175–76) によっても指摘されている。また、ノーマン・S・フィアリングによれば、ケンブリッジ・プラトン主義者のヘンリー・モア（一六一四―八七）も人間の本性を同情とし、それを神の啓示の現れとした (Fiering 198–200)。道徳哲学者のうち、シャフツベリー伯（一六七一―一七一三）、フランシス・ハチソン（一六九四―一七四六）、デヴィッド・ヒューム（一七一一―七六）などが動物への慈悲や思いやりを説いた (Fiering 202–10; Passmore 208–09)。

（3）ただし、年少の子どもに対する宗教教育に否定的考えを持っていたロックと違って、トリマーやウルストンクラフトのような女性作家たちは動物愛護教育をキリスト教の仁愛教育と結び付けて重要視した。ウルストンクラフトとトリマーの動物愛護論に関しては、それぞれ川津「人間と動物の境界線上」と「感受性の規制」を参照。

（4）たとえば、ジョン・ローレンス（一七五三―一八三九）は『馬に関してと、動物に対する人間の道徳的義務に関しての哲学的実用的論文』（一七九六—九八）において、「動物の権利」の法令化について提案すらした (John Lawrence 1: 123)。
（5）本論では、以下同様に、原文においてイタリック体で強調されている箇所を傍点で示す。
（6）菜食主義の歴史に関しては、Kheel 1273–78 参照。イギリス・ロマン主義時代の新プラントン主義者として有名なトマス・テイラー（一七五八—一八三五）は、ウルストンクラフトの女性の権利論を揶揄するために出版した『動物の権利の擁護』（一七九二）において、新プラトン主義者のポルフェリオス（二三四頃—三〇五頃）の『肉食節制論』を引用しながら、動物を食べることは「不正であり横暴である」(Taylor 34) と断定し、古代における肉の断食の実践例を挙げている。テイラーは菜食主義者ではないが、揶揄的にせよ動物の権利を菜食主義と結びつけている点は興味深い。詳しくは、川津「女性と動物」参照。
（7）『オックスフォード英語辞典』によれば、"vegetarian" の初出は一八三九年である。一八四七年にイギリス最初の菜食協会 (The Vegetarian Society) が設立された。それ以前は、肉食を控える人を指す語として、"Pythagoreans"、"Brahmins"（バラモン［インドのカーストの最高階級である司祭者］）、"eater of the 'natural' diet"（「自然」食を食べる人）の語が使われていた (Morton, *Shelley* 16)。
（8）シルビア・バウワーバンクによれば、ホーテンシアはマコーリーの「姪」(Bowerbank 159) だが、テクスト中にはそうした言及はない。
（9）ウルストンクラフトは『アナリティカル・レヴュー』に好意的な書評を掲載した (Wollstonecraft 7: 31)。また、『女性の権利の擁護』では、マコーリーを「この国が生み出した最も優れた能力の女性」（五巻 一七四）として絶賛し、『教育に関する書簡』からの抜粋も引用した（五巻 二〇七）。
（10）ちなみに、ルソーは乳児を母乳で育てることを推奨したが、マコーリーは上流階級の女性の母乳は化粧や夜の遊びなどで汚されているとして、むしろ乳母の乳を薦めた (Macaulay, *Letters* 32–33)。
（11）マコーリー自身も『教育に関する書簡』のあとに、エドマンド・バーク（一七二九—九七）の革命批判に反対する論文『フランス革命に関するエドマンド・バーク閣下の省察についての所見』（一七九〇）を出版した。ウルストンクラフトの反バーク論との違いについては、Gunther-Canada, "The Politics of Sense and Sensibility" を参照。

（12）同様に、リトソンもイングランド、ウェールズ、スコットランドの労働者階級の食事は菜食だけだと指摘し (Ritson 192)、シェリーも肉食が貧富の差を拡大し、人間の平等の権利を損なうと批判した (Shelley 21–22)。
（13）「乳と蜜の流れる地」(*Exod* 3: 8, *Num* 16: 8) は聖書中の並外れた豊穣の地のこと。

第五章

ロマン主義時代の有機的世界観
――S・T・コウルリッジを中心に

直原　典子

一　序

アーサー・O・ラヴジョイは『存在の大いなる連鎖』（一九三六）でプラトン（前四二七頃―三四七頃）の『ティマイオス』に発し、アリストテレス（前三八四―三二二）に引き継がれた「存在の連鎖」という世界観を語っている。これは、古代から中世を通じ十八世紀後半にいたるまで多くの哲学者、科学者、教育ある人々のほとんどが受けいれていた宇宙の構造の概念であり、「下は非存在すれすれの最も貧弱な存在から、有りうる限りのあらゆる段階を通って、完全を極めたもの――すなわち、もっと正統的な言い方をすれば、それと絶対者との間の懸隔は無限であると考えられるとはいえ最高位の被造物――にまでいたる無数の階層的秩序に配列された」(Lovejoy 59) 鎖の環のようにつながった存在の連鎖のことである。この鎖の環は、連続の原理によって、直ぐ上のものと直ぐ下のものとが、可能な限り小さい程度の相違によって隔てられていると考えられていた。

西欧における世界観は、ラヴジョイの言うように、古代からロマン派の時代にいたるまで存在の連鎖という大きな枠組みの中で、質的な変遷を遂げてきたと捉えることが可能であろう。プラトンの『ティマイオス』に描かれた創世のヴィジョン、実証的な観察にもとづいて積み上げられたアリストテレスの世界観、さらにプロティノス（二〇五頃―七〇頃）の流出論にもとづく創世のヴィジョンは、中世スコラ神学に見られる、神を頂点とするキリスト教の位階論の土台となったが、これらはどれもラヴジョイの言う存在の連鎖のヴァリエイションとして捉えることができる。さらに近代になるとデカルト、ニュートンらによって新たな世界観が形成され、いわゆる「世俗革命」を経て、十九世紀には、チャールズ・ダーウィン（一八〇九―八二）の進化論を典型とする、頂点に神を戴くことのない世界観が形成されていく。十八世紀後半から十九世紀を生きたロマン主義の知識人たちは、キリスト教的な伝統的世界観と世俗的な自然観形成の間の時代にあって、時代の橋渡し的な役割を果たしたと言うことができるだろう。彼らはドラスティックな変化の時代に、複数の思想潮流を取り込み、論理的な矛盾をうちに抱えこみながら思想形成をしていった。

本論は、こういった世界観の変遷の中に、英国ロマン主義詩人・思想家であるサミュエル・テイラー・コウルリッジ（一七七二―一八三四）の生命論を位置づける試みである。キー概念として人間と動物を分ける「種」の概念に注目し、その変遷を辿る中から、彼の生命論の特徴を考えてみたい。

二　種の概念と動物観の変遷

人と動物との違いは古来どのように考えられてきたのだろうか。キリスト教世界においては、永遠の魂をもつかどうかが人と動物を分けると考えられてきた。しかしその場合、魂とはいったい何なのだろうか。さらに、人が動物という類の中の一つの種であるとして、そもそも種としての人という概念は、実体と対応していると言い得るのだろうか。実は、ヨーロッパ思想史において、この問題は活発に論じられてきた。

第二節では、存在は形相と質料によって成立すると説き、「個体化の原理」(the principle of individuation) の基礎を作った古代ギリシャ哲学のアリストテレス、アリストテレスに依拠して種の形相概念をもとに存在の位階に基づく世界観を説いた中世スコラ神学のトマス・アクィナス（一二二五頃―七四）、形相概念へ根本的な疑問を呈し、普遍論争を惹き起こしたウィリアム・オッカム（一二八五頃―一三四九）、思惟と延長による二元論的世界観を唱え、個体化の原理を解体し、機械論的世界観を打ち立てたデカルト（一五九六―一六五〇）、ネオプラトニズムとキリスト教神学の融和を目指す中で、デカルトに反駁して有機的世界観を唱えたケンブリッジ・プラトン主義者ラルフ・カドワース（一六一七―八八）、デカルトとカドワースの統合を試みたゴットフリート・ウィルヘルム・フォン・ライプニッツ（一六四六―一七一六）、さらにジョン・ロック（一六三二―一七〇四）をはじめとするイギリスの経験論哲学、ジョン・セルウォール（一七六四―一八三四）の唯物論、そして十九世紀初頭のコウルリッジまで、種の概念をめぐる思想の変遷を概括する。そのうえで、第三節において、コウルリッジの生命論の思想的位置づけを試みたいと思う。

(1) 古代から中世における種の概念

個体や種というものの概念がいかなる実体を表すものなのかということは、アリストテレスによって個体化の原理の問題として論じられた◦。彼は個体を形相と質料をもつものと考え、魂を「可能的に生命をもつ自然物体の、形相としての実体である」(Aristotle, "On the Soul" 656) と定義している。具体的には、魂とは「栄養を摂取する能力、欲求する能力、感覚能力、場所移動をする能力、思考する能力」（六五九）の五項目で定義され、生物とは以上の五項目のいずれかをもつものと考えられている。形相としての魂は、質料に対して規定的に働き、生物の個体としての実現を促す。動物とは、欲求能力をもち、自分自身を動かすことができるものである。欲求するためには心的表象をもつが、動物の場合の心的表象は、感覚的な表象である。人間の魂は上記五つの能力のすべてをもち、動物と異なって、推理的な心的表象をもっている（六八九）。さらに、人間は思惟能力をもっている点で他の動物から種として区別される。思惟能力とは、神的なものを観想する力である (Aristotle, "Metaphysics" 1695)。

トマス・アクィナスは、アリストテレス哲学から大きな影響を受け、ギリシャ哲学とキリスト教神学の統合をはかって中世スコラ神学を体系化した。彼は、人間の魂を「或る非物体的にして自存するところのものである」（『神学大全 第六冊』九　pt. 1, qu. 75, art. 2) と定義する。また、人と動物との相違をアリストテレスに依拠し以下のように考えている。動物は感覚的魂をもつのみで、人間のように知性認識をもつことはない。動物の魂も質料を規定する形相としての存在である。しかし、動物の魂は感覚的魂を越えるものではないから、身体から分離して存在することはありえない。動物の魂は自存しない。したがって動物の魂は肉体の消滅とともに滅ぶ（一二―一三）。さらにアクィナスは、「種差は事物において形相的であるものから取られる」（『在るものと本質について』七一）と言う。個物は質料と形相の複合体であるが、種と種の違い、すなわち種差の根源は、種を決定する形相であるとされるのである。

キリスト教的な階層的世界観においては、天使、人間、動物、植物、鉱物という神の創造した諸階層は、種差を決定する形相概念に基づいて形成され、明確な階層区分のある静的な位階構造とされている。当然、種差を決定する形相は神による創造であると考えられた。スコラ神学における「個体化の論理」においては、人も動物もともに形相としての魂と、質料としての肉体をもち、個体はそれぞれ、個を決定する形相と、肉体となってその形相を実現する質料とをもっている。また同時に、個体は個を決定する形相に加えて、種を決定する形相を宿し、それによって個体の属する種が決定されている。

動物の魂は肉体の消滅とともに滅ぶのに対して、人の魂は肉体が消滅しても滅びることはなく不滅である。なぜなら、人の魂は、動物の魂とは異なり、神から発する特別な「存在」(esse) を分け与えられているためである。神から直接与えられた「存在」を宿す人間の魂は、神以外のものには依拠しないために自存するものとされ、肉体が滅びた後も、その存在は消滅することはないと考えられた。また、いったん個体としての肉体のうちに宿った魂は、肉体消滅ののちも、一人の人間の魂としての刻印を受け、その個体性を永遠に保ち続けると考えられた。(【図4】「神の創造による被造物の位階的構造」参照[1])

このように中世スコラ神学における「個体化の論理」は、自然の位階を決定し、同時に人間と動物の魂の違いを明らかにし、さらに、人間の魂の不滅性と個体性を保証するものであった。「個体化の論理」は、個々の人間の魂が不滅であり、神による救済に与り得ることの基盤となる原理であり、キリスト教神学の体系においてきわめて重要な命題であったことがわかる。

天使	魂【形相的実体】(不滅) + *esse*（神から与えられた自存的存在）
人間	魂【形相的実体】(不滅) + *esse*（神から与えられた自存的存在） + 【複合実体】(可滅) = 形相（魂）+ 質料
動物	【複合実体】(可滅) = 形相（魂）+ 質料
植物	【複合実体】(可滅) = 形相（魂）+ 質料
鉱物	【複合実体】(可滅的) = 形相 + 質料

【図4】神の創造による被造物の位階的構造

このような中世スコラ神学のキリスト教的世界観においては、個体ならびに種差が形相概念によって規定されており、形相概念と実体との間にズレのないこと、形相が「もの自体」としての個体ならびに種を表すものであることが前提となっている。しかし、中世も時代が進むにつれて、このような体系を根本から崩す可能性を秘めた論説が現れる。それが普遍論争の発端となったオッカムの論であった。

普遍論争においてオッカムが批判したのは、スコラ神学における「個体化の論理」である。[2] オッカムは、個物以外のものに実体性を認めず、一つの実体として存在するものは、あくまでも数として一つと認められる個物以外にはないと主張した。異なる二つ以上の個物に共通して存在し、同時に一つの実体でもあるものは存在しない、と彼は考えたのである。彼は個物の実在のみを主張し、形相的区別の実在性、普遍としての実体を否定した。

形相的区別の否定は、種の概念の実在性の否定であり、さらには人間存在の形相である魂の実在性への懐疑にいきついてしまう。人間の精神と「もの自体」との乖離、表象と実体との乖離が意識され始め、キリスト教の神学体系は、オッカムのひき起こした普遍論争において土台から崩れ始めた。

(2) 近代以降における動物観――デカルトからセルウォールまで

近世哲学の父と言われるデカルトは、人間が思惟によって得る明晰な観念は、神に由来するものであり、したがってそれは真なるものであるとする (Descartes, *Discourse* 28)。しかし彼は、存在のすべてを思惟と延長に還元することで、個体化の論理を問題とせず、普遍論争に終止符を打とうとした。彼はそのうえで、自然を完全に数学的に認識することを目指した。運動の第一原因は神であり、神は宇宙のうちに常に同じ運動量を維持する。これが自然における普遍的な第一次的原因である。二次的原因としての三つの自然法則は、①いかなるものも自らに関しては常に同じ状態を保ち、一度動かされたものは常に運動し続ける。②すべての運動はそれ自らとしては直線的である。③ある物体が自らより推進力の強い物体に出合うとき、他の方向に曲げられ、運動の方向を失う。逆に、より推進力の小さい物体に出合うときには、他の物体を動かし、これに与えただけの運動量を失う (Descartes, *Principles* 57–61)、というものであった。

物質を延長とみるデカルトにおいて、個体あるいは種の形相は問題にならない。人間と動物の違いは言語と理性あるいは理性的魂の有無にある。人間の理性的魂は神に由来するものであって、物質の力から導き出されることは決してありえず、不死のものである。一方、動物には理性がなく、動物たちの内では、自然的物体が諸器官の配置に従って機械のように動いているにすぎない (*Discourse* 41–42)。こうして、デカルトの二元論は近代における機械論的世界観の基礎となった。

一方、ケンブリッジ・プラトン主義者の一人ラルフ・カドワースは、デカルトの機械論的世界観への反駁として、目的論的有機的世界観の構築を試み、『宇宙の真の知的体系』（一六七八）の中で、アリストテレスとプロティノスに依拠して、物質に働きかける「形成的自然」(Plastic Nature) を論じた。「形成的自然はすべての生命の中で最下位のものであるが、それが生命である以上は非物質的なものである」(Cudworth 311)。「形成的自然は物質の中に浸され入り込んだ理性であり、物質に浸り、混ざりこんだものである。それは神のみわざの原型ではなく、模倣であり、神の知恵の有機的刻印であり署名である。形成的自然は正確に原型に従って、すなわち神の示す目的にそって行為するが、しかしそれでも、自ら従うものすなわち神の理性を、決して理解しないし、認識することもない」（三〇二）。認識能力をもたない形成的自然は「神の精神と認識の、かすかな影のような模倣」(三二三)であり、神そのものとは明確に区別されている。形成的自然は神に従属して働く道具である。神の知恵とは、アリストテレスに従って言うなら、神の理性が生み出す形相である。質料に形相を伝え、自然を造るのが形成的自然の役割である。神の示す目的にそって形成的自然は有機的自然を生成するのである。

さらにカドワースは言う。「形成的自然は動物の身体の形成において、一つの全体を作り出す唯一のものである」(三一一)。目を考案し形づくるものは、耳を作るものと異なるはずはなく、手を作るものが足を作るものと異なるはずはない。静脈と動脈、神経と筋肉や関節、心臓と脳を作るものも、また同様に、同じもののはずである。自然的形成はそのもののうちに「有機的身体の全体像と完成されたモデル、あるいは構造を持っている」(三一一―一二)。そしてこれと同じことが万物の形成にもあてはまる。形成的自然こそが「一つの全体に向けて協力しあうように万物が秩序づけられた物質的宇宙全体を造る」(三一二)ものである。

こうして、形成的自然は獣や人間を含むあらゆる動物の個々の魂に宿る。「動物の身体の中には機械的ではなく有機的な原理」があり、この原理は「動物の魂のある部分」となり、動物に宿る「無意識の力」である(三一六)。[3]

カドワースは以上のように、形成的自然を、創造において神の道具としての役割を果たすものであるとし、霊的存在ではあるが、その最下位のものであって、神とは明確に異なるものとして位置づける。こうすることによって、彼は、プラトン主義的な、神的存在との連結から生まれた有機的自然観を維持すると同時に、キリスト教的な、自然に対する神の超越性をも守ろうとした。彼はプラトン主義における自然形成論と、キリスト教における創造主による天地創造論との融和を試みたと言うことができる。

十七世紀ドイツの思想家ライプニッツは、カドワースの娘、ダマリス・マイシャムと交流があり、カドワース思想をよく知る立場にあった (Phemister 193)。彼はカドワース思想に共感する一方、デカルトの機械論的世界観とカドワースの有機的自然観との統一をめざしている。ライプニッツは、「生命の原理と形成的自然についての考察」(一七〇五) において、カドワースを支持し、不死なる実体的形相としての「生命原理」(vital principles) が全自然の内に遍く存在すると語る (Leibniz 586)。しかしライプニッツによれば、魂に宿る生命原理は有機的身体のみに宿るもので、非有機的物体の運動を変えるものではない (五八六)。

> 魂は、善と悪に従って知覚を確実に展開させていく自らの法則に従う。そして物体もまた、運動の法則で構成されている自らの法則に従う。それにもかかわらず、この二つの全く異なる種類の存在は、二つの時計が完全に同じ時間を刻むように、互いに合致し、互いに対応している。私が予定調和説 (*pre-established harmony*) と呼ぶのはこれである。(五八七)

ライプニッツは生命原理を提唱し、有機的世界観を維持するが、生命原理が直接働きかけるものを有機的身体に限定する。この限定によって、有機的身体以外の物質世界におけるデカルトの機械論的自然法則が有効なものとされる。そして、魂の世界すなわち思惟世界と、物質世界は、それぞれ別の法則に従うとする。しかし彼は、その二つの世界は、完全に対応し、統一されていると語る。これらの両世界を創造した神が、その力によって統一ある「予定調和」をもたらしているからである。ライプニッツは、デカルトによる近代的世界観を認めつつ、その一方でカドワースの自然形成論を擁護することによって、有機的世界観とキリスト教神学の有効性を守ろうとしたのである。

ライプニッツは、さらに「予先形成」(preformation) の概念を語る。神は世界創造のさい、それぞれの有機体に、個体形成のための――現代的に言えば遺伝子情報の束のような――生命原理を宿らせるが、同じ種に属する有機体は同じ原理を引き継ぐ。それぞれの種の実体を形成していくのが予先形成の原理である。有機的身体は、個体の存在に先立って定められた有機体形成の情報、すなわち予先形成の原理を引き継ぐことによって、有機的身体を再生産していくのである。[4] そして、この予先形成原理が物質に宿っている限り、動物は種として再生産されてゆく。個体は消滅しても種としての動物の存続が可能であることから、ライプニッツは予先形成原理の宿る動物の魂は個体の消滅とともになくなるものではなく、個体消滅ののちも存続していくものであると考えている（五八九）。ライプニッツの予先形成論は、オッカム以来疑問視されてきた種の形相概念に、近代的な意味を与えたものであると言うことができる。

これに対し、イギリス経験論を代表する哲学者ジョン・ロックは、形相的な種の概念に関して『人間知性論』（一六八九）において、根本的な反論を試みている。彼は実体の名について考察する。実体の共通の名とは種を表すものである。つまりいくつかの特殊な実体が、ある共通の概念に包括されてしまうということである (Locke, *Human Understanding* 392)。ここからロックは種とは何かを考えている。

それぞれの種を特定の種に構成し、他の種から区別させる尺度、限界が、それぞれの種の「本質」(*essence*) と呼ばれるものである。本質とはそれぞれの種の名前が結びつけられる「抽象観念」(*abstract idea*) に他ならず、したがってその観念に含まれるものはすべて、その種にとって本質的なものである。われわれの知る自然的実体の本質は、それによって自然的実体を種に区別するもののすべてであるのだが、わたくしはそれを、「唯名的本質」(the *nominal essence*) と呼んで、この「唯名的本質」およびその種のいっさいの特性が基づく実体の実在的組織から区別する。そこで前に述べたとおり、この実体の実在的組織は「実在的本質」(the *real essence*) と呼んでよいであろう。(三九三)

たとえば、金の「唯名的本質」は金という語が表す複雑観念、たとえば、黄色い、ある重量をもった、展性のある、溶解する、凝固する物体を表す。しかし「実在的本質」はその物体の知覚不能な部分を含めた組織であり、実は、「金」の色や重さといった人間が知ることのできる性質だけでなく、他のまだ知られていないすべての性質が「実在的本質」に基づいているのである。

ラヴジョイは、ロックがア・プリオリに、また必然的に、知覚されない属性の観念を包含する実在的本質の存在を認めていて、この点はロックがいまだプラトン主義的な実体的形相の観念をひきずっていたことに注意を促す。しかしその一方、ロックが実在的本質と唯名的本質を区別し、われわれが認識しうるのはいくつかの特性についての観念の集合体につけた名である唯名的本質であって、知覚不能な実在的本質とは全く異なるものであることを明言したことの重大性を指摘している (Lovejoy 228–29)。

ロックによれば、われわれが名前によって実体を種に分類することは、そのものの実在的本質に基づくものではない。われわれは内的な本質的差異に従って、正確にものを種に分類し、決定することはできないのである (Locke, *Human Understanding* 402)。ロックの経験論は、オッカムの唯名論を継承するものであり、種の概念の有効性を問うものであった。ロックを継承する人々は、人間と動物の種としての差が真に実体的なものであるとは言えなくなった。動物が、人間とは種として明らかに異なるものとみなして、両者の関係性を議論することは難しくなっていったのである。

ロックの経験論を継承するスコットランド啓蒙主義者の一人であるハチソン（一六九四―一七四六）は、『道徳哲学序説』（一七四七）の中で、人間と動物の関係性を論じている。彼は、人間の本性は、神に由来し神とつながっているために、動物に対しても本来憐れみの情と優しさをもっていると語っている (Hutcheson 147–48)。しかし、人間の権利は動物の生存に優先されるべきものであり、人口が増え、食料が乏しくなったならば、人間が飢えて死ぬことを防ぐために動物の肉を食べることは正義に反することではないと記している（一四九）。

アダム・スミス（一七二三―九〇）は、『道徳感情論』（一七五九）において、道徳の基盤は感情にあると論じ、人間のもつ道徳的諸能力は本来的に神の摂理を推し進めるものであると述べている (Smith 235)。スミスの人間本性そのものに対するこのような信頼の厚さは、道徳を信仰から切り離す原動力となっていく。また、彼は、動物に快楽や苦痛への感受性、感謝および憤慨という情念のあることを認めている（一三六）。ただ、人間の感謝や憤慨の完璧な対象となるためには、その感謝や憤慨の意味と理由を理解する力が必要であり、動物はその力をもたないために、人間の感謝や憤慨の対象としては不十分な存在である、とつけ加える（一三七―三八）。このようにスミスは、人間と動物の違いを感受性の程度の問題として論じた。スミスにいたって、道徳が信仰の問題から人間の本性、人間の感情の問題へと移行し、人間と動物の違いが「種」としての違いではなく感受性の「程度」の差となっていることは、きわめて注目すべきことである。

功利主義哲学者ベンサム（一七四八―一八三二）は、『道徳および立法の諸原理序説』（一七八九）で、人間が肌の色によって差別されてはならないのと同様に、動物も足の数の違いや体毛のあるなしによって差別されてはならないと語っている。人間の乳児よりも馬のほうが理性的である場合もあるが、肝心なことは、理性のあるなしよりも、苦しみを感じ取る感受性のあるなしであると言う (Bentham 283n)。ベンサムにいたって、人と動物の感受性は等しく尊重されるべきであると明白に語られるようになったのである。

経験論者たちは、人間と動物の差を、形相によって決定される種としての差ではなく、程度の差と考えるようになった。また、道徳の基盤をキリスト教信仰ではなく、人間の本性、特に感受性に求めていった。それに伴い、動物も人間と等しく感受性をもつものと考え、動物の権利の擁護を主張する思想的潮流を生み出していったのである。

コウルリッジの友人、急進主義者のジョン・セルウォールは、一七九三年に「動物の生命の定義について」という、唯物論的生命論についての講演を行い、大きな論争をひき起こした。[5]

セルウォールは講演の中で、動物と人間の関係性にも触れている。彼は非物質的な魂の存在を否定し (Thelwall 116–17)、動物の生命を「特別な刺激が特別に組織された物質に加えられることによってひき起こされた活動状態」のことであり、「生命の前提となる原理」は「特別な組織体と特別な刺激」であると述べている（一一八）。ここにはもはやヨーロッパの伝統の中で語られてきた魂の関与する余地はない。セルウォールの生命論は、明確な唯物論的主張である。彼の生命論においては、人間と動物の間に質的な区別はありえない。彼は人間と動物の違いは、人間が「本質的に動物と異なる力をもっていることによるのではなく、むしろ程度の差にある」（一〇四）と述べ、人間と動物が階層的構造内に位置づけられるものだとしても、その差はあくまでも程度の差であって種差に基づくものではないとしている。セルウォールの論は、キリスト教的世界観の枠内にとどまっていた当時の医学界においては、危険な無神論とみなされ、激しい論争を巻き起こした。

(3) コウルリッジ(一七七二―一八三四)の動物観と階層的世界観

さて、イギリス・ロマン主義のコウルリッジは、一八二八年に、友人であり王立外科カレッジの解剖学教授であったグリーンの動物学講義のためのノートを作成している。彼はこの中で人間という種が人種に枝分かれして形成されていく過程と、人間と動物の種としての違いについて考察している。[6]

コウルリッジは、第一に人類の分化について語る。人類は一つの「種」(Species) であり、五つの「人種」(Races) によって代表され、それぞれの人種は不特定数の「変種」(Varieties) を含む (Coleridge, "Contributions" 1388)。神によって創造された人間は、自由意志をもって自然環境から自立して生きる者と、自然に引きずられて生きる者とに分化していく。自然から自立して生きる者は、自らの意志によって歴史を造る人種となり、自然に同化し依存していく集団は堕落した人種を形成する。したがって、人種は、最初の人間たちが堕落することによって分化形成されたものである。すなわち、最高位の人種といえども、それは低位の人種に比べ相対的に質が高いということであって、人種間の差はあくまでも程度の差であるとコウルリッジは述べている(一四〇六)。

彼は第二に、人と動物との間には種としての本質的な差異が存在すると主張する。その根拠を彼は二つ挙げるが、その第一は当時の比較解剖学の見地にある。

ミネルヴァの頭部を造るフェイディアスのモデルにもなりえたであろう、最も美しいコーカサス人の標本であるジョージア朝の女性の頭蓋骨と、最も黒人化の進んだ［ダホミの?］アフリカ人の頭蓋骨の間には「程度」(*degree*) の差以外の相違は何も認めることができないのである。――一方、その黒人の頭蓋骨をオランウータンの頭蓋骨の横に置いてみるならば、一見しただけでその型の決定的な違いを発見するのである。そして同時に、人間と獣との間にはまぎれもない相違があることがわかるのである。(一四一〇)

コウルリッジはドイツの人類学者であり比較解剖学者であったヨハン・フリードリッヒ・ブルーメンバッハ（一七五二―一八四〇）の影響を受け、人と動物の決定的な差は頭蓋骨の観察により明らかであると述べている。人と動物を種として分ける第二の根拠は、人と動物の環境に対するかかわり方の違いにある。

あらゆる動物の自然状態とは、その中で動物がその種に従って自己を完成しようとする傾向が助長されることが最も多く、妨害されることが最も少ない状態を言うのである。――言葉を換えるならば、それは生物のあらゆる組織体のための自然状態と言うべきであり、組織体の棲む環境はその生物の形態、能力、機能の発達に最も好都合に働く環境である。(一四一三)

ここでコウルリッジが示唆していることは、動物は自然環境に従い、環境に適応して生きるのであるから、動物がその環境で生きているということは、すなわち現在の自然状態が最もその動物にとってふさわしいものであることを意味する、ということである。これに対してコウルリッジは、自然に適応するだけではない人間の側面を強調する。

人間以外のすべての動物にとって、自然状態とはその形態、〈能力〉、機能の土台であり条件である。必要な前提としての自然状態なしには、動物の形態は十分な発達を遂げることはありえず、機能が発揮されることもありえないのである。人間においては、自然状態とは人間の能力の発達の結果であるに違いないのだ。……繰り返して言うが、下位の世界においては、自然状態が動物の十全な実現のために必要とされるが、人間においては、自然状態を実現することが被造物としての目的であり適切な仕事なのである。(一四一四)

コウルリッジは、動物が環境によって変化し、結果的に適応し、いわば自然の力によって受動的に変化して、自然との調和を保つようになっているのに対して、人間は、自然を自らの意志によって能動的に改変し、自分たちにふさわしい環境を造ってきたのだということを指摘する。そして自然に能動的に働きかける自由意志の力は、動物にはなく人間のみに具わったものであることを強調している。

以上のように、コウルリッジは、この論において、人間という一つの種が枝分かれして人種を形成したこと、人種間の相違は質的なものではなく程度の差であることを語る。その一方、人間と動物との間には、自然に対して能動的に働きかけるか否か、という点で決定的な種としての差があることを語っている。総じて言うならば、コウルリッジの論は、キリスト教的な階層的世界観を保ちながら、一つの階層内部、あるいは種の内部においては、連続的な程度の差を認めるものとなっていると言えるだろう。

先に述べたように、コウルリッジがこの論を執筆した一八二八年という時代は、英国においてはすでに感受性を基盤にする道徳が説かれ、動物の生存権も語られ出している時代であった。十八世紀啓蒙主義以来、経験論に基づく感受性論の伝統は、すでに英国に深く浸透していたのである。そのことを考えるならば、コウルリッジの論はある意味で時代の趨勢に逆らう面をもっている。コウルリッジにとっては、人と動物の種としての差は、譲ることのできない一線であった。このようなコウルリッジの主張を形成した要因とはいったい何であったのか。

重大な要因の一つがコウルリッジの道徳観と信仰にあったことは確かであろう。人間が不滅の魂をもつものであることは、すでに見てきたようにキリスト教神学における最重要の命題であった。そして、人間が不滅の魂をもつことは、他の動物との種としての差を決定づけるものであった。人間が神の似姿としての魂をもち、同時に自由意志をもつことが、コウルリッジにとっての道徳的基盤であった。

しかしキリスト教擁護のためには、急速な発達を遂げる自然科学とキリスト教との調和を図る必要があった。キリスト教的世界観と近代科学とを調和させるようとする試みは、すでに十七世紀英国においてトマス・バーネット[8]といった人たちによって熱心に行われた。経験論的論調と世俗化の波が決定的になりつつあった十九世紀初頭という時代において、以下に述べるコウルリッジの生命論は、聖書的世界観と近代科学とを調和させ、キリスト教信仰と当時の英国の体制を守ろうとする思想潮流の中に位置づけることが可能だろう。

三　コウルリッジの「生命論」（一八一六）——表象と現象の統一

(1) シェリングと共有する問題意識

コウルリッジの「生命論」は一八一六年に書かれているが、当時彼は、ドイツ観念論哲学者の一人、フリードリヒ・ヴィルヘルム・ヨーゼフ・フォン・シェリング（一七七五—一八五四）と強い親和的関係にあり、彼の自然哲学の問題意識はシェリングのものと重なっている。シェリングは一七九七年に『自然哲学に関する考察』を著しているが、コウルリッジは同じ著作の一八〇三年版の序論の最後の部分に「秀逸である」(excellent) と記しており、強い共感を示していたことが窺える (Coleridge, *Marginalia* 4: 392)。

シェリングはその「序論」の中で、人間による表象と対象とのズレ、言い換えるならば、人間精神と「もの自体」とのズレを克服することが哲学の最重要課題であると語っている。

> 問題なのは、かの「現象連関」(assemblage of phenomena) やわれわれが自然経過と呼ぶ因果系列 (the series of causes and effects) が「われわれの外部」(*outside us*) でいかに実現したかではなく、それらが「われわれにとって」(*for us*) いかに実現したか、言い換えると、かの現象体系と、かの現象連関とがいかにしてわれわれの精神にもたらされたか、またそれらの存在の抗いがたい必然性が、いかにしてわれわれの概念表象の内に宿るにいたったのか、ということである。(Schelling, *Ideas* 23)

表象と「もの自体」とのズレを受け容れるのではなく、自然の現象と人間の表象は、人間にとってどのような必然性をもって関連づけられているのか、これを探ることがシェリング哲学における課題であった。これはそのまま、コウルリッジの問題意識でもあったのである。そしてこの問題意識にそって考えてみるならば、コウルリッジの「生命論」とその階層的世界観は、新たな意味を帯びたものとして見えてくる。

(2) シェリングと共振するコウルリッジの「生命論」

「生命論」における重要点を以下三点指摘したい。第一の重要点は、コウルリッジが彼の世界観を、生命の原因は神であるということを基盤にして構築していることである。

　生命の原因を説明するということと、生命を説明するということとは全く別のことである。第一に存在の原因を説明しようとするならば、それに（時間的にではないとしても、自然の秩序として）先立つ、そのものの基盤ないし原因としての何かを述べねばならない。……すなわちそれはそのものの十全なる原因であるということであって、そのものを創り、そのものの基底であるということである。この生命の原因は何かという問いへの解答があるとすれば、それが神だと言う以外にはあり得ない。(Coleridge, “Theory of Life” 503)

神を存在の第一原因とすることへのコウルリッジの信念は、揺らぐことがなかったと言えよう。この点において、彼はあくまでもキリスト教的世界観の枠組みにとどまろうとする。

第二の重要点は、彼の「個体化の原理」(the principle of individuation)、すなわち、部分と全体とが有機的に関連する目的論的世界観である。コウルリッジは生命を以下のように定義している。

生命概念を還元しうる最も包括的な公式は、身体の内的結合、……あるいは多における統一の原理として働く、内から発現する「力」(the *power*) である。……私は生命を「個体化の原理」、すなわち、与えられた「すべて」をその部分すべてによってあらかじめ前提とされている一つの「全体」へと統一する力、と定義する。部分と全体を結び、その両者にあまねく作用する結合力は、当然にも「個体化傾向」(the *tendency to individuation*) と定義されるであろう。(五一〇―一一)

コウルリッジにとって生命は一つの全体へ、多くの個を統一していく力である。相互に依存しあうさまざまな部分が合わさった全体が一つの個体となる。部分と全体は相互に手段であり目的であり、部分と全体の依存関係が強ければ強いほど全体としての個体は強固なものになるとされる(五一二)。

生命作用とは部分を全体に統一する力であるという考えは、同時に自然が何らかの目的にそって統一されているという目的論的自然観でもある。[9] シェリングは『自然哲学に関する考察』でこの点について論じている。

あらゆる有機的組織の根底には、ある「概念」が横たわっている。というのも、全体が部分と、部分が全体と、必然的に関係するところには「概念」があるからである。しかしこの概念は「有機的組織そのもの」に内在し、これを有機的組織から分離することは決してできない。有機的組織は「自分で自分を有機的に組織する」。……有機的組織は、形態ばかりか「現存」までが合目的なのである。(Schelling, *Ideas* 31)

植物が外界の養分を取り入れ、同化することも、動物が空気を取り入れて呼吸をすることも、これをなし得る有機的組織そのものが現存している必要があり、その有機的組織は何らかの目的を表す概念にそってすでに組織されているのでなければならない。部分が常に全体との関連で作用し、統一的な存在の一部として機能し得るためには、何ものかが、生命体の生成という目的のもと、何らかの判断をもとにして働きかけて、統一された個体を造っていく必要がある。この働きかけをする存在は、物質であるはずはなく、「判断」能力をもつ、何らかの「精神」(mind) であるはずだとシェリングは主張する。「精神」が個体形成の目的とそのための設計図である何らかの概念を持ち、合目的に自然を生成するのである（三一―三二）。

ここで述べられた何らかの「精神」は『超越論的観念論の体系』（一八〇〇）において、より明確に表現されている。

知自体において、二つのものがもともと一つであるような地点、「存在」と「表象」が最高度に一致しているような地点が存在していない限り、表象と対象がいかにして一致するのかを説明することは、絶対に不可能である。……主体と客体のこの直接的な一致は、「表象されるもの」が同時に「表象するもの」であり、「直観されるもの」が同時に「直観するもの」である場合にのみ存在するのだ。――この表象者と表象との一致は「自己意識」(*self-consciousness*) の中でのみ起こる。(Schelling, *System* 24)

ここで考えられていることは、表象（あるいは概念）と事物との一致をいかにして実現するか、というオッカム以来の問題である。「表象するもの」と「表象されるもの」の一致は自己意識においてのみ起こる。そして自己は、無限の生産的能動性を有する。

自己は無限の能動性を有する。しかし、その能動性は、自己のうちにある限り、自身の能動性として、自己によって措定される。しかしながら、自己は、主体として、すなわち問題となる無限の能動性の主体あるいは原基(substrate)として、能動性から、自己自身を弁別しない限り、能動性を自分自身の能動性として直観することはできないのである。しかしまさにこの行為によって、新たな二元性、有限と無限との間の矛盾が生じる。（七六）

無限の能動性としての自己は自発的に拡張する。そのとき、自己は産出されたものを自己自身に対立する対象として直観する。対象は自己自身が自ら産出したものであるが、対象物として自己が直観するときには、自己から切り離されたものとしてある。ここから対立ないしは二元性が生じる。そしてこの主体と客体の二元性から、対立を統一しようとする無限の能動性が生じる。自己は拡張と収縮が果てしなく持続する状態に投げ込まれる。したがって、この交互の繰り返し運動である能動性は、無限のダイナミックな生産活動となる。これはすなわち創造の過程である。このシステム内にあっては、主体と客体の両者はともに同じ自己から生まれたものであり、被造物全体は一つの有機的統一体となる。

シェリングは、超越的で霊的な存在としてのキリスト教的な神の概念よりも、『ティマイオス』以来のギリシャ的伝統の中で世界形成を考えているべきであろう。ここで言われている「精神」(mind)あるいは「自己」(self)とは、ネオプラトニズムで言われる「世界霊魂」(anima mundi)に近い。

コウルリッジは、こういったシェリング思想に共鳴し、生命原理を「与えられた『すべて』を、その部分すべてによってあらかじめ前提とされている、一つの全体(a whole)へと統一する力」(Coleridge, "Theory of Life" 510)と呼び、「個体化の傾向」と呼んだのである。

「個体化の傾向」は進化の秩序を示すものである。コウルリッジはこれを湖に投げ入れられた石が水中に下降していく間に上部に向って円周を広げていく、同心円状の立体イメージで説明する。

> 「自然の生命力」(the essential vitality of Nature)は、吊り下げられた鎖をたどるように上昇するのではなく、はしごの段を昇るように上昇するのである。あるいは、湖に投げ入れられた石が、その落下によって最初に刺激を与えた地点から湖面上に同心円状の円を広げてゆくとき、石の落下地点から波が上昇していくのと全く同じように上昇するのである。(五〇九)

コウルリッジがこれらのイメージを用いて描いているのは、ある種としての個体が形成され、さらに種としての個体群が、さらなる力が加わることによって、新たな種へと進化していく過程である。ある円からより外側の円に向って、部分が常に全体と呼応しつつ、ダイナミックにより大きな円周が形成されていくイメージである。コウルリッジは、この形成原理を二つの拮抗する力の原理で説明している。

この「個体化傾向」(tendency to individuate) は「結合化傾向」(tendency to connect) との対立なしには考えられない。それはあたかも遠心力が求心力を想定するようであり、また磁力において、対立する極が互いを構成し、それぞれの極が全く同じだけの力で互いに作用しているのと同様である。……そして、同様に、この傾向は個体化であると同時に結合化であり、乖離作用であるが同時に個を保持し再生産しようとする作用でもあるのだとすれば、個体化とはそれ自体、最高のまた最も包括的な個体を最終的に生み出そうとする傾向であるに違いないのだ。（五一七）

水面に現われる一つの円周を一つの種と考えてもよいかもしれない。個体化傾向は重層的である。一つの個体がすでに部分と全体としての構成をもつ。個体は、個体全体を統一する力である、個体としての形相に導かれて形成される。しかし、この個体化の作用に、同時に、全体に働きかけるさらなる力の作用が加わって上位の種へと変化していく。この場合の全体に「働きかける作用」(acting power) としては、当時の科学に基づいて磁力、電気、化学作用が考えられている。ある位階の個体群は、全体に働く力の作用によって、生殖力、刺激反応性、そして感覚を獲得して上位の種を形成し、同時に下位のものが上位のものに連結されていく。新たに上位の種を形成しようとする遠心力と、一つの個体ないしは種を保持し結合していこうとする求心力との拮抗と統合が、弁証法的に繰り返されて、重層的な構造を造っていく。これはそれぞれの種としての位階の形成であると同時に、自然という大きな生命体の形成でもある。新しい種を造りだし、外へ向おうとする個体化の力は結合力と拮抗しつつ全体として統合されて、動的に生成し続ける。

コウルリッジの考える「個体化の原理」とは、中世スコラ神学で語られていた、個体と種の静的な形成原理にとどまるものではない。中世の形成原理を、一つの「精神」が生み出す、表象と現象が統合された、「全体としての生命」の形成原理として定義しなおすとともに、静的な「個体化の原理」を、無限にそしてダイナミックに生成を続ける、新たな「個体化の原理」として捉えなおしているのである。スコラ神学以来論争の的となってきた、個物とその形相、実体としての種と概念としての種との一致についての問いは、「個体化の原理」を一つの統一体を造るという目的意識をもった生命体の形成過程と捉えることによって、ひとまず解決されている。またこのことによって、「全体としての生命」内部において、部分は常に全体と関連をもつものとして、その意味を与えられている。

そして第三の重要点は、動物と区別された人間存在についてのコウルリッジの言及である。

人間は最も完全な骨格を有し、体を覆うものは意味をもたないほどに最も少ない。有機的力全体は内側の中心部へ向う力を獲得した。人間は全世界と対峙するが、その内側に全世界を含んでもいるのだ。……自然の総体のもつ中心へ向かって結合する傾向と個体化へ向かう傾向とは、それ自体が人間において集中し、個体化されている――人間は自然の顕現なのである！（五五〇―五一）

人間は自然の位階において最上位の存在である。自然形成において、上位のものは下位のものが獲得したすべての能力と構造を内にもつ存在である。個々の段階における個体と種を目的論的に形成する設計図としての形相を、上位のものはすべて包含している。自然における位階の最終段階にある人間は、生物を形成する構造と形相のすべてを内に秘めた存在である。その意味で、人間の内に「自然」と「精神」は統合され、人間は有機的生命体としての自然の形成原理を体現する存在であると言えるのである。コウルリッジのここまでの論はシェリングの自然哲学と深い共振関係にある。

(3) コウルリッジとシェリングの岐路

しかしこの先の段階において、コウルリッジは必ずしもシェリングと同一次元に立ってはいない。シェリングは『超越論的観念論の体系』の中で理性 (reason) を以下のように語っている。

> 自然が自然自身に対し、全体としての客体となりうる最高の到達地点は、考察の最後にして最高の段階を通ってのみ得られる。すなわちそれは人間に他ならない。あるいはもっと一般的に言うなら、それがいわゆる理性なのである。理性によって自然は初めて完全に自然自身に回帰する。そしてそれによって、自然はそもそも初めからわれわれがわれわれの内に叡智や意識として認識していたものと同一であることが明らかになるのである。
>
> (Schellling, *System* 6)［傍点筆者］

シェリングがこの引用の前半で語る、生命原理としての「自己」の生成過程の最終段階が人間であるという認識は、コウルリッジと同様である。しかしシェリングは、人間とは理性であり、自然は、理性がその叡智と意識として認識していたものと同一であると語る。自然とは生命原理としての「自己」であり、その「自己」の最高の到達点が人間理性であると語っている。自然が生命原理としての「自己」であるとすれば、その自己とは世界霊魂である。そして世界霊魂としての自然の最高段階をシェリングは人間理性であると語る。この一節に超越的な神の存在への視点はなく、少なくともこの時点でのシェリングは、汎神論と言うべきであろう。

コウルリッジが『文学的自叙伝』（一八一七）の中でシェリングの『超越論的観念論の体系』から長く引用したことはよく知られているが、コウルリッジはこの節にいたるまでの数ページをほとんどそのまま引用しているのに対し、この引用の後半部分を以下のように言い換えて引用を終わらせている。

> 知られている力の中でも最高度の力をもつ、叡智であり自己意識である人間のうちに存在するものと、自然すべてが本質的に同一であることが証明されるとき、そのときこそ、自然哲学の理論は完成されるであろう。そのときには、神がその聖域の裳裾である山のヴィジョンを通して、偉大な預言者に現臨されたときのように、天と地は、創造主の力のみならず、神の栄光と顕現とを宣言するであろう。(Coleridge, *Biographia* 1: 256)［傍点筆者］

表象するものと表象されるもの、自己意識と自然との完全な一致を語るところまで、コウルリッジはシェリングに従って論を展開している。しかし、コウルリッジは汎神論を、また世界霊魂にまで到達する人間理性の拡張、拡大を回避する。自然と人間理性との対応関係をシェリングが述べた段階で、コウルリッジはその論から撤退し、預言者モーセに現臨する、超越的な神の力の顕現としての自然という旧約のヴィジョン[10]へ回帰するのである。

四　結論

コウルリッジの生きた時代には、キリスト教的世界観において実現されていた精神と自然との一致、表象と現象との一致への信頼が崩れ、感受性を基盤とする道徳哲学と唯物論的生命論が表舞台に出てきていた。そのような時代にあって、コウルリッジは、キリスト教的世界観における表象と現象との一致を保持しようとし、さらには不滅の魂をもつ人間の尊厳を守ろうとした。そのために、当時の最新の自然科学を内包する自然哲学の提示として、説得力ある新たな有機的生命論を示そうとしたのだと言えよう。この点でコウルリッジはシェリングと共振し、問題意識を同じくしている。

彼の「生命論」は、キリスト教の静的な階層的世界観とも、また機械論的唯物論的世界観とも異なるものである。キリスト教的な階層的世界観をある程度継承し、同時に動的な生成し続ける一つの生命体としての自然を、新たに開示する世界観であり、人も動物もその有機的生命全体の一部として位置づけなおされている。

しかし、シェリングが有機体の最終段階にある人間の理性を、この有機的生命体の精神として提唱するとき、コウルリッジは、超越的な高みから自然を動かすキリスト教的な神の摂理に立ち戻ろうとする。ラヴジョイが「正統的な言い方」と語る、「それと絶対者との間の懸隔は無限であると考えられるとはいえ最高位の被造物」(Lovejoy 59) としての人間像を、考えていたのである。コウルリッジにおいて始まりと終わりは常に神である。すべての原因は神であり、自然のすべては神の与えた生命原理に基づいて生成し、人間にはその生命原理の全体は理解不能である。しかし、そう考えたとき、問題は再び振り出しに戻ってしまうのかもしれない。

シェリング、あるいはコウルリッジの提唱した「生命論」は現代のエコロジー思想に大きな示唆を与える。世界は常に網の目のようにつながり、生成過程にある世界内存在は、いかに微細なものであっても、常に全体と関連して存在している。部分と部分の関連は、常に全体との関連の中でその意味を探さなければならない。彼らの唱道した動的でありつつ統一された有機的世界観のヴィジョンは、世界を一つの生態系と考え、なおかつその有機的調和をめざす今の時代において、意識的にめざすべきヴィジョンの先駆として位置づけることができるだろう。

しかし、人間の理性はこの世界全体の頂点に立っており、部分のすべてを包含し、維持しつづけることが可能なのだと言いきることが、われわれにできるだろうか。人間理性を世界のすべてを理解する最高存在として規定するという考えは、自然災害に振り回され続ける現代のわれわれの感覚と相容れるものだとは言いがたい。

世界を常に生成しつづける生命体として考える思想に共鳴することができるとしても、一方で、世界は人間理性の理解をはるかに超えて動き続けている、人間は限りなく小さきものである、という感覚もまた、なくしてはならないものに思える。コウルリッジがシェリング哲学からの引用を断ち切って、旧約の神の表象に移行するとき、彼は哲学の体系的完成を放棄したのかもしれない。しかし、人間には体系を完成することは不可能なのではないか、存在の全体、生命全体といったものに到達することは不可能なのではないかという小さきものとしての意識は、無視してはならない人間的感性であるとも思えるのである。

注

（1）トマス・アクィナス『在るものと本質について』第四、五章を参照。【図4】はこの部分を参考に筆者が図式化したものである。

（2）スコトゥスとオッカムの論争に関しては、オッカム著、渋谷克美訳『スコトゥス「個体化の理論」への批判――『センテンチア註解』L.1, D.2, Q.6より』の渋谷による解説（一六三―八九）を参考にした。

（3）エルンスト・カッシーラーは『英国のプラトン・ルネサンス――ケンブリッジ学派の思想潮流』（一九九―二〇二）において、カドワースやヘンリー・モア（一六一四―八七）らのケンブリッジ学派の教説はシャフツベリー伯に引き継がれ、ヨハン・ヨアヒム・ヴィンケルマン（一七一七―六八）、ヨハン・ゴットフリート・ヘルダー（一七四四―一八〇三）、フリードリヒ・フォン・シラー（一七五九―一八〇五）、ヨハン・ヴォルフガング・フォン・ゲーテ（一七四九―一八三二）らの十八世紀ドイツ人文主義へ影響を及ぼしたことを指摘している（Cassirer 199–202）。

（4）ライプニッツの「予先形成」については、Phemister 195–96を参照。

（5）セルウォールの生命論に関しては、Roe 87–95を参照。

（6）この未発表ノートと、ノート執筆の際にコウルリッジに多くの示唆を与えたブルーメンバッハについての考察は、Kitsonを参照。

（7）フェイディアスは紀元前五世紀のアテネ最盛期のギリシャの彫刻家。

（8）トマス・バーネットは、ケンブリッジ大学でジョン・ティロットスン（一六三〇―九四）、カドワースらに学んだ。『地球の神聖な理論』（一六八〇―八九）において聖書由来の普遍史と当時の科学的知見との調和を図った。

（9）コウルリッジはカドワースの著作にも親しんでおり、彼の有機的世界観からも大きな影響を受けていることを指摘しておきたい。コウルリッジは一七九五年の「啓示宗教に関する講演」においてカドワース哲学に言及している。直原典子「S・T・コウルリッジへのカドワースの影響――1795年講演『啓示宗教について』の考察」も参照されたい。

（10）旧約聖書「出エジプト記」第一九章第一四―一九節、「詩篇」第二四、三三、一〇四篇参照。

第六章

イギリス小説史のなかの動物文学
――イット・ナラティヴから動物ファンタジーへ

丹治　愛

一　ピカレスク・ノヴェルとイット・ナラティヴの生成

一七五〇年から一八三〇年までジャンルとしての流行を見たと言われるイット・ナラティヴとは、お金、衣類、装身具、家具、乗り物といった生命なき事物（モノ）、あるいは犬、猫、鼠、虱といった物言わぬ動物が人間的な主観性をもった主人公／語り手として登場し、さまざまな体験からなるその来歴を語る物語のことである。その意味でそれは「事物／動物の伝記」と呼ばれることもある（Blackwell 2: x）。主人公＝語り手の場合は一人称で語られる自伝となり、そうでない場合は三人称で語られる伝記となるが、前者の自伝的形式がとられることのほうが圧倒的に多い。

イット・ナラティヴの語り手は事物や動物の来歴を語るが、その来歴とは主人公が人間社会のなかを動きまわる遍歴のプロセスである（たとえば馬や馬車は広い範囲を移動し、猫や鼠は目立たない場所に出入りし、硬貨や紙幣はさまざまな社会階層のあいだを行き来し、ペット動物やベッドは屋敷の奥深くに入りこみ、衣服や鬘やシラミは肌に触れるほど人間に接近し、馬車や客間のソファはたくさんの人間をつぎからつぎへと迎え入れる――循環の様態はさまざまであるが、人間社会のなかを循環するというのがイット・ナラティヴの共通項である)。

したがってイット・ナラティヴは「循環の小説 (novels of circulation)」と呼ばれることもある (Blackwell 2: x)。貨幣と商品が人間とともに「循環」する商業化した社会の出現がこのジャンルの社会的背景となっている、という見方もたしかに可能だろう。そしてイット・ナラティヴの語り手は、遍歴する主人公が目撃したり、あるいは伝聞したりする人間たちの行動と性格を、しばしば風刺的に物語るのであり、その風刺性、あるいはそれと連続的な教訓性という特質もまた、イット・ナラティヴのもうひとつの重要な共通項である。

さらに言えば、イット・ナラティヴは、遍歴する主人公がさまざまな出来事を継起的に体験していくが、その体験はエピソードごとに独立しており、作品全体としての構造性を欠いている嫌いがある。『イギリス小説』においてウォルター・ローリーがコメントしているように、イット・ナラティヴの物語の型は、「細い糸でつづく出来事」が「数珠つなぎになってゐる」(丸谷 一八四) というところにあると言えるだろう。

以上のような特質をもつイット・ナラティヴを理解する最も適切な方法は、それをピカレスク・ノヴェル——すなわち、主人公ピカロ (悪漢) が、その下賤な出自・階級のゆえに、ロマンス的な世界とは対極にある社会の下層を渡り歩き (遍歴性)、そこでの体験を風刺的に物語る (風刺性)、十六世紀にジャンルとしての確立を見た文学ジャンル——の展開型として見ることではないだろうか。イット・ナラティヴはまずはピカレスク・ノヴェルから展開しその性格を受け継ぎながら、一七五〇年ごろにピカレスク・ノヴェルとは異なるジャンル的独立性を帯びはじめるようになっていき、そして一八三〇年ごろにジャンルとしての流行を終えるのである。

ピカレスク・ノヴェルについて少しおさらいしておこう。その嚆矢は通常、主人公ラーサロが「次々に主人を渡り歩いてなめるさんざんな苦労の数々」（岩波文庫版表紙の紹介文）を一人称で語って聞かせるという作者不詳の『ラサリーリョ・デ・トルメスの生涯、その幸運と逆境』（一五五四）というスペイン黄金世紀の作品とされる。しかしローマ時代にはすでにそのジャンルの先駆的な作品が書かれている。『ラサリーリョ・デ・トルメス』の霊感源となったとも言われるアプレイウス（一二三頃―？）の『変身』、別名『黄金の驢馬』である。たまたまのぞき見た魔女による変身魔術の真似をして鳥になるつもりが誤って驢馬に変身したルキウスという男がさまざまな人間の手に渡りながら危機的な出来事を体験し、またさまざまな話を伝聞するという形式で、いくつものエピソードが継起的に語られるこの作品は、たしかに内容的にも（風刺的な伝記という点において）、また形式的にも（主人公がみずからの体験を一人称で語るという点、語りがエピソードごとに独立しており作品全体としての構造性を欠いている点において）[1]、『ラサリーリョ・デ・トルメス』と類似性をもっている。

『ラサリーリョ・デ・トルメス』によってジャンルとして確立したピカレスク・ノヴェルは、その後、イギリスにも導入され、トマス・ナッシュ（一五六七―一六〇一）の『不運な旅人、あるいはジャック・ウィルトンの生涯』（一五九四）を生み出し、「小説の勃興」以降、そのピカレスク・ノヴェルの形式を受け継いだダニエル・デフォー（一六六〇―一七三一）の『かの有名なモル・フランダーズの幸運と不運』（一七二二）やトービアス・スモレット（一七二一―七一）の『ロデリック・ランダムの冒険』（一七四八）[2]をはじめとするピカレスク・ノヴェルの伝統を築いていく。その間にフランスの代表的ピカレスク・ノヴェル、アラン＝ルネ・ルサージュ（一六六八―一七四七）の『ジル・ブラースの物語』（一七一五―三五）も、スモレットの英訳により『ジル・ブラースの冒険』（一七四八）として導入される。『黄金の驢馬』から『ジル・ブラースの冒険』、『ロデリック・ランダム』にいたる上記の作品は、そのすべてが一人称で語られる自伝的なピカレスク・ノヴェルであるが、その事実はピカレスク・ノヴェルと一人称的な語りの形式の親和性を物語っているだろう。[3]

先述したように、イット・ナラティヴの流行は一七五〇年以降であるが、しかしイギリスにおけるそのジャンルの嚆矢は、チャールズ・ギルドン（一六六五―一七二四）のふたつの作品にある。そのうちのひとつは、『ラサリーリョ・デ・トルメス』の霊感源のひとつともなっているアプレイウスの『変身』、別名『黄金の驢馬』の「驢馬」を「愛玩犬（lap-dog）」に代えた翻案作品としての『新しい変身』（一七〇八）という作品である（有名なピュシケーとクピドーのエピソードのように原作に忠実なところもあるが、それ以外は原作を霊感源とした創作と言っていいだろう）。小説勃興期の直前の言説空間が、いかに諸外国の多様な作品（その英訳をふくめ）から構成されていたか――イット・ナラティヴの生成は、その事実を端的に物語っているだろう。

『変身』を「現代という時代とその風俗に合わせるために変化・向上させる」（『新しい変身』のタイトル・ページ）ことを意図した『新しい変身』は、人間が「愛玩犬」に変身し、その姿でこそ見聞できた出来事を一人称の語りで風刺的に描写することにおいて、イット・ナラティヴの原型を示していると言えるだろう。しかも、この作品は「愛玩犬」を主人公としていることにおいて、ジャンル確立期のイット・ナラティヴの古典的作品、フランシス・コヴェントリ（一七二五―五四？）の『チビ犬ポンペイの物語　ある愛玩犬の生涯と冒険』（一七五一）の霊感源である可能性も高い。その意味でギルドンの『新しい変身』はピカレスク・ノヴェルと流行期のイット・ナラティヴをつなぐ環の役割を果たした作品と見なすことができる。

ギルドンのもうひとつの作品は、『新しい変身』の延長線上に書かれ、その翌年に公刊された『黄金のスパイ』（一七〇九）である。この物語は、人間の「わたし」が「ハーフ・ルイ・ドール金貨」［ルイ一三世の治世の一六四〇年以降に鋳造されたフランス革命以前のフランス金貨のひとつ］が声を発しているのを発見するフレーム・ストーリーからはじまるが、そのあとは金貨の過去の体験を金貨自身が一人称で語る形式で記されていく。まずフレーム・ストーリーで人間が事物／動物の声を発見するまでの経緯が語られ、そのあとでその事物／動物が一人称でみずからの体験を語るというイット・ナラティヴにしばしば見られる形式は、すでに『黄金のスパイ』に認められる。

そして「生命をもたぬ事物（モノ）」を主人公＝語り手としたこの独創的作品は、「ジュピターが黄金のシャワーに変装して強固な青銅の塔に潜入し」、そこに閉じこめられていたダナエーを妊娠させた、その「黄金のシャワーの一部」であった金（ゴールド）が、高貴な女性たちの装身具から、「古代の英雄たちや現代の将軍たちの刀剣や武器の装飾」へ、そして金貨へと「さまざまな転生（various transmigrations）」を体験し（Gildon (1709) 8–9）、その間にさまざまな人間のあいだを移動しながら、それぞれの場面であたかも「スパイ」のように人間の生態を観察し、それを一人称の語り手として風刺的に物語る原型的かつ典型的なイット・ナラティヴになっていくのである。

二　動物のイット・ナラティヴ――動物寓話から動物愛護的児童文学へ

イット・ナラティヴ以前に存在していた、動物が言葉を話す文学形式としては『イソップ寓話』のような教訓的な動物寓話の伝統がある。それがイット・ナラティヴの霊感源のひとつであることは、いくつかのイット・ナラティヴが『イソップ寓話』に言及していることからもわかる。

たとえば、『駅馬車氏の旅』（一七五三）では、主人公＝語り手である「駅馬車氏（ムシュー・ル・ポスト・シェーズ）」が、「読者にはわたしがそれなりの理解力をもっていることを認めていただきたいし、また、わたしが五官をそなえ、ある程度雄弁に言語をあやつる能力をもち、イソップの鳥や獣に負けないくらいに物事の原因を探求する力をもっていると想像していただきたい」（*The Travels of Mons. le Post-Chaise* 4）と述べ、イット・ナラティヴの超自然的な前提を真正面から擁護している。また、『椅子かご　ひとつの小説』（一七五七）では「（古代の作家では）イソップ、ファエドルスなど」が、「現代の作家では［ジョン・］ゲイ」が、動物や魚や鳥が話しをする場面をえがいているし（『寓話（*Fables*）』（一七二七）において）、「オウィディウス」は「木や岩や川」のような「生命をもたぬ事物」に「話す能力」をあたえていると述べ（*The Sedan* 1）、イット・ナラティヴの霊感源の一端を披露している。[4]

しかし動物寓話においては、ライオンは勇敢で狐はずる賢く蟻は勤勉という具合に、それぞれの動物は多かれ少なかれタイプであっていまだ個別の性格をそなえたキャラクターにはなっていない。要するに、動物は性格の固定化したある種のタイプの人間の寓意として、人間を表象しているだけのことである（小説勃興以前のピカレスク・ノヴェルが小説と認められていない理由のひとつが、登場人物がタイプであってキャラクターではなかったということにあったとするならば、動物寓話も同断である）。

動物が言葉を話すもうひとつの文学形式としては民話ないし民話的物語がある。ピカレスク・ノヴェルの先駆的形態のひとつと目される、十二―十三世紀に書かれた『ルナール　狐物語』や、民話に教訓を加えて新たな物語に仕立てたシャルル・ペロー（一六二八―一七〇三）『寓意のある昔話、またはコント集　がちょうおばさんの話』（一六九七）所収の「長靴をはいた猫」がその典型例だろう。悪賢い狐を主人公とした三〇ほどのエピソードの連鎖からなる中世の動物叙事詩である『ルナール』は、『ある猫の生涯と冒険』（一七六〇）の語り手によって「現代の『ポンペイ』」とともに、霊感源として言及されている。[5]

また、「長靴をはいた猫」は、一七二九年にはじめて英訳され、一七六〇年代には『マザー・グースの物語』としても英訳され、イギリスでも馴染みの物語となっていた。ルナールと同様、長靴をはいた猫も、元来、ときに凶暴にもなりうる狡猾なピカロ（悪漢）であり、そのようなものとして「凶暴さや獣性」を秘めた「異教的な動物観」（鶴見 六七、七一）を体現するものであったが、十八世紀後半には「はるかに愛玩動物的な描写となって」（鶴見 六八）いく。鶴見によれば、その動物観の変遷は、「長靴をはいた猫」の挿絵のなかの「鉤爪」の有無、「凶暴な爪の有無」（鶴見 六五）によって端的に確認できるという。

「凶暴な爪」をもったピカロ的な猫から、それを失った愛玩（ペット）動物的な猫への変容は、言うまでもなく、近代以後に進行していた動物観の変遷を背景にしている。十八世紀半ばに出版されたウィリアム・ホガース（一六九七―一七七四）の「残虐さの四段階」（一七五一）あたりから明確化していく「動物虐待防止の理念」（鶴見 七二）は、ジョン・ロック『教育に関する考察』（一六九三）の影響もあって、[6]「子供だけを楽しませることを意図して書かれたイギリス小説最初の作品」（F・J・ハーヴィ・ダートンの言葉［鶴見 七四］）と言われるジョン・ニューベリー出版による『靴二つさんの物語 (The History of Little Goody Two-Shoes)』[7]（一七六五）にも盛り込まれて以後急速に拡大し、「一七八〇年代後半には子供の読書の世界において流行の主題となって」（鶴見七七）いく。そのような教訓的な作品のなかで動物は、凶暴な獣性を失い、「愛護を要請する」（鶴見 七八）かわいらしい存在と化している。

文学のなかの動物が、ときに凶暴にもなるピカロ的な存在から、読者の共感と仁愛を喚起するかわいらしい存在へと変容することによって、動物寓話においても民話的物語においてもタイプに過ぎなかった動物がキャラクターへと変わっていくのが確認できる。たとえばセアラ・トリマーの『寓話的物語　駒鳥一家の物語』（一七八六）をとりあげてみたい。この物語は、駒鳥の家族（両親と四羽の子ども）と人間の家族（ベンソン家の両親と二人の子ども）との交流を軸に、それぞれの家族に起こる出来事を三人称の語りをとおしてつづりながら、「しばしば理不尽な残虐行為が加えられる興味深く愉快な動物たちへの共感と仁愛を喚起させると同時に［中略］［動物の正当なあつかい方についての］道徳的な教訓を伝えることを意図した一連の寓話的物語」(Trimmer 2) である。

その物語においては、ある種のタイプの人間が動物に擬せられるのではなく、駒鳥の四羽の兄弟姉妹――ロビン、ディッキー、フラプシー、ペクシー――は人間的な共感を受け止めるのに十分な人間的内面とそれぞれに異なった性格をもつものとして擬人化され、キャラクターと言える存在に近づいているのが確認できる（たとえばディッキーは両親の教えに反抗的な性格で、そのため生命の危機に陥る）。もちろん人間的内面をもつキャラクターとして共感を喚起する動物はおもに犬、猫、鳥であるが、ときに鼠や蠅などに及ぶこともある。

キース・トマス『人間と自然界』によれば、もともと圧倒的に人間中心主義的な自然観のもとで人間があらゆる動物をいかなる目的のためにも利用できるとしていたキリスト教世界は、「人間の無比性」（トマス 三四）を強調する一方で、動物にたいして言語能力、理性、宗教的魂はもちろん、ときに苦痛を感じる能力さえ否定していたが、それは、そうすることによって動物にたいする人間の搾取権を確固たるものにするためであった。

しかし十六世紀以降、同じ神の被造物である家畜にたいする管理責任を自覚することをとおして動物を愛護する義務という動物にたいする新しい態度があらわれてくる。さらに、食料や労役を提供することによって人間にとって役に立つ家畜とは別に、その種の有用性をもたないペット動物を飼育する文化も生まれ、都市化にともなって、「近代初期の都市中産階級のあいだでペット飼育が流行」（トマス 一七四）しはじめる。犬のペット化は十七世紀の後半までには、猫のペット化も十八世紀にはかなりの広がりを見せている。

そしてこのような家畜飼育やペット飼育を背景として、正統的な思想のなかで動物と人間とのあいだに打ち立てられていた不動の境界線は破壊されていくことになる。「知的に見ると動物はほとんど人間に等しい」（トマス 一七八）、「低次元ではあるが、確かに動物は思考し推論できる」（トマス 一八三）と主張する人びとが増えていくのである。「近代初頭には、理性、知性、言語、その他人間のほとんどすべての特質を、動物に付与しようとする気運がしだいに盛りあがっていた」（トマス 一八九）のである。

このような気運を決定的にしたのは、「人間と動物の肉体構造の類似を、比較解剖学が暴露したことで」あった（トマス 一八九）。その延長線上に、十八世紀後半、モンボドー卿のような哲学者は、言語能力が人間固有のものではないこと、もしも人間が自然状態のときに言語をもっておらず、社会進化の結果として後天的にその能力を獲得したとするならば、どうして動物が同様の社会進化の結果、言語能力を獲得できないことがあろうかと述べることになる（トマス 一九二）。彼は、人間が下等な生命形態から進化したという進化論的な見解を示してもいる。

要するに、動物にたいする「人間の無比性」は、十八世紀後半には大いに揺らいでいたのである。その最後の砦と言うべき宗教的魂の不滅性にしても、ペットに先立たれたペット愛好者たちは不滅の魂を動物のなかに感じていたし、他方、進化論は、「人間が動物から進化したものだとすれば、動物にも不滅の魂があるか、さもなければ人間にも魂がないか、いずれか」（トマス 二〇六）になるとほのめかしていたのである。

十八世紀後半に以上のような動物観が出現していたとすれば、イット・ナラティヴが動物に人間的な言語能力をあたえたとしても、生命をもたぬ事物にそれをあたえる場合とは異なり、それがたんなるイット・ナラティヴ特有の文学的約束事にすぎなかったと断定することはできないだろう。一七八〇年代以降の動物を主人公＝語り手としたイット・ナラティヴの作者は、動物愛護文化の影響下に、動物における人間的内面性の存在を事実として確信した結果として、動物にその内面をみずからの言語能力をもって一人称で語らせていたのではなかったか。しかしそのような可能性は、一七八〇年代の主要なイット・ナラティヴを検討するかぎり否定されることになる。

三　動物の言語能力をめぐる論争

たとえば、ミスター・トゥルーラヴ（筆名）の『ペニー銀貨の冒険』（一七八〇）の冒頭でペニー銀貨の「わたし」は以下のように述べている――「ペニー銀貨が言葉を話したり書いたりできるというのは奇妙なことである。だから、若い読者諸君、銀貨が諸君に話しかけるのは、イソップ寓話のなかで獣や鳥や木が言葉を話すのと同じことであり、ご存じのとおりありえないことなのであり、虚構 (make believe) なのである」(Blackwell 1: 18)。要するに作者は、物が語るという形式が「虚構」であると述べるついでに、獣や鳥が語る形式も同様に「虚構」であると述べているのである。

また、メアリ・アン・キルナー（一七五三―一八三一）は『針刺しの冒険』（一七八四頃）の冒頭において、「言葉を話したりものを考えたりする鳥たちや動物たちのお話は、あなたたちがしばしば『ごっこ遊び (making believing)』と呼ぶ楽しみと同様、現実ではなく」「想像上の物語（imaginary tale）」であると明言している（Blackwell 4: 66）。同様に、メアリ・アンの夫の妹であるドロシー・キルナー（一七五五―一八三六）も、『ある鼠の生涯と遍歴』（一七八五頃）において、M・Pというペン・ネームを付した「読者へ」という前書きのなかで、「鼠によって語られる」というこの物語の形式が「虚構（*is* made believe）」であることを認めたうえで、フレーム・ストーリーの語り手「わたし」に「じつのところわたしは鼠が話すのを生涯で一度も聞いたことがない」と述べさせることによって、動物が一人称で語るという形式の虚構性をくりかえし強調しているのである（Kilner 3）。

さらに、駒鳥を主人公としている『寓話的物語』の「序」において、著者トリマーは、自分のふたりの子どもたちが「鳥や猫や犬などが言葉を話し、自分たちと会話することができればいいのに」と願っていたことを紹介したあとで、この物語においては、「想像力によって」翼ある鳥たちが「人間と同じような［言語］能力を付与されている」が、子どもの読者たちがこの物語を「鳥たちのほんとうの会話をふくんでいるものと考えないよう」警告している。駒鳥たちの言葉はあくまで教訓を伝えるための「寓話的物語」のなかでの虚構であり、動物たちが人間的な言語能力をもっているわけではないと述べているのである（Trimmer 1）。

また、八章には、ミセス・ベンソンが「鳥たちはわれわれのように言葉を話す才能を欠いているけれど、あらゆる種類の鳥は仲間どうしのあいだで言葉の用途を果たす独特の声音をもっていて、それによって子どもに呼びかけたり、愛情なり、身の安全にかんする恐怖なり、自分たちを傷つける者への怒りを表現できる」（Trimmer 41–42）と述べている箇所がある。動物が相互に基本的な意思の疎通をはかることができることは認めながら、言語能力を有していることについては否認しているのである。(8)

トリマーが動物の言語能力を虚構として否認している背景には、彼女の教育理論、そして彼女が積極的にかかわった「妖精物語（フェアリ・テール）論争」がからんでいることも見逃せない。「妖精物語論争」とは、「子供の読み物における驚異的なものや、超自然的なものを否定」し「その教訓性の欠如」（鶴見 八二―八三）を批判する合理主義的な教訓派と、それに対抗して妖精物語の超自然主義を擁護するコウルリッジやワーズワスやチャールズ・ラム（一七七五―一八三四）のようなロマン派の作家たちとのあいだで戦わされた論争であり、トリマーは、ドロシー・キルナーとともに、前者の代表的な論客だった。

たとえばドロシー・キルナーは、『息子にたいする父親の忠告』（一七八五頃）において、「虚構の物語 (make-believe stories)」が「いったい役に立つのか、なにかを教えてくれるのか」、「独楽や針刺しや鼠が話をすることができると信じているのか」と尋ねる息子にたいして、父親に以下のように答えさせている。

もしも小さな読者を楽しませるために、それらの物語が、実際には話すことができない鼠や独楽やその他の生命なき事物や物言わぬ動物が話したり、見たこと聞いたことを語ったりできることを装って (make believe) いるとしても、そのものたちが物語ったという装い／虚構のもとで語られた出来事が実際には起こらなかったという理由にはならない。もしもそれがそのままのかたちで起こったのではないとしても、それが事実であると想像してもいいほど似たような出来事は起こったはずなのである。(Pickering 10)

「虚構」であることを認めながら、実際に起こっているし起こる蓋然性の高い事実を語る「虚構」であると主張しているのである。その一方で、トリマーは『教育守護者 (*The Guardian of Education*)』(全五巻、一八〇二―一八〇六) において、妖精物語を「子供の頭を、不思議で超自然のできごとの混乱した観念でいっぱいにするだけのものであると批判し」(鶴見 八八―八九) ている。

「不思議で超自然のできごと」に否定的なこのふたりの教訓派にたいして、ロマン派のラムは「妖精物語や寓話で養われることなく、地理や博物誌ばかり詰め込まれたら、いったいどんな大人になっていただろう」(鶴見 八五) と反論していた。この論争は、周知のとおり、エドガー・テイラーによる本格的なグリム童話集の英訳 (一八二三―一八二六) が登場して、妖精物語集が児童書の世界において、文字どおり市民権を獲得する」(鶴見 九二―九三) 一八二〇年代に、ロマン派の勝利をもって収束していく。

トリマーが動物が話しをすることが虚構であると強調しなければならなかったのは、それがまさに「超自然的」なありえないことであり、そうである以上「虚構」であることを明示したうえで語られなければならないという教育的立場に立っていたからにほかならない。さらに言えば、『寓話的物語』において動物に一人称で語らせるという通常のイット・ナラティヴ的形式を用いず、動物とは別の (作者と想定される) 語り手を設定し、三人称の語りをとおして動物の世界を語るという、イット・ナラティヴとしてはきわめて例外的な形式を選んだのも同様の理由によると推測することができるだろう。[9]

以上との関連で述べておかなければならないことがもうひとつある。『寓話的物語』の九章には、大道芸的見世物としてのいわゆる「学者動物」の一例、ふたつのアルファベットが書かれたカードを並べて単語をつくったり、時計を見て時間と分の数字を選ぶことのできる「学識ある豚」についてミセス・ベンソンが、「豚がスペリングの観念をもっているとは信じられない」し、そのような「豚の本性にとって異質なことがらを教えることにおいて大きな虐待が実践されたとわたしは確信しています」と述べている箇所があるのである (Trimmer 45–46)。

この挿話の背景には「十八世紀後半から十九世紀初頭にかけて、特殊な知恵や能力を持つ「学者動物 (learned animal)」と呼ばれる豚や犬や猫たちが、バーソロミュー・フェアのような大きな市やロンドンの繁華街で大変な人気を博し、さまざまな階層の多くの観衆を惹きつけていた」、そして「[一七六〇年以降] 特殊な能力を備えた動物たちが、学者動物の名で、疑似科学的な興味のもとに記録に登場するようにな」っていたという歴史的事実がある (鶴見 一一三—一一四)。事実、「『靴二つさんの物語』にも、子供たちにいじめているところを助けられ、『話し、綴り、読むことを教えられた」[中略] 大烏のラルフや [中略] 鳩のトム」(鶴見 一一七) が登場している。

言語能力をも有する動物として、動物と人間とのあいだの不動の境界線をとっぱらい、動物における人間的知性の存在を証明するかもしれないものとして「疑似科学的な興味」の対象となっていた「学者動物」について、しかしトリマーは言語能力のような動物の「本性にとって異質なことがらを教える」ことがもうひとつの動物虐待でしかないと批判しているのである。「学者動物」の存在は、動物が言語能力をもっていることの証拠ではなく、言語能力を欠いているという主張のための材料として利用されているにすぎない。

こうして、一七六〇年代に疑似科学的関心の対象であった「学者動物」は、『学識ある犬、ブチのテリア犬ボブの回想』(一八〇一) が出版される十九世紀をむかえるころにはそのような関心を失い、「大道芸の一つの演出として」残っていくばかりとなる。大道芸のパフォーマーとしてなかでも有名だったのは一八一七年から一八年にかけて「知性ある豚 (the sapient pig)」としてメディアを席巻したトウビーである。

「読み書き、計算ができるほか、箱の中に並べて隠した数字を当てたり、時刻を教えたり、人の年齢を当てたりでき、『そのうえさらに驚くべきことに、人が考えていることを当てることができ、何か質問されれば即座に答える』」（鶴見 一四六）といった人間にもできない超能力的なパフォーマンスを、「理性にも勝る本能の力」(Blackwell 2: 279) で披露したトウビーは、ついに「彼自身の筆」になる『知性ある豚のトウビーの生涯と冒険』（一八一七頃）というイット・ナラティヴをも出版する。ここまで来ると、学者動物は動物が言語能力のような人間的知性をもつ可能性を示唆する疑似科学的な関心の対象ではとうになくなり、すでに猥雑な大道芸的なフィクションになりさがっている。

四　『黒馬物語』と動物ファンタジー

ここでピーター・ハント編『子どもの本の歴史』の力を借りて一挙に十九世紀後半に飛ぼう。一八二〇年代、妖精物語論争がロマン派の勝利と教訓派の敗北に終わり、イット・ナラティヴのジャンルとしての流行が終わるのと前後して、児童文学は教訓的な動物イット・ナラティヴを脱皮し、超自然的なものにみちたロマン派的ファンタジーと、オーピー夫妻の収集した「マザーグース」とエドワード・リア（一八一二―八八）的ノンセンスと、アンデルセン（一八〇五―七五）の創作フェアリー・テイルなどの洗礼を通過して、チャールズ・キングズリー（一八一九―七五）の『水の子』（一八六三）、ルイス・キャロル（一八三二―九八）の『不思議の国のアリス』（一八六五）、『鏡の国のアリス』（一八七一）、ジョージ・マクドナルド（一八二四―一九〇五）の『北風のうしろの国』（一八七一）、『お姫様とゴブリン』（一八七二）といった、直接的な教訓からは自由なヴィクトリア朝の多様なファンタジーを生み出していく。

そして二十世紀になると、その流れのなかから、ベアトリクス・ポター（一八六六—一九四三）『ピーター・ラビット』（一九〇二）、ケネス・グレアム（一八五九—一九三二）『たのしい川べ』（一九〇八）、A・A・ミルン（一八八二—一九五六）『クマのプーさん』（一九二六）といった、動物を主人公とする田園主義的動物ファンタジーの古典を出現させていく。産業革命の結果、数々の危機があったにもかかわらずどうにか人口を維持していたイングランドの農村は、一八七〇年代から急速に衰退することになるが、それが逆に、『たのしい川べ』にもあらわれている「土地へ還れ(Back to the Land)」という標語のもと、田園にたいするノスタルジックな関心を生み出すことになる。アラン・ハウキンズのいう「田園のイングランドの発見」という現象である。動物ファンタジーのなかの動物は、失われた田園の「土地」を懐かしく連想させる牧歌的な存在になっている。

教訓からノンセンスとファンタジーへというこの児童文学の歴史のなかに、一八七七年に公刊されたアナ・シューウェル（一八二〇—七八）の『黒馬物語』を置いてみると、それは（流行が終わってから半世紀後にあらわれた）いかにも時代遅れの教訓的なイット・ナラティヴであると見える。さまざまな所有主のあいだを移動しながら目撃ないし体験した、馬にたいするさまざまな残虐行為を、ブラック・ビューティと名付けられた主人公が一人称の語りで語っていくこの物語は、悪意ないし不注意によって動物に苦痛をあたえる人間の行為を風刺するとともに、動物虐待防止のための教訓を垂れるという、風刺的（=ピカレスク的）かつ教訓的な定型的イット・ナラティヴである。

しかしもちろん違いもある。イット・ナラティヴのピカロ的主人公は、もともとスパイ的な目でしかなく、その風刺的な目をとおして見える周囲の世界こそが物語の中心であったはずであるが、その物語の中心はしだいに主人公の生き方そのものに移っていく。主人公／語り手である動物は動物愛護的な「共感と仁愛」の対象としてピカロ的なタイプから人格的特徴と内面性をもったキャラクターへと変貌していくのである。『黒馬物語』はそのようなイット・ナラティヴの方向性を推し進めた作品として正当に評価されるべきではないだろうか。

この物語は、教訓的であるだけでなく、徹底したリアリズムの筆致でブラック・ビューティの生涯を記述したという意味においても、ファンタジーが主流であった同時代の児童文学のなかでの例外的で反時代的な作品ではあったが、しかしいったん児童文学というカテゴリーを取っ払ってしまえば、チャールズ・ディケンズ（一八一二―七〇）の『オリヴァー・トゥイスト』（一八三八）以降の社会的リアリズムの伝統――個人的苦境を社会制度との関連のなかで社会的問題としてとらえようとする伝統――と連なる作品としてアクチュアルな同時代性をもっていたと評価できるだろう（その意味でアーネスト・シートン（一八六〇―一九四六）の『私の知っている野生動物』（一八九八）をはじめとするいわゆる『シートン動物記』のような博物学的な動物文学とも異なると言えるだろう）。

『黒馬物語』が「黒い美しさ」という主人公の名前が喚起する黒人奴隷との連想のなかでストウ夫人（一八一一―九六）の『アンクル・トムの小屋』（一八五二）と一緒に論じられてきたのも (Peter Stoneley; Robert Dingley)、また、全存在を金銭的価値で測定される労働力に還元される被搾取的存在として労働者との連想のなかで論じられてきたのも (John Sutherland)、さらに上げ綱という拘束的な馬具で身体を拘束される存在として（身体をコルセットで締め上げられていた）女性との連想のなかで論じられてきたのも (Gina Marlene Dorré) ――すなわち、そのようなポスト・コロニアル的、マルクス主義的、フェミニズム的解釈の対象となってきたのも、この作品がブラック・ビューティを徹底して社会的マイノリティとして記述することによって、ヴィクトリア朝の社会的リアリズムの伝統を体現しているからではなかったのか。

『黒馬物語』と全盛期のイット・ナラティヴとのもうひとつの違いは、一見したところリアリズム性とは矛盾するところに見いだされるだろう。この作品の初版のタイトル・ページには、「アナ・シューウェルによって馬語から翻訳された馬の自伝」というサブタイトルが記されている。要するに、シューウェルはあくまでも翻訳者としてみずからを自認していたのであり、トリマーと異なり、「馬語」の存在を、すなわち、馬の言語能力とそれによって支えられる人間的知性の実在性を確信していたのである。それは彼女にとってたんなる「虚構(make believe)」ではなかった可能性があるということである。

トリマーの『寓話的物語』においてミセス・ベンソンは、「動物にたいする優しい気持ちが、〔中略〕より注目を受ける権利をもっている者たち、すなわち貧しい人びとを忘れるほど強くならないよう」(八)子どもたちに忠告している。もしもそれが人間と動物の同一化にたいしてかかっていた一定の歯止めの存在を暗示しているとすれば、『黒馬物語』においてはその歯止めがはずれてしまっているのではないか。『動物への配慮』におけるジェイムズ・ターナーは、「ペットはなにも目新しいものではなかったが、十九世紀中頃の知的風土の変化とほぼ同時に起こったのは、中産階級の家庭におけるペットの増加であり、また、〔中略〕感傷的なペット崇拝熱の高まりであった」(ターナー 一三二)と述べているが、農村から切り離された都市住民のあいだに広がったヴィクトリア朝のペット文化は、動物のなかに完全な人間的な内面を認め、動物と人間のあいだの境界線をほぼ完全に消去してしまうほどに、過度に感傷的になっていたのではないか。

「馬語」が実在する『黒馬物語』の世界において、ブラック・ビューティは、シューウェル以外の人間が馬語を理解できない(したがって、彼が人間に苦痛を訴えても人間はそれを理解できない)のにたいして、人間の言葉を完全に

【図 5】エドウィン・ランシア「老いた羊飼いの喪主」(1837)
Victoria and Albert Museum, London 所蔵

理解することができる。人間以上に知性的であり人間的——エドウィン・ランシア（一八〇二—一八七三）の動物画（「老いた羊飼いの喪主（*Old Shepherd's Chief Mourner*）」（一八三七）【図5】）はヴィクトリア朝のペット文化の感傷性をものの見事に伝えているが、『黒馬物語』もまたその歴史的事実を示すテクストのひとつとして解釈できるだろう。

『イソップ寓話』はある種の人間のタイプを動物に擬して表象している。それにたいして『黒馬物語』は動物を完全に人間的な内面をもっているものとして、すなわち動物を人間に擬して表象している。擬人法という名前で同じように呼ばれるのかもしれないが、両者の方向性は正反対になっている。二十世紀になってあらわれる動物ファンタジーとは、結局のところ人間を動物に擬する『イソップ寓話』から動物を人間に擬する『黒馬物語』への擬人法の転換の延長線上に位置するものであり、その意味においても『黒馬物語』はかならずしも反時代的な作品とは言えない特徴を備えた作品と言えるだろう。

五　おわりに

以上概観してきたように、動物を主人公としたイット・ナラティヴは、しだいにピカレスク・ノヴェル的特質を失い、主人公は、周囲の出来事を風刺的な目で観察する逞しいピカロではなく、語り手に動物愛護の教訓を垂れる機会を提供する共感すべき弱者として描かれる傾向を増していく。風刺を教訓へと転換させた（というより、風刺にふくまれる教訓性を前景化させた）イット・ナラティヴは、動物虐待防止のための教訓的な物語へと性格を変えていくことによって、動物愛護的児童文学を生み出していく。しかしイット・ナラティヴの流行後、動物愛護的児童文学はしだいに教訓性を失い、十九世紀後半から二十世紀にかけて動物ファンタジーに中心的な地位を譲ることになっていく。

しかしその一方で、周囲の出来事を風刺的な目で観察する大人のための原型的イット・ナラティヴは、二十世紀になって、フラッシュというエリザベス・ブラウニングの実在のスパニエル犬の、ときに風刺的な目をとおして、エリザベスと夫ロバートの人生の一段階を語っていくヴァージニア・ウルフ（一八八二―一九四一）『フラッシュ』（一九三三）を生み出す。この作品は、珍野家の飼い猫である「吾輩」の風刺的な目をとおして、中学校英語教師の珍野苦沙弥とその周囲の人びとの言動を戯作的に描いた夏目漱石（一八六七―一九一六）『吾輩は猫である』（一九〇五―一九〇七）[10]とともに、風刺的イット・ナラティヴのジャンル的可能性をあらためて認識させたと言っていいだろう。

（本論は、日本英文学会第八六回全国大会シンポジウム「『生き・モノ・語り』It-Narrativesと近代イギリス文学」（司会＝内田勝、北海道大学、二〇一四年五月二四日）のために準備した原稿に基づいている。原稿準備の過程で、内田勝「モノが語る物語――『黒外套の冒険』とその他のit-narratives」を参考にさせていただいた。司会・講師の方々、シンポを企画してくださった方々、ならびにフロアからコメントを寄せてくださった方々に感謝申しあげたい。）

注

（1）遍歴性とむすびついた「数珠つなぎ」的なピカレスク・ノヴェルの語りは、「紙に書かれた物語、すなわち『小説』というものが出現する以前、物語は、大道芸人的な語り手によって一定の聴衆を前に」「毎日少しずつ『分割して』」「『語られる』のを常としていた」という状況のなかから必然的に出てきたものだった。「主人公と敵役のキャラクターがほぼ決まっていて、状況のみが変わるという設定」も、このような状況のなかで「語り手・聞き手の両方にとって便利な」ものとして要請された特徴だった（鹿島 五九）。

（2）一連のピカレスク・ノヴェルを書いたスモレットは、『ある原子の冒険』（一七六九）というイット・ナラティヴの作品も書いている。この事実もまた、両ジャンルの近親性を暗示しているだろう。

（3）ピカレスク・ノヴェルと一人称の語りの親和性は、さまざまな文学辞典で触れられている (William Thrall and Addison Hibbard. *A Handbook to Literature.* [The Odyssey Press, 1960]; Ross Murfin and Supryia M. Ray, *The Bedford Glossary of Critical and Literary Terms* [Bedford Books, 1998] など)。

（4）リチャード・ジョンソンの『ペニー銀貨の冒険』（一七八六頃）においても、著者とおぼしい「わたし」は、イソップが「あらゆる動物に話したり、論理的に考えたり、議論したりする能力をあたえているのだから、たとえわたしがペニー銀貨に同じ恩恵をあたえたとしても、不合理とは思わないでいただきたい」(Blackwell 1: 81) と述べている。

（5）動物を主人公としたピカレスク・ノヴェル的なイット・ナラティヴの霊感源のひとつ『狐物語』の主人公ルナールは、『黄金の驢馬』の主人公と異なり、そして『ポンペイ』以降のイット・ナラティヴのほとんどの主人公と同様、人間が変身したものではない正真正銘の動物である。そのような動物物語のひとつである『ある猫の生涯と冒険』(一七六〇)の語り手は、「『狐物語』という昔の物語と『ポンペイ』という現代の物語」に言及したうえで、自分が「真実性、率直性、機知、ユーモア、学識、独創性においてそれらを超えた」と自慢げに語っている(*The Life and Adventures of a Cat* 82)。

(6) ジョン・ロックの児童文学にたいする影響力の大きさはピカリングが述べているところである(Pickering 2)。

(7) 著者は出版者ニューベリー本人であるとも、小説家・劇作家・詩人であるオリヴァー・ゴールドスミスとも推測されているが、不詳。

(8) 別の箇所(九章)でミセス・ベンソンは、動物が「宗教的な存在ではなく」、したがって霊魂をもっていないとも述べている(Trimmer 44)。

(9) 三人称の語りをとおして語られるイット・ナラティヴは、三人称の語りを小説(ノヴェル)に導入したヘンリー・フィールディング(一七〇七—一七五四)の影響を受けたことを明言しているフランシス・コヴェントリの『チビ犬ポンペイの物語』や『ある猫の生涯と冒険』などごく少数にかぎられる。

(10) 漱石の『猫』がイット・ナラティヴの影響に負っていることは、すでに丸谷才一が論証しているところである(丸谷 一五五—二四三「あの有名な名前のない猫」)。

第三部

環境感受性の詩学

第七章 病んだ精神と環境感受性
――ウィリアム・クーパーの持続可能な詩景

大石 和欣

一 アスファルト・コンプレックスが示唆する環境感受性

人間の精神状態が環境に大きく左右されてしまうのは直感的に理解できるし、あまりにも自明なことのように思われるが、それを科学的に証明するのは実際のところ容易ではない。しかもそれが健康状態と密接に関係していることを立証するとなると事はいっそう複雑である。

それでも、一九八〇年代に環境が人間の心身に及ぼす影響を調べる研究が盛んになり、人工的な都市環境よりも豊かな自然環境のほうが人間のストレスや不安、恐怖を軽減する効果があることを証明する理論や検証結果が提出された (Ulrich, "Aesthethic Response"; Zube)。とくに一九八四年にロジャー・S・アルリックが行った実験は、窓から見える自然風景が入院患者に及ぼす影響を示したことで一躍有名になった (Ulrich, "View Through a Window")。病院で胆嚢摘出手術を行った患者の回復経過を、緑豊かな風景が見渡せる病室で過ごした場合と赤レンガの壁しか見えない病室にいた場合とで比較考察したのである。十年間におよぶ看護記録を追跡した結果、自然風景の見えるベッドで過ごした患者のほうが手術後の精神状態が比較的安定しており、鎮痛剤の投与も少なく、さらに比較的早期に退院していることがわかった。逆に言えば、人工構造物しか見えない病室の患者には明らかに治癒の遅れが目立っていたのである。人間が外部環境によって、いやそれどころか室内から見える風景によってさえも影響を受けていることが明らかになった。つまり、「病んだ」心身が自然景観によって「癒された」のであり、反対に「緑」の乏しい人工環境に包囲され続けると、健康状態を保つことも回復することも難しいことになる。いわゆるアスファルト・コンプレックスの事例である。

こうした動向を受けてセオドア・ロザックは、深層心理を含めた人間心理の自然環境に対する志向性あるいは環境からの作用に対する反応を究明する環境心理学を打ち立てた。[1] しかし、アルリックの実験が示すように人間は精神のみならず身体においても環境に左右されている。気候変化や空間の変動、環境汚染など環境がもたらす肉体的・精神的ストレスは、植物から人間にいたるまであらゆる生命体の行動、免疫システム、さらには遺伝子にまで影響を及ぼしていくことになる (Calow; Ader; Hoffmann; Cohen 103–42)。ストレスは生命体の環境適応や進化をもたらす要因である一方で、恒常性（ホメオスタシス）や健康と不可分に結びついているのである (Elliot; Hoffmann 5–39)。こうした環境に対して人間や生物が保有している精神的・生理的な感性は「環境感受性」と言うべきものである。本論では、医学・生理学の領域で生理的反応として用いられている「環境感受性」の概念を、環境の変化を感知し、それに影響を受ける身体と精神双方の受容性と反応を意味するものとして再定義し、文学テクストとの接続を試みる。

環境感受性自体は必ずしも新しい概念ではない。「感受性」は十八世紀のイギリスで評価されだす人間の内面的美徳だが、そこにすでに現代的な環境感受性が胚胎されている。十七世紀に支配的であったピューリタンたちの厳格な宗教観が弱まり、人間の内面的感性が世俗的次元で捕捉されると同時に、知覚や神経機能を究明する病理学・神経学においても考察対象となっていく。[2] この歴史的展開と、絵画や美学の領域で同時期に自然美が発見され、「崇高美(サブライム)」や「絵のような風景美(ピクチャレスク)」が讃えられ、人びとがそれらを求めて国内外に観光旅行に出かけ出すこととは実は連動している (Andrews 39–82)。ともに感受性文化に根差した現象である。そして、後述するように、ちょうど同じ頃に悪化しはじめた都市生活環境を意識した富裕市民層が、より衛生的な環境を求めて郊外へと移住しはじめることも、環境や風景に対する感受性の変化を示す社会現象である。そこにはアスファルト・コンプレックスと同じように、身体的・精神的により快適な生活環境を求める人間の環境感受性が作用しているように思われる。[3] 社会学的には郊外化として片づけられる現象も、生物学的には環境ストレスを軽減する、あるいはそれを避け、より快適かつ好ましい環境を求める自然な生理的反応ということになる。

　十八世紀文学においても近代的な郊外化の記録は散見できる。たとえば一七五六年に雑誌『鑑定家』に掲載されたロバート・ロイド（一七三三―六四）の「商売人の田舎箱家」は、紳士階級から見れば野卑な富裕商人層が狭くて不衛生な都市住居から広々とした郊外の邸宅(ヴィラ)へとこぞって移住する当時の風潮を諷刺した詩である。ロンドンのシティでひと財産設けた商売人の老夫婦が郊外を訪れて、その緑豊かな風景に囲まれた一戸建ての生活にすっかり魅せられてしまう。何よりも興味深いのは、妻が郊外生活を賛美する理由が「健康」の回復であることだ。

　　健康と富
その最も豊かな宝、つまり健康がなかったらどれほど富があったところでなんの意味があるかしら。
あなたの貴重な命を大切に思う
妻の愚かさを勘弁してくださいな。
あんな苦労の絶えない労働、あんな不断の心労は
とても人間が耐えられるものではありません。(Lloyd, "The Cit's Country Box" 17–22)

夫の健康を心配する妻は、自分たちほど裕福ではないサー・トラフィックでさえ市内の不衛生でせわしない生活環境から逃れて郊外に居を構えたのだから、あなたも郊外へ移住して「運動と田舎の空気」(二六)によって健康を取り戻すべきだと説く。「商売人」と名乗る夫はそんな妻の助言に従って「田舎箱家」と呼ばれる郊外邸宅(ヴィラ)を購入し、快適な暮らしをすることになる。家と庭を通行人に顕示すべく敷地の木々を切り倒して芝生を平らに敷き詰め、流行りの中国式の柵を設けて「楽園」(六二)として愛でるあたり、商人階級たちの俗物趣味への痛烈な批判が露骨である。

しかし一方で、この詩からはロンドン市内の生活環境の悪化にともない人々が環境と健康の関係を意識し始め、郊外へ移住し、それが一種のステータス・シンボルとして認識されていった過程がうかがえる。郊外化自体はすでに古代ローマ時代から見られる現象だが、十八世紀のイギリスにおいて、緑豊かな郊外は市内での仕事に疲弊した精神と肉体に休息を与え、健康を回復させるブルジョワ的理想郷として認知されていたのである。それは環境ストレスを軽減するための生命体の反応であり、そこに環境感受性の原型を見出すことができるのではないだろうか。

ロイドの詩は諷刺詩であるが、自然美を描いた感受性詩人として知られるウィリアム・クーパー(一七三一―一八〇

〇）の書いた詩「隠居」（一七八二）および『課題』（一七八五）は、十八世紀的な環境感受性のかたちを「郊外」や「自然環境」をテーマにしてより明瞭に浮かび上がらせているように思われる。内面化された地誌（トポグラフィー）を描いた詩人(Priestman 28–46)、あるいはワーズワスに代表されるロマン主義的自然詩人の先駆者として位置づけられることの多いウィリアム・クーパーであるが、[4]むしろ山内久明が提示するように、「癒しと救い」の詩人として捉えることから彼の自然観を再考する必要があろう（山内）。本論では、心の病を抱えた詩人クーパーが、「癒し」としての自然環境の影響をどのように感受しているかを詩のテクストから読み解くことで、環境感受性の原型を素描してみたい。

福音主義の感化を受けたクーパーの自然環境観には宗教的意味が濃厚に付与されている。そんな彼の詩に現代的なエコロジーや自然環境保護の思想を直接持ち込むことは不適切に聞こえる。しかし、郊外を描写した「隠居」には、人間の身体的・精神的「健康」維持のためには仕事や社交と並行して自然環境の恵みが不可欠であるという、持続可能な人間社会と環境との関係に対する洞察が含まれている。郊外というトポスをとりあげ、「癒し」と「健康」を希求する環境感受性という視点から再読することで、さまざまなストレスを抱えた現代社会に示唆ある環境観を提示できるように思う。

ロマン主義文学のエコロジーを論じる際には「自然賛美」ばかりが注目されがちだが、ロマン主義時代の詩人たちは常に純粋な自然環境に身を置いていたわけではない。自然に囲まれつつも、人為によって維持された生活環境に起居し、社交の楽しみと家庭の憩いを享受していた。都市生活に潜在する「アスファルト・コンプレックス」を認知しながらも、都市と自然との融合を追究した点でむしろ「郊外」という空間こそ持続可能な生活環境であり、その意味を文学の中で考えるほうが適切ではないだろうか。

現代の私たちは地球温暖化や放射能汚染、ＰＭ２・５などの大気汚染といった環境問題に取り巻かれ、都市生活のストレスによっても精神的・肉体的な障害に悩まされている。都市の環境問題に遭遇した十八世紀の人々が、どのように生活環境をとらえ、自然と労働との共存を図る生活空間として郊外を見出していったかを探ることで環境感受性の一つのあり方が見えてくる。また、病める精神と肉体にとっての癒しの風景を詩のなかに織り込むことで、環境感受性を言説化し、自らの存在を維持しつづけ、宗派を問わず十九世紀を通して最も広範囲に読まれたクーパーは、近代社会における文学の持続可能性についても示唆を与えてくれよう。

二　病んだ隠棲詩人ウィリアム・クーパー

クーパーが治癒力のある自然環境に鋭敏になり、それを言説化した動機には、生涯にわたって抱え込むことになる複数の心傷（トラウマ）が潜んでいる。ホイッグ党の政治家を祖父に、大法官も務めた初代クーパー伯を伯父に持つハートフォード州の牧師の四男として生まれたが、幼少時に母親と死別し、長期にわたる寄宿学校生活ではいじめにも遭ったことが、最初の心傷（トラウマ）として心の内奥に潜む。ウェストミンスター校に入学してからは、多くの学友と知遇を得、ギリシア・ローマの古典やミルトンを読みふけるが、卒業後はクーパー家の倣いにしたがい法学院に入学したために、内向的な彼は職務の負担に苦しむことになる。一七六三年、従妹のセオドラとの結婚を決意するが、伯父は貴族院議事録官の採用試験に合格することをその条件として要求した。クーパーは懸命に努力するものの精神的重圧から神経衰弱に陥り、ついには自殺未遂まで図ってしまう。精神の均衡が壊れてしまったのである。劫罰（ダムネイション）の不安に襲われるようになったクーパーは、ロンドン北部のハートフォード州セント・オールバンズにあるナサニエル・コットン医師の病院に収容されることになる。

鋭敏な感受性と劫罰（ダムネイション）への恐怖はクーパーの生涯と作品を形づくっていくことになる。当時興隆しつつあった福音主義の感化を受けたコットンのもとでの療養中、いったんは回心を経験する (Cowper, *Letters and Prose Writings* 1: 39)[5]。キリストの贖罪への彼の信仰は、オーニーへ移住した後、元奴隷貿易商の福音主義牧師ジョン・ニュートン（一七二五—一八〇七）の影響下で昂揚し、彼が編集した『オーニー讃美歌集』（一七七九）には六十六篇の讃美歌を寄せた[6]。しかし、クーパーの回心は強固なものではなかった。一七六五年以来下宿していたアンウィン夫人との関係は、彼女が寡婦となって以後は村の醜聞となっていた。かつてセオドラ以外とは結婚しないと誓ったクーパーは、アンウィン夫人との結婚をニュートンに迫られると、道徳的葛藤から鬱病に陥り、再度自殺未遂を試みてしまう。そして一七七三年、自らの魂の永遠の断罪を確信した彼は、教会に行くことさえやめてしまう。彼の苦悩と絶望は、後の『課題』に描かれる狂女ケイトや手負いの鹿、あるいは最後の詩「漂流者」（一七九九）に描かれた船から落ちて海に流されていく水夫像など、孤立し、救済されることのない存在の表象へと凝集されていく。

その一方でクーパーは人々の魂に救済と癒しを提供する詩を紡ぎだしていった。アンウィン夫人との同棲を続け、家庭菜園での野菜作りやうさぎの飼育にクーパーは慰めを見いだしながら、一七八〇—八一年に「希望」や「チャリティ」において信仰の慰撫と美徳を説き、「真実」や「忠告」といった教訓詩では福音主義の規範を掲げ、一七八八年には黒人奴隷の救済を訴える「黒人の不服」や「哀れなアフリカ人奴隷への憐憫」を執筆して、奴隷貿易廃止運動の社会的浸透に多大な貢献をする[7]。自らの魂の救済に絶望した詩人は、精神的な治癒力をもった自然環境に内在する神の力を詩行に捕捉することで、「癒し」としての詩を人びとに提供しようとしたのである。その最大の功績が全六巻、五千行超に及ぶ『課題』である。

三　自然と都市と郊外と

『課題』の詩句の中で最も人口に膾炙した詩句のひとつが「神は田舎を創り、都市は人間が造った」であるが、その理由が人生に幸せを保証してくれる健康が田園にあるからという点は、意外なほど看過されている。環境と生命体の相関性を前提にした環境感受性についての思想が、彼独自の宗教観とともに詩句を裏から支えている。

> 神は田舎を創り、都市は人間が造った。
> ならば、誰もが人生で口にする苦杯を美酒にかえてくれる
> 神からの唯一の贈りもの、つまり健康と美徳が、
> どこよりも畑や森にあふれ、脅かされることがないことに
> なにも驚くことはないだろう。(Cowper, *Task* 1. 749–53)[8]

単純に自然美を讃えているのではない。精神と肉体を健全に保つ力を自然に与えている神の恵みを謳っている。生命を維持している根源として神の恩寵を自然の生命力の背後に感じ取っているのである。

一方で、人工的な都市空間を批判している点も重要である。都会に充満しているのは「浮かれ気分」（四九九）であり、昼間から頭痛を抱えてベッドに寝込み、ギャンブルに狂って破産の憂き目に合い、全身の骨が痛む冒瀆的で軽薄な陽気さである。「野卑なぜいたく品に満ち、／下品で甘い汁を吸いつくした都市生活は、怠惰や情欲」（六八六―八七）を生むだけではなく、「奸計（arts）がはびこる温床」（六九三）であり、不道徳と不健康が跋扈する。結局のところ、神が付与する自然の治癒力がないゆえにますます人間は病的になっていくのである。

そんなふうに都市と田舎を「健康」と「美徳」という近代的な視点から対比したクーパーは、環境感受性に対して誰よりも先駆けて意識的であった。彼にとって、人間は植物とおなじく最適な環境においてはじめて最大限に生理的機能を発揮するのであり、根を生やした大地から摘み取られ、他の花々と寄せ集められて花瓶に生けた花が「すぐに色あせ、押し詰められたために疵つき／腐食してしまい、長くもつことはない」（四巻 六六九―七〇）ように、人工的で自然の恵みが欠落し、他人同士が密集し、互いを傷つけあう都会の生活環境では、人間の身体的機能はもちろん、精神的機能さえもが衰え、抵抗力を失って病を患うことになる。

しかしながら、クーパーは必ずしも「自然」と「都市」とをナイーヴな二項対立として捉えていたわけではない。農業技術が示唆する「技芸」（art）の美徳も自然美に含めているし、また「郊外」という当時新しく生じた田園と都市とが融合した生活環境の美質をも謳っている。[9] 福音主義の感化を受けた彼の宗教意識にとって、人間が自然とともに構築する持続可能な環境は神の摂理に包摂されるべきものであった。その一形態が郊外である。

詩集『卓話』（一七八二）の最後を飾る長詩「隠居」が、ロイドの詩と同じように郊外への諷刺を含みながらも顕著に示しているのは、そんな郊外生活の効用である。[10] 都市から適度に離れて自然に囲まれた両義的生活空間は、人間の

「病んだ精神」を治癒し、人間と自然との持続可能な共存を果たしうるものである。[11]

罪と哀しみにもかかわらず、
エデンの園の面影が残っている場所
山や川、森や畑や林は
造物主の力と愛を住む人に想起させる。("Retirement" 27–30)

クーパーの郊外には人間の生活と自然との対立は見られない。罪を宿しながらもエデンの面影を残した郊外の生活環境は、レイモンド・ウィリアムズが提示した都市と田舎という二元論的図式では説明できない曖昧な空間である。[12] またジョナサン・ベイトが『ロマン派のエコロジー』で提示したような、ワーズワスやラスキンのテクストをベースにしたロマン主義的自然観とも異なる。たしかに、クーパーは都市を煙と騒音が蔓延する公害に冒された空間として捉え、それに対して「健康と余暇、それを高進させる手段、友情と平和」(三巻 六九一)が確保された空間として田園を位置づける。それゆえにこそ自然は「敬虔な信仰心と神聖なる真実/そして美徳」が涵養される最適な環境となる(三巻 七〇七―〇八)。しかし、その一方でロンドン市民にとっての自然風景に独自の美徳を認めている点にも注意すべきだろう。「穢れのない空気をひと息吸い込み/緑の牧場を一目見ることで、どれほどロンドン市民たちの/心が軽やかになり、倦んだ体が元気づけられることか」(四巻 七五〇―五二)。そればかりか都市内部の居住空間においてさえベランダに花篭を飾ったり、窓際にオレンジやギンバイカ、芳しいハーブをつたわせたりすることで、人びとは自然との接点を維持しようとしていると指摘する。それほどまでに人間は「生まれながらにして消すことのできない田園への／渇望」（七六七―六八）を持ち、その本能的な欲求を満たすべくあらゆる手段を講じようとするのである。菅靖子によれば、都市における「緑」が精神的治癒効果を持つことは実は一七世紀末から指摘されており、一七七四年のジョゼフ・プリーストリーによる酸素の発見は植物の空気浄化機能を裏付けることになった（菅 154–57）。その例が室内観葉植物であり、都市内部の公園や郊外の田園の散策であったり、さらに重要なのは郊外居住という生活空間への移動と構築であった。光と緑の乏しい都市空間でアスファルト・コンプレックスに苦しむ人びとが、心身の治癒を求めてすがったのがこうした限定されたかたちの緑の環境であった。

とはいえ「隠居」におけるクーパーの郊外の描写は必ずしも無条件の賞賛というわけでもない。通りには埃をあげて人や馬車が行きかい、邸宅（ヴィラ）は箱のように並んで太陽の光にさらされている。

郊外の邸宅（ヴィラ）、ますます増えていく通りがさし迫ってくるのを
恐れるかのような避難所、狭苦しい箱のような家
こぎれいにガラス窓をつけ、燦々とそそぐ
七月の太陽の日差しを受けて燃えるよう
その風景に市民は歓び、その場で喘ぎながら
もうもうと立ちこめる埃を吸って、田舎の空気だと言うのである。（四八一―八六）

ロンドン市内に比べれば開放的だが、純粋な田園とはいいがたい人為的で中途半端な空間がこの郊外である。埃が混じる空気はとうてい清浄とは言いがたい。

しかし、「平らかでまっすぐ、気持ちよく歩くことのできる場」（四八九）であり、晴天ならば散歩を楽しみ、雨が降れば馬車に乗って市内まで行くことができる快適至便な居住地である。「瓶のなかに詰められた蜂のように、居心地のよい小さな居間に押し込められて」（四九三―九四）人びとはせわしなく社交をしているが、それでも都市の騒音や煤煙から逃れられる空間であり、ストレスの多い仕事を忘れることのできる「田舎」なのである。

だがそれでも田舎なのだ。どの窓からも
木々が見え、草地は緑豊かに広がっている。
玄関の前の池にはカモが泳いでいる。
さらに田舎に行ったところでこれほどの景色が見られようか。（四九七―五〇〇）

人為的ではあるが都市のさまざまなストレスを軽減してくれる癒しの緑地空間として郊外はとらえられ、そこに人間と自然の持続可能な共生を認めているのである。

繰り返すが、そもそもクーパーにとって、人為と自然は真っ向から対立するものでもなかった。収穫を保証するための「補助的な技術」（『課題』三巻 五四一）が自然のなかで機能することを願っているし、「自生した土地で風に吹かれて／揺れている花のようなもの」（四巻 六五九―六〇）として人間を定義した際にも、無為自然の中ではなく「地域社会」の中で生きる人間としてであった。人為を施しながら「自然らしい」風景式庭園を造りだす庭園師ブラウンを批判し、庭は本物の自然の「優雅さ」（三巻 六三八、七八二）を示すべきであり、その所有者は「洗練された心の持ち主」（六四〇）であると断言するクーパーにとって、自然は人為によって維持され、洗練され、そして疲弊した人間の精神を回復させる機能を持つべき空間であったと言えよう。それゆえにこそ「家庭の幸せこそが、／堕落以後も存続した楽園の唯一の至福」（三巻 四一―四二）であり、「美徳の育成所」（四八）であると謳うのである。

人為の及ばない純粋無垢な自然がエデンとすれば、そこから放逐された人間が住む環境は、郊外のようなまさに人為によって自然を保全しつつ家庭生活を営む空間であるべきことになる。「人間は竪琴」（「隠居」三二五）であるから、精神が傷つき、心の琴線が緩んだり、外れてしまった場合は、正しい和音を奏でられないが、都会から郊外へと移住することでその傷が神の力によって治癒されるのである。執務に忙殺され疲弊した政治家も、自然のなかで過ごした子供時代を思い出し、再度自然へと回帰したいという欲求をいだくのは、そこに自由があり、心身の再生の可能性があるからである。心の琴線という感受性の時代に典型的なイメージであるが、後述するようにクーパーの場合は福音主義的な枠組みのなかで慈悲ある神の存在へとつながっていく環境感受性のメタファーとして機能している。

四　治癒する自然と動因としての神

造物主の威光を自然のなかに見出していく態度自体はなにもクーパーにはじまったわけではない。楽園のイメージはキリスト教徒にとって集合的記憶として常に想起の対象であった。ジョン・ミルトンの『失楽園』（一六六七）を含めた宗教文学にも表象されると一方で、僧院の中庭、あるいはカントリー・ハウスの庭園にも具現化されていくことになる。[13] その一方で、楽園をテクストや庭園に再生するのではなく、実際に目に見える自然を聖書記述と矛盾がないように説明しようとする努力が十七世紀から果敢に試みられだす。「創世記」に記述された洪水を地質学的に説明しようとした神学者トマス・バーネットの『地球の神聖な理論』（一六八二）はそうした新しい自然神学の嚆矢である。バーネット自身は教会の神学者たちの反発を引き起こしてすべての公職を解かれてしまうが、マージョリ・ホープ・ニコルソンが指摘したように、自然のなかに神の威光を見出すバーネットの感性は、後に興隆する「崇高美（サブライム）」という美学を胚胎した新しい感受性の出現を予兆していた (Nicolson 225-70)。

しかしながら、十七世紀末に発見された畏怖すべき自然は、クーパーが提示する内的自然を調節する癒しの自然とは異質なものであるし、十八世紀の文学に頻出する楽園的、あるいは牧歌的な自然風景とも相容れない。「花の女神が治めるところに不機嫌はまずない」（『課題』一巻 四五五）し、また「美しき顔（かんばせ）」（四五八）を歪ませてしまうような失意や癇癪や怒りや悲哀はすべて消滅して、花々が咲き乱れほほえむ風景が疲弊した精神を慰撫する。そうクーパーは強調する。彼にとって自然は、熱病に長い間苦しめられていた人にも、薬を服用していた人間にも、また緑の大地を長期間にわたって踏むことができないまま航海していた船乗りにとっても、歓びと慰めを差しだす神の恩寵であった（四四五―五四）。そうした自然の治癒効果は驚異の自然ではなく、「優しき」自然に認められる。この厳粛な自然から慰撫する自然への変容、言いかえれば禁欲的な宗教感受性から癒しを求める環境感受性への転換は、厳格なカルヴァン主義が喚起する威圧的な神から、より寛容な教義を求めるラティテューディナリアンたちが信奉する仁愛にあふれ、温情に満ちた神への変質という宗教観の変化と連動している。エドマンド・バーク（一七二九？―九七）の

「崇高美（サブライム）」と「美（ビューティフル）」の区別はそうした宗教的感性の変化の美学的変奏でもある。

クーパーにおいては、「美しき風景」がまず視覚として認知されるが、そこに「崇高な」神の威光と力を見出すことによって健康と美徳の回復が図られる。「風景美」こそ神の「崇高さ」の証しなのである。

荒野に広がるありとあらゆる美しきものは神のもの。
誰の目にとまることもない寂寞たる場所を
朗らかにする。また耕作によって誇らしげに輝く
より美しい景色もまた神のもの。（『課題』六巻 一八六―八九）

そうした神を感知する魂だけが蘇生され「崇高になった」（五巻 八〇五）感性と知性を受容するのであり、備えた能力を最大限に用いることができるのである。そしてすべての生命を維持する力として自然を讃え、その背後に神の力を謳うことになる。

万物の主はこの世のすべてのものに満ちわたり、
生きとし生けるものすべてを維持し、その生命そのものである。
自然は、神が動因となって及ぼす効能の
呼称のひとつにすぎない。（六巻 二二一―二四）

この詩句は後にサミュエル・テイラー・コウルリッジが『宗教的瞑想』（一七九五）において借用することになる。その際にコウルリッジは、万物を束ねる第一因として神を位置づけることが汎神論に陥る危険性を指摘するが（Coleridge, "Religious Musings" 130–46）、クーパーに関するかぎり汎神論的な傾向は希薄である。あらゆる生命体を維持する力の源泉として自然を見出し、その動力源に神の存在を位置づけているだけである。事物の存在そのものに神性を認めているわけではない。

五　体感する自然と人間の説明責任

寛容な神の存在を自然の背後に想定するクーパーであるが、その自然は抽象的なものではなく、むしろ五感で知覚できる経験的な存在である。「田園の風景だけではなく、田園の音までもが／精神を活気づけ、生気を失った自然の調子を／回復させてくれる」（『課題』一巻 一八一―八三）。『課題』には木々のざわめく音、そよ風、湧きでる泉水、川のせせらぎ、カケスやカササギ、トビなど鳥たちの鳴き声など、風景や音、触感や匂いといった知覚によってとらえた自然が言語化されている。自然自体は動かないにしても耳に優しい音があちこちから聞こえるし、活気にあふれた自然にはさらに心地よい音が満ちているが、それは「人間の耳を慰撫し、幸福感で満たすため」（一九九）なのである。

またクーパーは四季をめぐる自然のリズムも感覚的にとらえている。隠棲の美徳を謳った『課題』第四巻から第五巻にかけては、秋から冬の雪景色へと描写が移り、そして春の予兆を第六巻で記して詩を終える。一見したところ不毛に見える凍てついた冬の大地の地中ではミミズや虫がうごめき、草木の種子がじっと息をひそめ、冬眠する動物たちが呼吸しているのをクーパーの感性は鋭敏に捉えている（五巻 八〇―九七）。氷の張った川の底でもかすかな流水が流れ続け、春の訪れとともに飛沫をあげて勢いよくほとばしり出す（九七―一〇九）。

こうした四季の推移に対する感性は、すでにジェイムズ・トムソンの『四季』（一七二六―三〇）において古典的修辞を交えながらも発露しているし、和歌や俳句を生み出した日本人にとってもなじみ深いものでもある。和歌を論じた「為兼卿和歌抄」のなかで京極爲兼は、自然が推移してゆくリズムとわたしたちの心が呼応しあうダイナミズムを「相応」と表現するが（京極 二九）、クーパーにおいてはそれが環境感受性によって受けとめられている。

不毛から豊饒へ、死から生へと
自然は推移する。それを通して
神々しい真実のことばで人間に教示してくれる。
壮大な流転を経ながら、その変化のなかで万物に一つの魂が生き、
作用しているのを明示してくれている。その魂こそ神なのだ。（六巻 一八一―八五）

自然の推移は生命の再生、恢復、治癒へといたるプロセスであり、そこに恩寵をほどこす神の魂が宿っている。クーパーの環境感受性では、五感を通して知覚した自然が寛容なる癒しの神へと矛盾することなく連続しているのである。

そうした五感を通した自然との交感を彼は「共感」（第六巻 三二三）と呼ぶ。それはルソーが描いた孤独な散歩者の「共感」でもないし、アダム・スミスが『道徳感情論』（一七五九）において提示した禁欲的な美徳と同義でもない。

自然と交わることで自然のリズムと「相応」し、動植物に対しても愛と慈しみを感じ、与えることのできる環境倫理的感性である。森の中のあき地を楽しげに駈けぬける小鹿、喜びを胸にして牧場を全速力で駆け、立ち止まって鼻をならす馬たち、互いに競うように大地を跳ねる雌牛たちを目にすると、共感をもった人間は抑圧することのできない自然のエネルギーを感じ、その光景から幸福感を自らのものとして味わうことができる（六巻 三二七―四七）。そんな自然環境に横溢する歓喜と至福を感知し、内面と同期させていくことのできる環境感受性がクーパーの「共感」である。

　クーパーに顕著な動物愛護の精神はこうした環境感受性の延長線上にある。自らを矢傷を負った鹿になぞらえる彼にとって（三巻 一〇八―一六）、人間の悪意の犠牲となる動物や植物は感情移入できる存在であった。それゆえにこそ貴族たちが余暇として楽しむ狩猟（ハンティング）を残酷なものとして批判し、むやみやたらに小動物を殺傷することを戒めることになる。「動物たちを狩り／傷つける人は、罪深い過ちを犯している。／彼らを創造したときに居場所を与えたもうた／自然界の摂理 (th'economy of nature's realm) をかき乱しているのだから」（六巻 五七七―八〇）。十八世紀に顕著になったとキース・トマスが指摘している動物に対する近代的な愛護精神の発露と言えよう (Keith Thomas)。

　そこから敷衍してクーパーを動物の権利擁護論あるいはディープ・エコロジーの先駆者とみなしたくなる衝動は否めないが、実際のところクーパーは中世的な「存在の大いなる連鎖」という神学的枠組みを脱していたわけではない。人間は環境感受性に直接かかわる知覚において動植物と同列ではあっても、理性があるゆえに常に動植物の上位に位置する存在であり、それゆえに神の力を認知することが可能であると考える。災害をもたらす自然の脅威に対して生産力を維持するために、農業がさまざまな「対策と方便」（三巻 五五九）を用いることの必要性を認め、さらには「人間の便益と健康、／あるいは安全がかかわるならば、人間の権利と主張が／最重要であり、彼ら［虫や動物たち］

を死滅させねばならない」（六巻 五八一―八三）と断言するにいたっては、露骨に人間中心主義的である。敷衍すれば生態系を無視した乱開発や農薬散布によって農作物に被害を及ぼす害虫や動物を死滅させることさえ厭わないことになる。レイチェル・カーソンが描いたようなあらゆる生物が死滅し、花が咲かなくなってしまったぞっとするような「沈黙の春」の風景が垣間見えさえする。ディープ・エコロジーとは正反対の自然観が浮びあがる。

しかしながら、乱開発や化学薬品の脅威を知らない詩人に現代的な環境思想をぶつけて非難しても意味はない。動植物の上位に君臨しているがゆえに自然の摂理、つまり神の摂理に対して人間は「説明責任を負っている」と主張する点で、クーパーはむしろ近代的なエコロジーの思想に限りなく近づいている。その点を強調すべきだろう。自然環境における人間の居場所と生態学的な連鎖、そして他の生存物との相互依存を認識し、それに対する影響関係を考慮するという点において人間はきわめて重大な責任があると言うのである。

わたしたちのためだけに生存し、
わたしたちに身を捧げて死を迎える生物たちと
理性によって、神の恩寵を受容する能力によっていっそう明瞭に
峻別されているわたしたち人間は、説明責任を負っている（“accountable”）。
いつの日か神は、小さいながらも尊く、大切な信託物と
彼がみなしている生きものたちに対する虐待の数々を
数え上げて容赦なき審判をわたしたちに下すだろう。（六巻 六〇一―〇七）

「説明責任」はクエーカーやメソディストを含めたピューリタンの末裔たちがこの時代になって頻繁に使っていた用語であり、信仰生活はもちろん、社会的活動、経済活動において自らの行為について最終的に神に対して申し開きする義務を指し示す (*OED* 1)。もちろん英語の "accountable" には「収支計算をする、勘定可能な」(*OED* 2) という意味も含意されており、それが次の行の「重要な問題を (〜とともに) 精査し、清算する」(*OED* 5) の意味で用いられている "reckon (with〜)" が含意する「説明する」(*OED* 1) や「合計する、計算する」(*OED* 2) といった意味と呼応しつつ、最終的には死んだ後に神の前で「申し開きをして、裁定を受ける」(*OED* 4) という宗教的な意味へとつながっていく。

現代において用いられる「アカウンタビリティ」は宗教的意味合いが薄れ、もっぱら企業の営利活動についての対社会的説明責任ばかりを言及するが、クーパーにとって神は自然およびそこに含まれる生態系全体を統括しているわけであり、人間の生物全般に対する配慮および殺傷行為についての神に対する説明責任は、そのまま生態系の持続可能性に対する人間の責任を意味することになる。そして、生態系全体の量的変化を計算し、清算する考え方は、「神の摂理」(oeconomy, *OED* 5a) に包摂されながらも、「自然の有機的秩序」(oeconomy, *OED* 8c) を重視する近代的理念と呼応する。このエコロジー感性は、アガンベンの言う古代以来の「神学的オイコノミア」の延長線にありながら (アガンベン 44–107)、リンネの植物学を契機にした近代的自然観を反映したものとして捉えることは十分可能である。[14] クーパーの環境感受性はそうした神学的オイコノミアの末裔なのである。

人間が自然環境との持続可能な関係を維持する義務を持つ一方で、その見返りとして保証されるのが神の恩寵であり、健全な心身である。クーパーの詩は同時代の人びとにキリスト教的愛と慈悲心に満ちた癒しのテクストとして受け入れられていったが、その理由の一つはこの豊饒なる自然の恵みとして顕現する神の恩寵が「すべての人に無償で与えられる」というアルミニウス主義を掲げているからでもある (Gilbert Thomas 186–89; Oishi 51)。[15]

この蒼穹の下、一面に広がっている贅沢な自然風景。
それはすべての人びとに無償で与えられ、日々刷新される。
それを侮蔑した輩は家で餓死するのが当然の報い。
不衛生な地下牢に長い間鎖につながれ、
じめじめして冷たく暗い室内で気がふさぎこむあまり
顔面蒼白となって病にかかったあげく
ついに自由と太陽の光のもとへ逃れた囚人は侮蔑しない。
彼の頬は健康な色をとりもどし、
生気を失っていた目には光がもどり、
歩き、飛び跳ね、走るのである。喜悦のあまり高揚し、
芳しきそよ風に大騒ぎするのである。（一巻 四三三―四四）

第三巻においても同じ趣旨は繰り返される。詩人は、苦々しい気持ちを甘美なものに変えてくれる自然の姿に無謬の神の手を見出し、「歓喜の瞬間が何度も更新される」（三巻 七二三）のを目の当たりにし、自然の恵みが「永遠普遍の

賜物」として「万物に無償であたえられる」（七二四）と断言する。

この「自由」の信奉は、バスチーユ監獄に象徴される圧制に対する批判（五巻 三八三―九六）を繰り広げる政治的自由への信念と通底するものだが (Fulford 45–52)、根本的にはキリストの血によって贖われた精神的自由である。

それは天から導きだされた心の自由である。
「彼」の血によって贖われ、人類に与えられたのであり、
同じ神の標によって保証されたものなのだ。（五四五―四七）

そしてこの自由が束の間の生命を保つすべての生きものに輝きと芳香を付与し、「日の光のように／魂に光をさしこみ、天からの閃光によって／すべての心身機能を栄えある歓喜で奮い立たせるのである」（八八三―八五）。クーパー自身は劫罰（ダムネイション）への恐怖から逃れることができず、最終的には魂の救済に絶望したことを考えれば、この啓示的詩句は意味深い。自らの断罪を確信し、絶望していたからこそ、神の恩寵があふれる自然美の効用を認知し、それが無償で供与されることを謳い、それによって精神と肉体を病んだ人びとが救われ、蘇生されることを祈ったのである。それは病を患い、緑の風景を剥奪され「アスファルト・コンプレックス」に苦しむ入院患者たちだからこそ自然の治癒力を証明できた逆説的な環境感受性の一原型である。

六　持続可能な郊外生活の詩的風景

精神を病んだクーパーがとりわけ好んだ活動が散歩だが、そのことと環境感受性は無関係ではない。『課題』の冒頭は椅子からソファが発明されていく過程を辿ることで文明の進歩と文化の洗練を語っている著名な一節だが、ソファが優れているのは快適な休息を与える点であり、それはクーパーが散歩後の疲れた体を休める経験に依拠している。そんな散歩の様子を綴った一節にクーパーの環境感受性の構造がさりげなく埋め込まれている。

というのもわたしは田園地帯の小道を歩くのが大好きなのだ。
道には青々と草が生え、すぐそこまで羊がやってきて食べた跡があり、
草地はびっしりと交織したとげだらけの木の枝で
隙間なく囲まれている。丘を越え、谷を抜け、川辺にそって
田園を歩くのが大好きなのだ。子どもの頃
学校をずる休みして、よく見知ったテムズ川のほとりを
喜びいさんでそぞろ歩きしたころから変わっていない。（一巻一〇九―一一五）

クーパーにとって散歩はたんに自然を堪能する行為ではない。ウェストミンスター校時代に授業をさぼってテムズ川の堤防を散歩したように、息苦しい生活環境を逃れて開放的な空気を吸う行動であり、またそれはストレスを除去

し、治癒力を回復する手段でもある。上述の一節では田園の小道を歩きながら詩を綴り、自然と人間、過去と現在、都市と田園とが結びあわさっていく過程が示唆されている。[16] とげだらけの木の枝の「びっしりとした交織」("intertexture firm") はそんな対照的な時空間を交差させ、融合させていくクーパーの詩の肌理 (texture) の特性そのものの比喩としてとらえてもいいのではないだろうか。

郊外もまた都会と田舎の交差する地点である。歩く行為が記憶を想起させ、想像力を喚起し、新しい自然界のヴィジョンを創出するのはワーズワス的でもあるが、感覚が捉えた慰撫する自然のなかに記憶と人間の生活、そしてときに都市生活の匂いが流れ込んでくるのがクーパー的である。クーパーが描いた「郊外」はそうした都市と田園が融解するトポスとして立ち現れているのである。

クーパーが憩いながらも社交にせわしく、人工的ながらも自然の風景を堪能できると揶揄交じりに描いた郊外は、実在の郊外クラパムに基づいている。クーパーとも親交があった国教会福音派の人びとが集った最初の近代的郊外コミュニティの一つである。ロンドンのシティから南に四マイルほどの丘陵地に位置するクラパムは、一七六〇年代頃から急速に市内で働く富裕中流階級の郊外住宅地として開発されていく（フィッシュマン　六二―七四）。コミュニティの人々がみな福音主義者であったわけではない。しかし、福音主義へ回心したバルト海貿易商人ジョン・ソーントン（一七二〇―九〇）が邸宅（ヴィラ）を共有地（コモンズ）に面して構え、一七五四年に福音主義者ヘンリ・ヴェン（一七二五―九七）を助任牧師としてこの教区に招聘して以来、次第に福音主義がクラパムに浸透することになる (Tomkins 16–35)。ソーントンは通常の慈善活動ばかりではなく、ジョン・ニュートンやクーパーなどの福音主義者たちに対しても経済的支援を行うことで福音主義の浸透に多大な貢献をする (Tomkins 25–26)。彼の息子たちの世代になると、経済に明るい国会議員であり慈善家である三男ヘンリ・ソーントン（一七六〇―一八一五）、その友人であり奴隷貿易廃止に尽力した国会議員ウィリアム・ウィルバーフォース（一七五九―一八三三）、統計学者でありやはり慈善家だったザッカリ・マコーリ（一七六八―一八三八）らが集うことでクラパムは、宗教コミュニティの様相を濃厚にしていく。

緑豊かな自然に囲まれた郊外生活は国教会福音派の人々にとって「楽園」の具現でもあり、都市の利点と田園の利点を結合すべく二十世紀初頭に政策として推し進められるガーデンシティの先駆けでもある。喧騒と汚れた空気、あらゆる腐敗から逃れ、郊外の清浄な空気のなかで幸福な家庭を保つべく、緑ゆたかな共有地を囲んで共同体を構成し、そこで敬虔な信仰生活を送ったのである。クラパム派とも呼称されることになる彼らの郊外生活は、福音主義が広範囲に浸透したヴィクトリア朝時代において、清廉な家庭生活と宗教道徳の相補性を示す生活空間として理想化されていく。[17] 一八三〇年代以降に郊外化現象は加速していくことになるが、そのモデルの一つがクラパムであり、クーパーの「隠居」はそんな郊外の宗教イデオロギーを環境感受性を通して言説化したのである。[18]

マルクス主義的に言えばクラパムに築かれた郊外も、それ以後十九世紀中葉までに造成されていく郊外も、「ブルジョワ的」な空間にほかならない。[19] クラパム派の人びとはきわめて富裕な中流階級であり、奴隷貿易廃止運動を含む彼らの人道主義や風俗改善運動は、神の福音だけではなく、ハナ・モア（一七四五―一八三三）の言う「実際的な篤信」(“practical piety,” More 8: 30) に縮約された実際性を重んじる政治的・社会的イデオロギーに裏打ちされたものであった。「病んだ」詩人クーパーの信仰は「実際性」からは離れたものであるが、そうした中流階級性と無縁ではない。労働者への共感が欠落しているわけではないが、都会の喧騒や煤煙に悩まされ、群衆に埋もれ、汗水たらして忙しく動き回りストレスを抱え込む生活に対して「安全な距離」をとり、「避難地ののぞき穴から眺めるのは／心地よい」

(『課題』四巻 九二、八八―八九)と漏らす詩人は、あきらかに都市内部に取り残されている労働者や貧民たちの生活から距離をとった存在である。

一八三〇年代以降に郊外化を加速させていった原因には、コレラなど都市内部のスラム化に由来する伝染病、汚水や汚物、煤煙、臭気の蔓延がある。富裕階層は自分たちの健康に有害なこうした「穢れ」を嫌い、怯え、ますます都市内部から郊外へ逃れ、結果として空洞化したロンドン市内はますます暗黒のスラムとなり、逆に郊外はブルジョワたちの楽園として理想化されていくことになる。[20]

郊外に対する意識の変化は、活性化する不動産市場にともない急増する不動産広告に顕著である。クーパーが晩年を迎え、奴隷貿易廃止運動などをけん引する国教会福音派がクラパムに集結し、彼らの社会的プレゼンスが高まった一七九〇年代、そこには瀟洒な邸宅(ヴィラ)が数多く建ち並びだす。『タイムズ紙』だけを見ても邸宅(ヴィラ)の売却もしくは賃貸の広告が目立つ。そこでは、快適で、広く、「上品な」(“genteel”)家屋と室内装飾があり、市内への通勤に便利至極なロケーションであることが強調されている。通勤用の馬車を置く小屋や馬小屋があり、美しい庭、時には何エーカーもある畑や果樹園が付属していたり、あるいは共有地が眼前に広がっていることが謳い文句のように繰り返される。そして何よりも水はけのいい土地で、「健康的」(“healthy”)であり、清潔で十分な水が供給されていることが情報として加えられている点が重要である。つまり、日当たりや水はけが悪く、不衛生な都市内部の住居と峻別する一種のレトリックとなっているのである。

一七九九年七月二十九日の賃貸広告は典型的である。

とても心地よく優れた設え（しつら）の快適な家族用住居。庭、馬車小屋、馬小屋、小さな馬場、そして釣り池が付属。あの健康的で魅力的なクラパム共有地に建ち、教会近くに位置している。素晴らしい修繕がなされ、重厚なレンガ造りの住宅である。寝室五室、髪粉室、複数のクローゼット、居間、化粧室、食堂、素敵な玄関ホール、階段、台所、洗濯所、その他の家事用部屋、貯蔵室、馬車小屋、四頭用の馬小屋から成り立っている。敷地は趣味良く整えられていて、有益な作物が作づけされ、選りすぐりの果樹が植えられた庭、小さな馬場、水はけの良い地面、魚がいっぱいの釣り池、前庭がある。屋敷には十分な水の供給あり。先の夏至から数えて残り九年間におよぶ賃貸期間を更新なしで年間四十七ポンドという安い賃貸料。

髪粉室があるのは鬘に白粉をかけるのが依然として当時の富裕階級の慣習だったからだが、自前の四頭馬車を所有でき、これだけの敷地を維持するためには召使いなどの人件費を含めてそれなりの財産が必要なことが容易に推察できる。果樹園や釣り池など「田園」の要素が加えられ、水はけの良さと新鮮な水の供給も強調されているのが当時の借り手のニーズに焦点を合わせたものであることも察せられる。実際に「水はけの良い、健康的な立地」の邸宅をペカム、キャンバーウェル、クラパムといったテムズ以南の郊外に求める広告も見かける。[21] 一八五四年になってジョン・スノー（一八一三―五八）がコレラの原因をロンドンのスラム街の井戸水に突きとめるはるか以前から人びとは湿っていたり、不衛生な土地を避け、見晴しだけではなく、清潔な水があり、なおかつ乾いた「健康に良い」生活環境を郊外に希求していたのである。

景色に関しても、当時流行していた「ピクチャレスク」の美学を反映するようにこうした郊外の風光明媚かつ健康的な景色に対して審美的な価値が付与されていく。クラパムではないが、ウォンズワースやウェンブリーの郊外では「ピクチャレスク」な景色をうたい文句にした不動産広告が一七九〇年から見受けられる。[22] また、一八〇一年に出版されたロンドンからブライトンまでの観光案内ではテムズ川以南の郊外キャンバーウェルの「ピクチャレスク」な美観、またそこからロンドンの北部に広がるハムステッド丘陵地帯の「ピクチャレスク」な景観が強調されている (Edwards 12–13)。ウィリアム・ギャスピーの『タリス版挿絵入りロンドン』(一八五一—五二)ではそのハムステッドについて、「首都を一望の下に見下ろせ、多様な地域を見渡せるきわめてピクチャレスクな土地であり、空気は健康に良く、風光明媚で、荘厳な荒野(ヒース)が広がるゆえに、病気の人々や地位と財産がある人たちにうってつけの場所となっている」と記述する (Gaspey 1: 319)。ピクチャレスクが本質的に農民やジプシーなど「卑賤」な存在を美化し、汚れた風景を隠すものであるとすれば、郊外のピクチャレスクな風景は、病的で不健全な都市の風景を隠ぺいする、もしくはそこから距離を取ることではじめて構築される環境である。[23]

「隠居」においてクーパーは海水浴場や温泉保養地を訪問する女性たちも嘲笑気味に描くが、この時代に保養地や海水浴場が流行することと人びとが健康的な郊外へ移住することは「治癒」を媒介にして通底した社会行動であり、そこに新しい環境に対する感性を読み取るのは妥当であろう。感性の歴史家アラン・コルバンは、海水浴や温泉における湯治が「憂鬱(メランコリー)」や「憂愁(スプリーン)」など病んだ精神や肉体の治療として始まった十八世紀半ばに海(あるいは温泉)の風景に対する感性が変容したことを証明したが、その背後に不衛生な都市生活が引き起こすさまざまな疾患を読み取っているのは適切である(コルバン 一三三—六二)。同時期に郊外が誕生するのも同じ理由であり、より健康的な環境を求める環境感受性の台頭をそこに想定できる。宗教感情や慈愛を含む感受性が人間の内面的美徳として認められ、福音主義が社会に浸透し、ピクチャレスクな風景を求めて人々が国内観光をするようになったのも同時期に起きている出来事である。裏を返せば、十七世紀の厳格な宗教観が弛緩し、風俗が乱れ、都市内部が不衛生で不健康な環境へと変わっていくと同時に、人びとが急速に変わっていく社会と自分との関係を再構築する必要に迫られ、不安を抱えていた証左でもある。環境感受性はその癒しとして自然を求めたのである。結果として精神の癒しであれ、身体の治癒であれ、それを希求する環境感受性にとって「健康的」であることと、「ピクチャレスク」であることは、ほぼ同義として認知されていた可能性もある。それは健康と美徳に意識的になり、消費と余暇のなかに憩いと癒しを追求するようになった中流階級意識が形成した十八世紀末の感受性なのである。

七　その後の環境感受性

クーパーの自然観には「技芸」の関与を許す余地があり、それがゆえに純粋無垢な自然を洗練させる効用がある一方で、自然の摂理を崩壊させ、生態系を混乱させる可能性も包摂していると述べた。十九世紀後半になると、実際にロンドン郊外は無秩序に開発され、そこでは自然と人間の持続可能な共存は消えてゆき、人間中心的な居住空間の乱立が目立つようになる。

それでも環境感受性が死滅したわけではない。むしろ、自然環境を求める欲求は高まっていった。十九世紀の初頭から都市の労働者たちはわずかな週末の余暇時間を使って劣悪な都市環境から周辺に広がる田園を散策するようになり、やがて各地で漫歩者協会を設立していく。乱開発が行われた世紀後半になるとそうした協会員たちは田園地帯の公共遊歩道を遊歩する通行権を主張し、環境保護運動の一翼を担っていくが、それは当然のなりゆきと言えよう（平松 一八二―九二）。都市が自然をつくったという逆説はその意味で正しい。都市の生活に疲弊した肉体と精神が緑あふれる自然の癒しを求め、逃れ、憩い、そしてその治癒空間を保全しようとしたのである。クーパーが認めたように、それは都市在住者であっても自然の姿を求める本能的欲求があることの顕れであろう。

世紀末にハードウィック・ローンズリー（一八五一―一九二〇）を中心に湖水地方の自然を確保しようとする運動が盛り上がるのも、都市生活のストレスから解放され、健全な心身を回復させる自然の治癒力を求める近代的な環境感受性に根差している。「共有地保存協会」のロバート・ハンター（一八四四―一九一三）は土地所有者の一方的な囲い込みから住民たちの生活利益および生活環境を保護すべく共有地保存運動を繰り広げるが、それも同様である。オクタヴィア・ヒル（一八三八―一九一二）が推進した生活環境改善運動、オープン・スペース運動には、クーパーに起源を持ち、郊外生まれで福音主義の洗礼を受けたラスキンから継承した福音主義の環境感受性がとりわけ生きている。都市内部に取り残された貧民のために、衛生的で緑のある広場や緑地を確保しようとするヒルの努力は、「神の自由な光」を子供たちに与えたいという願いを動機としている。

> 愉しい春の野原、村の緑の広場、太陽の光を浴びる小川こそ、魂に最も繊細で、永続的な印象が刻まれるこうした年頃の子どもたちを取り巻くべきなのです。彼らの周りにある惨めな景色を除去し、毒気を含んでムッとする空気から彼らを遠ざけ、神の自由な光を彼らに与える力を私は欲しいと思う。ここでは壁から壁まで、窓から窓まで、あらゆる高さに洗濯物を釣り下げたひもが、中庭が真っ暗になるまで張られているのです。(Hill 48)

都市のスラム街の不衛生な環境から離れた野原、広場、小川に神の光を希求する感受性はクーパーの唱えた福音主義的環境感受性の焼き直しにほかならない。そしてこの環境観は、ヒルがローンズリーやハンターとともに設立したナショナル・トラストや二十世紀初頭の田園への回帰、農地回復の運動、そこから派生したエベネザ・ハワードのガーデンシティの建設にも継承されていく。そこに環境感受性の系譜を見出すのは適切であろう。それは郊外移住と同じく悪化する環境に対する生物学的かつ生理的な反応なのである。

福音主義的な神の恩寵を掲げるクーパーの自然観は現代の環境問題に対して直接的な解決方法を示唆するわけではないが、治癒力をもった自然を見直し、郊外生活のなかに人間と自然の共生の可能性を示唆した点で極めて有意義な環境感受性のモデルを提示しているのではないだろうか。自らの救済に絶望したクーパーの環境感受性は、都市生活に行きづまった人びとを救い、解放し、治癒する持続可能な詩景を描いたのである。

注

（1）ロザックの環境心理学の定義については Roszak, "Where Psyche Meets Gaia" を参照。彼は人間精神の自然環境への「共感」に基づいた精神病治療の可能性を示唆したが、それはE・O・ウィルソンの言う人間に根源的な「生物愛（バイオフィリア）」とも呼応する (Roszak, "Where Psyche Meets Gaia" 4; Wilson)。自然愛に精神衛生の回復力を認める彼の立場は後述するクーパーについても当てはまる (Roszak, *The Voice of the Earth* 60–68)。すでに二十年余が経過してしまったロザックの心理学は、ワーズワスを引用していることからも明らかなようにロマン主義研究にとって重要な示唆に富んでいると思われる (Roszak, *The Voice of the Earth* 93)。

（2）十八世紀イギリスに見られる感受性の概論としてはジャネット・トッドの研究書が網羅的かつ分かりやすい（Todd）。感受性の持つ社交性や政治性、また文化的意義や感受性文学の政治性についても近年は研究が進んでいるが、神経論や病理学との関係性をとくに詳述したものとして Mullan 201–40; Barker-Benfield 1–36; Christopher Lawrence 19–40; G. S. Rousseau 137–57 を参照。

（3）人工的な環境よりも自然環境を求める人間の美的感性、またその精神的影響の理論的説明については Ulrich "Aesthetic and Affective Response" を参照。

（4）ニューイーの研究は、クーパーの自然描写を、同時代および後のロマン主義詩を含めた文学的背景と精神を病んだ彼の伝記的な事実、さらには宗教的文脈のなかで最も精緻に位置づけている（Newey 93–164）。

（5）福音復興もまた大きくとらえれば感受性文化の一面であるが、宗教運動としての意味については Ward; Ditchfield 9–23; Armstrong 53–55; Bebbington; Walsh を参照のこと。

（6）ジョン・ニュートンにおける福音主義については Hindmarsh を参照のこと。クーパーとカルヴァン主義者であるニュートンとの緊張を孕んだ交友関係については Hindmarsh 70–77, 217–20; Oishi 47–51 を参照。

（7）動物や家庭菜園へのクーパーの関心はウィルソンの「生物愛（バイオフィリア）」の一例と言えよう。また、一時的であれそれを通してクーパーの精神的安息が確保され、同時に詩作を通して人びとに安息を提供したことは、自然環境の精神的効用という意味でロザックの唱えた環境心理学の症例の一つに数えてよいのではないだろうか。

（8）クーパーの詩の引用はすべて William Cowper, *Poetical Works*. Ed. H. S. Milford. Corr. Norma Russell. 4th ed. (London: Oxford UP, 1971) に依拠し、適宜原文を提示しながら訳す。

（9）ジャンルとして「農耕詩」に区分けすべきクーパーの詩はないが、『課題』にはキュウリの栽培のように農耕詩からの脱線と言うべき要素が含まれている（海老澤 二九六—三〇二、三〇九）。そこに農耕詩特有の自然 (nature) と人為あるいは技芸 (art) の交錯を看取してもよかろう。

（10）ニューイーは「隠居」の郊外描写を『卓話』所収の他の詩と同様に古典的諷刺の要素を多分に含んだものとして捉え、クーパーの真の希求は田園への隠遁生活にあると論じる (Newey 73–78)。たしかに諷刺的な要素は否めないが、本論で引用する『課題』の詩句から判断しても、郊外のような人為的な自然環境にさえも癒しを求める都市生活者の本能的欲求、環境感受性を否定していないのがクーパーの立場であると私は考える。

(11) 環境心理学的な観点から考えると、郊外のような人為的に構築された、あるいは維持された自然環境と野生の自然との差異は、人間精神衛生上の効果としてあまり意味がない (Worhlwill)。また人工物であれ自然物であれ、人間が視覚を通して認知する環境価値をアフォーダンスとしてギブソンは定義するが、そこに「緑」の精神的・肉体的「癒し」の効用を含めるべきではないだろうか (Gibson, *The Perception of the Visual World*; Gibson, *The Ecological Approach to Visual Perception*)。

(12) ウィリアムズはクーパーのウーズ川の描写を叙景詩として扱っているが、後述するような彼の中流階級的なイデオロギーについては看過している (Williams 126)。

(13) ミルトンの楽園についての研究には枚挙にいとまがないが、十八世紀イギリス文学における楽園のイメージについてはSchulz を参照のこと。しかし、重要なのは、そのイメージが十八世紀から造成されていくイギリスの都市郊外にも影を落としていることである。

(14) 『Νύξ ニュクス』創刊号が開示したように、「オイコノミー」は宇宙の運動から経済までにいたる多様な「生」の動態に対する統治と秩序に関する概念であり、古代クセノフォンから始まり、アリストテレスやストア派の修辞学、ジョルジュ・アガンベンの哲学、トマ・ピケティの経済論まで通底している（『Νύξ ニュクス』)。十八世紀においては、隠岐さや香が指摘するように、フランスの『百科全書』派が道徳、家政、政治統治の三領域を跨ぎながら、リンネの植物学を応用する農業生産の様態と統治を結び付ける概念として機能させていく。（隠岐 82–95）。クーパーの動物や自然資源に関する考え方も、「エコノミー」を「自然の事物をその要素により我々の使用に供する方法を教えてくれるような科学」と位置づけているリンネの議論を反映しながら、神の統治のなかに人間存在を組みこんだものとして考えられる。（隠岐 90）。

(15) 限定的贖罪、神の恩寵の限定的授与というカルヴァン主義ではなく、不特定の贖罪、無条件的な恩寵の授与を詩のなかで謳うクーパーはウェスレーのメソディズムに近い立場であったと考えられる (Gilbert Thomas 186–89; Oishi 51)。

(16) ここにフルフォードが指摘するような隠棲を謳いながら社会批判、政治批判を行うという矛盾を含めてもいいであろう (Fulford 52–61)。

(17) ローレンス・ストーンはイギリス近代家族史の研究書の中で、十八世紀を通じて結婚観や家族観がより情緒的かつ個人主義的なものに変化するとともに快楽を追求する世俗化の過程を辿っていくと論じる (Stone 227–53)。富裕な商人・市民層が住むことになる一戸建ての郊外住宅はそうした個人主義的かつ世俗的な家族のコミュニティということになる。しかし、だからといって宗教性がまったくないわけではなく、国教会福音派の人々は家庭内での祈祷を含めた宗教生活を重んじながら、家族の安寧と幸福を追求した。クラパムのような郊外については論じてはいないが、ストーン自身も十八世紀末においてより強い道徳感情や宗教感情に基づいて個人的に慈善などを行う専門職階級、ブルジョワ階級の社会的台頭について言及し、福音主義が十九世紀の反動的な家父長制や性の抑圧の呼び水となっている点を示唆する (Stone 657–58, 667–77)。

(18) ヴィクトリア朝期における郊外の発達については、社会史領域における代表的研究として Dyos, Olsen, Thompson を参照のこと。

(19) マルクス主義的立場に立っているわけではないが、ブルジョワのユートピアとしての郊外研究についてはフィッシュマンを参照。

(20) ストリブラスとホワイトは、バフチンのカーニヴァル論を援用しながら、十九世紀都市において下品なもの、下劣なもの、醜悪なものが境界侵犯を行う力学を持ち、それに対してブルジョワ階級がそれに抵抗し、排除するイデオロギーを体現すると論じるが (Stallybrass)、本論にしたがえばその一つの形態が郊外移住ということになる。

(21) *The Times*, Friday, February 16, 1798.

(22) *The Times*, Tuesday, August 6, 1799; *The Times*, Wednesda, May 29, 1799.

(23) この点について、高山宏氏から別の郊外論に関して指摘を受け、本論文で論証を試みた。また歴史学の見地からも高田実氏に同様の指摘を受けた。二人に謝意を申し上げたい。卑賤なものを絵画的な素材に変えてしまう「ピクチャレスク」の美学のイデオロギーについては Barrell を参照のこと。

第八章

ワーズワスと環境詩
——田園と都市のはざまで

山内　正一

一　はじめに

イギリス・ロマン派の環境意識と美意識が協働して生みだす環境詩の特質に、ウィリアム・ワーズワスを手がかりとして光をあてる。ロマン派環境詩を生成するエコポエティックスの誕生の背景には、自然環境の劣化や破壊に伴う、詩人たちの危機意識がある。産業革命や農業革命と同時進行的に勢いを増すイギリス・ロマン主義運動は、生活環境の悪化に触発されたエコロジー意識の高まりを原動力のひとつとして持つ。この運動のリーダーと目されるワーズワスを座標軸として用いることにより、イギリス・ロマン派の環境詩学を効果的に論じることができる。だが、そこには陥穽も潜んでいる。一八〇七年出版の『二巻本詩集』あたりを転換点として、ワーズワスの自然観が変質をはじめるからだ。この変質は、徐々にワーズワスの立ち位置を自然詩人からキリスト教的色彩の濃い詩人へと変化させる。生活環境に対する——ことに田園と都市に対する——アンビバレントな姿勢ともあいまって、ワーズワスの変化は複雑な様相を呈する。本稿では、ワーズワスの自然環境意識に影響を受けたトマス・ド・クィンシー（一七八五—

一八五九）の『アヘン常用者の告白』（一八二一）を援用しつつ、ワーズワスの環境詩に見られるある種の揺らぎ（曖昧さ）について論じる。

二「一つの生命」

『リリカル・バラッズ』（一七九八）は、イギリス・ロマン派の環境詩の宝庫である。『リリカル・バラッズ』の共作者たちが――自然環境と人間の関係という点で――相通ずる感性や考え方の持ち主であったところに、その原因はある。こう言えば、読者は、初期のワーズワスとS・T・コウルリッジに共通して見られる「一つの生命」という自然観――有機体としての自然の捉え方――を想起するに違いない。たとえば、コウルリッジは「アイオロスの琴」（一七九五）において「人間の内と外を貫流する一つの生命」("the one Life within us and abroad" [26]) について語る。[1] 彼によれば、この「一つの生命」こそが個々の存在の「魂」("the Soul of each" [48]) であり、「万物の神」("God of All" [48]) である。そこには個と全体の間に境界線がない。それゆえに万物は互いに愛し合わねばならぬ、とコウルリッジは「エコロジカル」と呼んで差し支えない趣の主張を行う。このような思いが、コウルリッジとワーズワスを互いに惹きつけ、『リリカル・バラッズ』誕生の原動力となったことは容易に想像できる。一七九八年にワーズワスによって書かれた『旅商人』の一節――一八〇五年版『序曲』に（人称を三人称から一人称に替えて）移入される一節――はコウルリッジの詩句と強く響き合っている――

自然とそのあふれる魂から
彼はあまりに多くを感受したので、彼の思いのすべてが
感情に浸された。ただそのときにのみ彼は満足を覚えた――
そのとき、えも言われぬ喜びで、
彼は実在の感情が万物の上に広がるのを感じた。
（中略）
不思議はない、
彼の恍惚がその様なものであったとしても。なぜならば、万物の内に
彼は一つの生命を見、その生命が歓喜であることを感じたからだ。
万物は、聞き取れる一つの歌を歌った――
その歌は、肉体の耳がその調べの粗い序曲に圧倒され
本来のはたらきを忘れ、静かに眠るとき、
とりわけ良く聞こえた。（二〇四―〇八、二一六―二二）[2]

コウルリッジ同様、ワーズワスにとっても自然は魂（"soul" [204]）を持ち、感情（"sentiment" [208]）を持つ存在である。「一つの生命」（"one life" [218]）によってつながれ、一体となって、自然万物は喜びの歌（"One song" [219]）を歌う。この歌は肉体の耳にではなく、聞く者の魂により良く響く類いの歌なのだ。『リリカル・バラッズ』に収められ

た詩「ティンターン・アビー」(一七九八)と同じ思想を歌いあげるふたりの詩句を見れば、『リリカル・バラッズ』の着想を得た当時のワーズワスやコウルリッジにとって「自然」が単なる物質的存在に留まるものでなかったことは明白である。

それでは、ふたりはどのような経緯を経て"one life"という概念や表現に辿り着いたのであろうか。どちらが先に"one life"の着想を得たのか、どちらがどちらに、いつ、どのような形で影響を及ぼしたのか、という難問が批評家を悩ませてきた。たとえば、ジョナサン・ワーズワスはH・W・パイパー、J・A・アップルヤード、N・P・ストールクネヒトなどの説を比較検討したうえで、示唆に富む発言を行う――「ふたつの哲学的立場[プリーストリーの物質主義とバークリーの非物質主義]は、コウルリッジが興味を抱く分野[哲学]では根本的に対立している。だが、彼の詩のなかではふたつは溶け合っている。(段落)「このシナノキの木陰は僕の牢獄」でコウルリッジが神秘体験を描いている事実を、プリーストリーもバークリーも説明できない」(Jonathan Wordsworth 198)。この発言は、哲学と詩は本質において異なることを示唆する。詩とは、本来、頭で書かれるのではなく、体験とそこから生まれる感情に発するものである。そこでは身体感覚に根ざす実感があくまでも主であり、理屈や理論は二次的なものとなる。強くて深い感情の湧出を誘う実体験があればこそ、伝統宗教への(ほとんど脅迫観念的な)固執がありながらも、初期のコウルリッジは「アイオロスの琴」のような自然賛美の詩を書くことができた。[3]「アイオロスの琴」とほぼ同時期(一七九四―九六年)に書かれた『宗教的瞑想』に触れながら、コウルリッジは友人宛書簡で自分のなかの哲学と詩の乖離を窺わせる発言を行う――「あの詩を書いた頃、僕はとても若くて、僕の神学上の見解は僕の宗教的感情ほど確固たるものではありませんでした」(*Collected Letters* 3: 467)。『宗教的瞑想』(*Poetical Works* 1: 1, 171–91)は、基本的には伝統宗教の立場から書かれた作品ではあるが、そこには“one life”を想起させる異教的表現（三九—四九）も見られる。キリスト教の神を「自然の精髄、心、活力」(“Him, Nature’s Essence, Mind, and Energy” [49]) と呼ぶコウルリッジは、この種の言説が異端（汎神論）の誹りを招きかねないものであることを自覚していた。この詩の終結部で彼は「元気づける歌のはたらきを借りて、私はおのれの若く未熟な思考を正す」（四一二—一三）と反省する。「神学上の見解」(“thought” [412]) はいまだ定まらずとも、彼の詩 (“heart-stirring song” [413]) に盛り込まれた「宗教的感情」自体に偽りはない。“one life” 的なコウルリッジの自然観・神観は、神学上整理された思想や信仰というよりも、実体験に支えられた正直な感情の産物と見なされるべきであろう。

　ジョナサン・ワーズワスは、コウルリッジの「このシナノキの木陰は僕の牢獄」（一七九七）に歌われた神秘的自然体験とワーズワスの「ティンターン・アビー」（一七九八）のそれとを比べて、ふたりの初期の影響関係について正鵠を射た指摘を行っている——「コウルリッジは「一つの生命」の教理を発展させ、「ティンターン・アビー」へ向かう道を示した。だが彼は、自分の知性をこの詩の高みにまで霊化することはほとんどできなかった。だから、感応と神秘的知覚についての偉大な詩を書く仕事は、ワーズワスに委ねられた」(Jonathan Wordsworth 199)。ワーズワスにできて、コウルリッジにできなかった「知性の霊化」は、ふたりの自然観・神観の根底に横たわる食い違いと関係する。ワーズワスが「一つの生命」を自然に内在する自律的生命と見るのに対し、コウルリッジはそれを「唯一の作動者、公正なる神」(“The Supreme Fair sole Operant”『宗教的瞑想』五六）が自然に付与した外来の生命とみなす。自然が持つ二重構造（物質的側面と非物質的側面）を認める点ではふたりの間に違いはない。しかし、自然を動かす原動力の捉え方において両者にはほとんど最初から食い違いが生じている。ワーズワスに似た汎神論的言辞を用いつつも、コウルリッジは自己を敬虔なキリスト教徒と見なしてはばからない。なぜなら、彼は自然万物を生かして動かす根本原因としてキリスト教の神を想定するからである。他方、自然の動因を伝統宗教の神から切り離して考える傾向を持つワーズワスは、コウルリッジによって「なかば無神論者」("a *Semi*-atheist")と見なされてしまう(*Collected Letters* 1: 216)。初期のふたりの詩人の作品には汎神論的な傾向が共通に認められる。しかし、コウルリッジの自覚としては、彼の詩に無神論的思想——当時の通念では、汎神論は無神論と同根の思想——が立ち入る余地はない。いきおい、コウルリッジの自然賛美には——この時期のワーズワスには見られない——抑制がはたらく。この抑制が「知性の霊化」を妨げる。神秘的自然体験を共有しつつも、両者は体験の解釈において齟齬するものを抱え込んでいた。詩人としての出発点での両者の立ち位置の微妙な違いは、こののち徐々に顕著なものとなり、ふたりの対立を深める(たとえ後年のワーズワスにキリスト教へ回帰する身振りが見られたにせよ)。(4)

三 「マイケル」

自然環境への共通した感受性を持つ、ふたりの詩人の合作『リリカル・バラッズ』には四つの版(一七九八、一八〇〇、一八〇二、一八〇五)がある。一巻本として出版された初版のタイトルは"Lyrical Ballads, With a Few Other Poems."であった。二巻本に姿を変えて再版された時もほぼ同じタイトル"Lyrical Ballads, With other Poems."が用いられた。しかし、第三版ではタイトルが微妙に変わって"Lyrical Ballads, With Pastoral and Other Poems."となり、この形は第四版(最終版)にも踏襲される。そこには田園詩に対する詩人の愛着の深まりが感じられる。『リリカル・

バラッズ』第二版には、初版には見られなかった“a Pastoral”や“a Pastoral Poem”と銘打たれた五編の詩、「兄弟」「樫とエニシダ」「怠け者の少年羊飼い、またはダンジョン・ギル滝」「愛玩子羊」「マイケル」が新たに登場する。「マイケル」（一八〇〇）は、作品の分量やできばえからも、パストラル詩群の中では「兄弟」と並んで双璧をなす作品と言える。ここでは、まず「マイケル」[5]を手がかりに、ワーズワスにおける環境詩学の発動の様子を見てみよう。

「マイケル」に寄せるワーズワスの特別な思いは、この詩が『リリカル・バラッズ』全二巻の巻末を飾るところからも推測される。ワーズワスとコウルリッジの共通の友人トマス・プール（一七六五―一八三七）に宛てた、一八〇一年四月九日付書簡で、ワーズワスは「マイケル」に言及する――「この詩を書く際に、私はいつも貴方の性格を瞼に浮かべていました。そのような境遇にあったならば貴方がなったかもしれない人物を描いているのだ、と時々思ったものです」(*Letters, Early Years* 322)。パストラル詩の主人公の造形に際して、ワーズワスがコウルリッジやその仲間たちの人間性を強く意識していたことは間違いない。「マイケル」の主題について、ワーズワスはこう語る――「『リリカル・バラッズ』第二巻の巻末の詩で、私は、人の心に宿る最も強いふたつの愛情にかき乱された、強い精神と活発な感受性を持つ男の姿を描こうとしました。ふたつの愛情とは、子に対する親の愛情と、財産（不動産）に対する愛情です。後者には相続財産、家庭、そして個人や家族の自立に寄せる感情が含まれます」(*Letters, Early Years* 322)。土地愛と家族愛の板挟みになって、一人息子を都会へ奉公にだした結果、所有地だけでなく、最愛の息子も失ってしまう老羊飼いの悲劇を語る「マイケル」は、たしかに「ふたつの愛情にかき乱された男」の晩年を描きだす。ではこの物語のどこに、読者は「強い精神と活発な感受性を持つ男」の姿を見いだせばよいのだろうか。この点にこそ、“a Pastoral”という副題を与えられた「マイケル」の真のテーマ――環境詩としての主題――が潜んでいる。自然との親密な交流のなかで育まれる「強い精神と活発な感受性」の誕生と試練と成長と救済のドラマこそが、ワーズワスのパストラル詩の中核をなす主題である。読者はマイケルの〈試練〉のみに目を奪われてはならない。ワーズワスが強調する“lively sensibility”（「活発な感受性」）は“sensibility to ‘one life’”とパラフレイズすることが可能である。“lively”なる単語を用いつつ、ワーズワスは万物を生かし、動かす「一つの生命」の共有者としての――それゆえに「強い精神」の所有者としての――羊飼い（パストラルの主人公）を思い描いているのだ。

「マイケル」冒頭の十二行は、主人公が生まれて育った牧歌的世界を描きだす。ちなみに、「マイケル」で“pastoral”という語が用いられるのはこの個所だけである。立ち塞がるかのように前方に聳える山々（“The pastoral Mountains”[5]）の懐には、羊やトビだけが住む谷間が隠されている。この自然環境が、マイケルその人に劣らぬ作品の主人公であることをまず指摘しておきたい。続く詩句（一三―三九）では、「寂寥たる場所」にある石積みの跡（“a straggling heap of unhewn stones”[17]）とそれにまつわる物語への言及がなされる。詩人（語り手）は子供時代にすでに抱いていた羊飼いへの愛着を披瀝する。その愛着は「羊飼いそのものではなく、／羊飼いの仕事と住まいの場所としての／野や山に起因する」（二四―二六）ものであった。つまり、自然への愛着が先にあって羊飼いへの興味が生まれた、というのである。羊飼い親子の悲話にはじめて触れた少年時代の詩人は、「自然の感化力」（“the power / Of Nature”[28–29]）のお陰で、不十分ながらも「人間や人間の心や人生」（三三）への洞察を得ていた（マイケルの物語を理解する力を身につけていた）と言うのだ。このように、詩人にとって自然環境は彼の人格を陶冶する教師であった。

この個所（三五―三九）で注目を要するのは、詩人がパストラル詩「マイケル」の読者層を特定している点である。その読者とは「自然の心を持つ少数の人たち」（“a few natural hearts”[36]）であり、詩人の死後このパストラル世界で彼の衣鉢を継いでくれるはずの次世代の詩人たち（"youthful Poets, who among these hills / Will be my second self when I am gone" [38–39]）である。「マイケル」の読者は、"my second self" という表現に窺えるように、ワーズワスと同類の、「一つの生命」に対する「感受性」の持ち主でなければならない。

ワーズワスが考える理想の読者像を、われわれは『リリカル・バラッズ』中の別の詩に見いだす。それは、二巻本『リリカル・バラッズ』（一八〇〇）第一巻の巻末に置かれた「ティンターン・アビー」である。この詩の終わり近くでウィリアムは妹ドロシーに語りかける。「あなたの声を聞くことができず、／あなたの熱いまなざしにこの過ぎ去った暮らしの輝きを見ることもできない場所へ、／もしも私が行ってしまったとしたら」（一四八―五〇）と歌う詩人は、おのれの死後の妹の境涯に思いをはせる。この詩句は「マイケル」の「私が死んだら」（"when I am gone" [39]）と同じ趣向の発言である。ワーズワスはドロシーを自分の後継者と見なす。彼女もやがて、兄と同様に成長を遂げ、「自然の崇拝者」（"A worshipper of Nature" [153]）として「より暖かい愛」（"warmer love" [155]）、「より気高い愛」（"holier love" [156]）の持ち主となるはずである。妹の将来に仮託する形でワーズワスは、「一つの生命」との交わりをとおして自然界と人間への愛情を深め、そこに生まれる「強い精神」（マイケルの "strong mind"）による自己（と同胞）の救済を目指す。「これらそびえ立つ森、高い崖、／この緑のパストラル風の風景は、それら自身とあなたとのおかげで、／私にとってはよりいっそう愛しいものであった」（一五八―六〇）という、妹への詩人の呼びかけには、いったん損なわれかけた自然への愛が、人間愛によって修復され、回復され、強化され、いっそう深い愛となって、人間と自然の幸福な調和を生み出す経緯が見てとれる。自然によるこの救済のありようを身をもって示すのが、老羊飼いマイケルであった。

八十の齢を数えた羊飼いの境涯を語る「マイケル」の詩句（五八―六一）は、「ティンターン・アビー」における妹ドロシーへのウィリアムの呼びかけ（一三五―三八）を思い起こさせる。ふたつの詩句に共通に見られる、霧深い山地を歩き回る孤独な人物の酷似したイメージからも、マイケルとドロシーの同質性が確認できる。「ティンターン・アビー」の詩人は妹ドロシーへの呼びかけを続ける――

そして後年、
この激しい恍惚感が成熟して
落ち着いた喜びに変わるとき、そのときあなたの心は
あらゆる美しい形姿を宿す館となり、
あなたの記憶はあらゆる甘美な音と
ハーモニーとが住まう場所となるであろう。おお、そのときにこそ
もしも孤独や不安や苦痛や悲しみがあなたを襲おうとも、
やさしい喜びに満ちた何たる癒しの思いをもって、
あなたは思いだすことであろう
私のことを、そして私のこの勧告の言葉を。（一三八―四七）

これが、一七九八年時点における妹ドロシー（理想の読者のひとり）に対するワーズワスのメッセージであった。

「マイケル」に託された詩人のメッセージもこれと異なるものではない。父祖伝来の土地を守るために息子を手放すマイケルは、真の意味での人間愛に目覚めた人であったとは言いがたい。そのマイケルが一家の悲劇を潜り抜ける過程で「より気高い愛」へと目覚め、悲しみを悲しみとして留めながらも、より深い次元で心の回復を得るにいたる、逆説的な救済のドラマこそ、ワーズワスがパストラル詩「マイケル」で描きたかったものである。そこには自然環境とそこに住む人間との理想的な共存・共生のすがた――「一つの生命」のはたらき――を認めることができる。

「マイケル」終結部は、印象深い詩句で始まる――「愛の力には慰めがある。／それ無くしては心挫けそうな出来事に、／愛の力は耐えさせてくれる。年老いたマイケルはそのことを知った」（四五七―五九）。老後の期待をかけていた息子を失った後で、老羊飼いの余生を支える「力」となるこの「愛」は、かつてと同じ盲目的な家族愛ではありえない。マイケルは、八十四歳のときに息子と約束した親子の愛情の確認作業として、羊囲いの石積み作業を七年間続ける――「七年の長きにわたって、彼はときおり／この羊囲い作りに精出し、／作り終えずに生を終えた」（四七九―八一）。九十歳過ぎまで老人に生きる気力と体力を与え続けたものは何であろうか。マイケルと自然との交わり（他者を介しない一対一の交わり）の再開を、ワーズワスは抜かりなく描出する――「彼の体は若い頃から歳をとるまで／並外れた力を秘めていた。彼は岩山に行き、／以前と同じように太陽を見上げ、／風の音に耳を澄ませた」（四六三―六六）。いま再びマイケルは元の自然児に戻っている。いや、「元の自然児に戻る」という表現は正確ではない。なぜなら、いま老羊飼いの胸裏にあるものは盲目的な自然愛がもたらす、かつての無邪気な喜び（“A pleasurable feeling of blind love” [78]）ではなく、人生の悲しみと苦しみを味わい尽くした末に獲得される「愛の力に宿る慰め」（“a comfort in the strength of love” [457]）だからだ。

期待をかけた息子ルークが「堕落した都会」("the dissolute city" [453]) の誘惑に負け、身を持ち崩して海外へ逃亡するという悲劇の後で、ひとり息子と引き替えにした土地も人手に渡ってしまったとき、マイケルにはふたつのものだけが残される。ひとつは羊囲いの未完の石積みであり、もう一つはマイケル一家が住む小屋の戸口に聳えていた樫の木 ("the Oak") である。伝統的に〈樫〉は、力や安定性や永遠性の象徴として用いられる。ワーズワスは、物語末尾にこのシンボルを置くことによって、マイケルが最後に到達した回復・救済の確かさを暗示している。同時に樫の木は、あの "the power / Of Nature" (二八一二九) の象徴でもある。最愛の息子の未帰還 (未完成の石積みはその表象) にもかかわらず、マイケル晩年の七年間がそれなりに充実し、完結したものであったことは、数字 "seven" のシンボリズム――「七」は完成・成就や安定・休息の象徴――によってほのめかされている。

「マイケル」から離れる前に、このパストラル詩と『リリカル・バラッズ』のその後の不吉な運命を予感させる事実に触れておかねばならない。『リリカル・バラッズ』中の、しかも「マイケル」と同じ "a Pastoral" という副題を持つ詩「樫とエニシダ」では、主人公の一人「樫」は嵐に吹き飛ばされて消滅する運命を辿る。「マイケル」と直接の関係を持たぬ作品ではあるが、シンボルのレベルで見れば、「樫とエニシダ」は力や安定性や永遠性の象徴としての "the Oak" の意外な脆さを暗示している。『リリカル・バラッズ』に籠められたワーズワスの信念もしくは願望――自然愛と人間愛による回復・救済という構図――は、早くも一八〇〇年の時点で、詩人の心の奥に潜む不安を免れていないように見受けられる。この不安の高まりこそが『リリカル・バラッズ』の一八〇五年以降の再版を妨げた――「自然の心を持つ少数の人たち」を住人とする、理想の文学的共同体『リリカル・バラッズ』の消失を促した――のではあるまいか。

四　『隠士』

『リリカル・バラッズ』構想中に、早くもワーズワスとコウルリッジの間では哲学的長編詩の企てが芽生えていた。(6)『旅商人』（一七九八年執筆）『廃屋』（一七九五―九九年執筆）『グラスミアの我が家』（一八〇〇―〇六年執筆）、『序曲』（一八〇五）、そして『逍遥』（一八一四）と、徐々に成長しはじめたその長編詩の名は『隠士』である。コウルリッジの証言 (*Table Talk* 1: 307–08) によれば、『隠士』におけるワーズワスの意図は、五官を備えた人間が、五官に対する精神（心）の主体的な働きかけに応じて外的自然と交わる様子を描くこと、そして、都市の高度な文明を風刺する立場からパストラル風の暮らしのあり方を描くこと、さらに、人間社会の堕落した現在の悲しむべき状態を描きつつも、人間社会全体の救済に向けた動きの必要性ならびにそのような動きの証拠を明示して、このような考え方がいかにしてあらゆる異常な事態を修復し、またいかにして将来の栄光と回復を約束することになるかを示すこと、であった。

コウルリッジの証言は、『隠士』序文中にワーズワス自身によって提示された「趣意書」の一節 (*Prospectus* 62–71 [*Poetical Works* 5]) に呼応する。「趣意書」のワーズワスは、人の精神 (“the individual Mind” [63]) と外的世界 (“the external World” [65, 68]) がいかに精妙に適合しあっているかを主張し、両者の交わり（相互浸潤）が人間存在の神秘的境位を生み出すプロセスを「創造行為」(“the creation” [69]) と呼び、これを自分の長編詩の主題 (“our high argument” [71]) とすることを宣言する。

『リリカル・バラッズ』の汎神論的自然観から転向してしまった――外界に対する人間の意識の優位性を主張する――コウルリッジとは異なり、『逍遥』執筆の時点でもまだ、ワーズワスの「自然」は能動的主体としての自律性を保っている。一八〇五年に一応の完成をみた『序曲』――そこには「一つの生命」(二巻 四三〇)が見られる――と一八一四年に出版された『逍遥』は、『隠士』の「趣意書」に掲げられた目標の実現へ向けたワーズワスの努力の成果である。しかし、生前ついに出版されることのなかった『序曲』が『リリカル・バラッズ』の汎神論的世界を色濃く引きずっていたのに対して、四十四歳時の詩人によって出版された『逍遥』には伝統宗教への強い傾斜が見られる(『旅商人』と『廃屋』を吸収した『逍遥』第一巻には「一つの生命」なる表現は見られない)。おそらく一八〇五年以降のある時期から(一八〇五年二月に弟ジョンが水難死)、ワーズワスは《自然愛と人間愛による救済》に安心立命を見いだすことができずに、《キリスト教の神による救済》を求める気持ちを強めはじめたのではあるまいか。自然の猛威による弟の死を目の当たりにして、自然への信仰に基盤を置く救済システムがもはや従前の機能を果たさなくなったとき、その種の救済の事例集とも言うべき『リリカル・バラッズ』も――一八〇五年の第四版を最後に――役割を終えることになる。自然界を貫流する"one life"に対する"lively sensibility"の持ち主である詩人と読者によって構築され、維持されてきたパストラル風の理想的共同体『リリカル・バラッズ』の終焉である。

先の「趣意書」の一節に続く個所(七二―八二)に、ワーズワスのパストラル詩の危うい運命を予想させる詩句が見られる。ワーズワスは、パストラルとは無縁な「都会の城壁のなか」("Within the walls of cities" [80])だけでなく、パストラル世界であるはずの「野原や森」("in fields and groves" [76])にさえも、人類("Humanity" [76])の「孤独な苦悩」("solitary anguish" [77])の声を聞く。もしも田園に完全な安らぎや幸福を見いだすことができないとすれば(パストラル詩「マイケル」はそのことを証していた)、《健全な田園》対《不健全な都市》という単純な図式は成立しえなくなる。ワーズワスのパストラル詩には、読みようによっては都会賛美と解釈できなくもない詩句が見られる。たとえば「マイケル」では、堕落した都会の生活に身を過つ息子ルークとは異なり、大都会ロンドンに出て成功をおさめ、蓄えた財産で慈善事業に精をだし、故郷の人々に恩返しをする、ルークと同郷の人リチャード・ベイトマンの出世話が紹介される（二六八―八〇）。どうやらワーズワスにとって、都会は全否定すべき場所とは言い切れないようである。

　このことを示唆するのが、早朝のロンドンの美景を歌うソネット「一八〇三年九月三日、ウエストミンスター橋上にて作らる」である。[7] このソネットには、都会のキリスト教会堂（"temples" [6]）に祀られた「神」（"God" [13]）への詩人の呼びかけが見られる。詩人が描写する都市（"This City" [4]）の光景をドロシーの当日の日記の記述と比べてみると、自然や田園にまさる都市の美という点で、ワーズワスのロンドン賛美には尋常ならざるものが感じられる。このときのロンドンの美しさを、ドロシーはあくまでも自然の美になぞらえて賛美する（"there was even something like the purity of one of nature's own grand Spectacles" [Dorothy Wordsworth 123]）。ドロシーの場合、美の原型はあくまでも自然にある。だがワーズワスのソネットでは、自然にまさる都会の美が強調される。ワーズワスが描く都市美がたとえ自然界に接続されていても（"lie / Open unto the fields, and to the sky" [6–7]）、自然の美にまさる大都会の美という構図そのものは否定できない（"Never did sun more beautifully steep / In his first splendor, valley, rock, or hill;" [9–10]）。われわれが知る、そして当時の読者が知っていた、自然詩人ワーズワスとは異なる詩人が、ここには顔をのぞかせている。[8]

　大都会ロンドンへの詩人の愛着を物語る証拠は少なくない。たとえば、当時ケズィック近郊でホークスヘッド以来の友人ウィリアム・キャルヴァートの肺患の弟レズリーの看病に余念なかったワーズワスは、一七九四年十一月七日付のウィリアム・マシューズ（ケンブリッジ時代の学友でロンドンの書店主）宛書簡で都会への思いを吐露する――「私は町に住むことを強く願いはじめています。滝や山は時折は良き交際相手になります。でも、恒常的な友にはなってくれそうにありません」(*Letters, Early Years* 136)。さらに、一八〇八年四月八日付のジョージ・ボウモント宛書簡では、ロンドンからグラスミアへ戻って間もないワーズワスは大都会での体験についてこう語る――

貴方は不思議に思われるかもしれませんが、本当のところ、ここに戻ってきてからというもの、この気高い谷間の光景よりもいくつかのロンドンの光景の方がはるかに私の脳裏に浮かぶのです。私は日曜日の朝七時にコウルリッジと別れて、ひどく考え込んだ憂鬱な気分でシティの方角へ歩いて行きました。（中略）貴方はラドゲイト・ヒルの優雅な曲線を覚えておられることでしょう。そこでこの並木道は終わり、その向こうには、巨大で荘厳なセントポール大聖堂の姿が、降る雪の薄いベールをまとって、丘の上方に壮麗なたたずまいを見せていました。そのような場所でこの思いがけない光景を見て、どんなに私が感動を覚えたか、高揚した想像力のはたらきの内にいかに大きな祝福があると私が感じたかを、口で申しあげることはできません。私の悲しみは抑えられ、私の心の不安は――完全に静められ取り除かれたわけではありませんでしたが――安全の碇という賜をその瞬間に受け取った思いがいたしました」(*Letters, Middle Years* 209)。

ボウモント宛の書簡はロンドンの街中での詩人の神秘体験に触れている。かつては湖水地方の自然がもたらしてくれた神秘体験を、いまワーズワスは英国国教会の象徴、セントポール大聖堂のたたずまいに見いだしている。彼は、その体験のなかに、キリスト教の神の恩寵を感じ取っている。『リリカル・バラッズ』――《自然の宗教》による救済の事例集――の詩人のなんたる変わりようであろうか。

ワーズワスの心の奥に潜む、都会的なもの――英国国教会もその一部――への屈折した憧れを、『逍遥』の詩句（二巻八二七―五二）が暴きだす。そこでは、四人の主要登場人物のうちのひとり「孤独者」(the Solitary) が、霧の晴れ間に目撃した水蒸気の造形――神秘的な都会の景観 ("The appearance . . . of a mighty city" [2. 834–35]) ――について語る。「孤独者」の解釈によれば、これは「神の祝福を受けた精霊の、啓示された住まい」("the revealed abode / Of Spirits in beatitude" [873–74]) を下界に映しだす幻である。この壮麗な都市の幻 ("Glory beyond all glory" [832]) を生みだしたのは「地上の自然」("earthly nature" [846]) である。しかし、自然の造化の産物とは言え、肝心の幻の中心をなすのは「ダイアモンド」、「黄金」、「あらゆる宝石」("all gems" [845]) をちりばめた、贅を尽くした都会のイメージにほかならない。「孤独者」が思い描く天国として、自然とはほど遠いきらびやかな都市のヴィジョンを提示するワーズワスは、単純な田園愛好者には見えない。

五　ド・クィンシー

『リリカル・バラッズ』の作者ワーズワスへの思慕が募ったあげく、一八〇九年にグラスミアのワーズワスの旧居ダヴ・コテッジへの移住を敢行するド・クィンシーは、『リリカル・バラッズ』共同体への参入を――特権的読者として認められることを――意図的に試みた人物と言える。オックスフォード大学入学の年である一八〇三年の五月に、十八歳のド・クィンシーはワーズワスと文通を開始する。同年五月三十一日付のワーズワス宛の最初の書簡（この書簡の草稿は同年五月十三日に書きはじめられた）には、ワーズワスの「喜ばしい共同体」（"that delightful community of your's" [Jordan 30]）の一員となることを切望する思いがみなぎっている——

私が貴方の友情を請い求める動機は（思うに）『リリカル・バラッズ』を読み、『リリカル・バラッズ』を感じ取った全員が私と共有しているもの以外のなにものでもありません。あの喜ばしい詩のかずかずに寄せる私の賞賛と愛を表現する必要はありませんし、そうすることは不可能でもあります。（中略）しかし、いささかの誇張もなく、私は以下のようにおおまかに言うことができると思います。この世が始まって以来見いだすことができた、八、九人の詩人から私が得た喜びの総量は、あの魅惑的な二巻が単独で私に与えてくれた喜びの総量にはるかにおよびません。私にとって、貴方の名前は自然の美しい光景と永遠に結びついています。貴方自身だけでなく、貴方が言及された場所や物のひとつひとつが、貴方のあの喜ばしい共同体に生きる魂のことごとくが、私にとっては『太陽よりも大切なものなのです』」(Jordan 30)。

書簡中に言及された「貴方のあの喜ばしい共同体」は二巻本『リリカル・バラッズ』を指している。この手紙を受け取ったワーズワスは、理想の読者（「自然の心を持つ少数の人たち」）のひとりを見いだす心地がしたに違いない。結果的には、ワーズワスの期待は裏切られ、ド・クィンシーの側の期待も潰えてしまうことになるのだが。

ド・クィンシーが湖水地方に定住した翌年（一八一〇年）に、皮肉なことに、コウルリッジが湖水地方を捨ててロンドンに居を移す。この出来事に触れるド・クィンシーの発言は、『リリカル・バラッズ』以降のコウルリッジの自然観の変質を知るうえで参考になる。『英国湖水派詩人の思い出』の中でド・クィンシーは、かつては崇拝し、ワーズワスに会う三ヶ月余り前に面会をはたしてさえいた詩人の変貌について語る。「われわれが『自然』の内に見いだすものはすべてわれわれ自身の創造物にほかならぬ、という真理を、コウルリッジ自身はこのうえなく美しく主張し、例示しています」(*Reminiscences* 64) と述べたあとで、コウルリッジの詩「失意のオード」（一八〇二）の一節「おお、ご婦人よ、われわれは与えるものだけを受け取るのです。／われわれの生のなかだけに自然は住まうのです。／だから、（中略）／外界の事物からは望めそうにありません、／心の内に発する情熱や生命を私が得ることは」（四七—七八、四五—四六）を引用しつつ、大都会ロンドンへの詩人の逃亡を暗に批判する——「これが、失われた力のひとつの、もっともありふれた姿です。コウルリッジは失われたその力から逃れるために大都会へ向かったのです」(*Reminiscences* 64)。これを見れば、コウルリッジとワーズワスの自然観の間に大きな違いが生じていることをド・クィンシーが認識していたことが窺える。それは、ワーズワスを慕うあまりに湖水地方へ移ってきたド・クィンシーと、湖水地方からロンドンへ出ていくコウルリッジの違いでもあった。

湖水地方を離れたコウルリッジへの失望を隠さないド・クィンシーではあるが、『アヘン常用者の告白』の読者であれば、ド・クィンシー自身が都会（特にロンドン）に対して抜きがたい愛着を持っていたことを知っている。このこととの関連で興味深い事実がある。ド・クィンシーは『アヘン常用者の告白』のなかであの『逍遥』の一節（二巻八三四—五一）——水蒸気が空中に紡ぎ出す天都の幻影——に言及しつつ、アヘン吸飲の影響で見た「建築物を思わせる夢」("my architectural dreams" [*Confessions* 71]) の特徴を説明しようとする——「ある偉大な現代詩人［ワーズワス」から、私は一節を引用します。それは、さまざまな状況下で睡眠中に私がしばしば目にしたものを、雲間に実際に目撃された現象として描きだす一節です」(*Confessions* 71)。アヘン吸引の悪癖に染まりはじめた頃にド・クィンシーが夢の中で見る光景とワーズワスの「孤独者」が見た幻想とが、共に魅惑的な都会の幻として立ち現れる事実は、ふたりの心の深部に潜む都市願望を映しだすものではあるまいか。ド・クィンシーが自分のアヘン夢とワーズワスの詩的幻想を同一視するとき、彼の動機はどこにあったのだろうか。アヘン夢にも無視しがたい意味と価値があることを、彼は主張したいのだろうか。それとも、ワーズワスの詩想が深層に宿す不健全さをほのめかしたいのだろうか。この時期のふたりの関係――愛憎相なかばする関係――に鑑みるとき、いずれもド・クィンシーのなかに併存しうる動機であった。

アヘン吸飲者の屈折した都市願望を暗示する、ド・クィンシーの夢を紹介する――

私が思うに、それは五月の日曜日の朝でした。イースター・サンデーで、朝もまだずいぶん早い時刻でした。私は(そのように思えたのですが)自分の小屋の戸口に立っていました。目の前には、その位置から実際に見渡すことのできる光景が広がっていました。ただし、いつものように、夢の力で高められた荘重な趣の光景でした。(中略)まるで自宅の庭の戸を開けようとするかのように、私は振り向きました。すると急に左手に、とても趣の異なる光景が見えました。しかし、まだ、夢の力がその光景を先ほどの光景と調和させていました。(中略)はるかかなたには、地平線上のシミのように、大きな都市のドームやキューポラ――たぶん子供の頃にエルサレムの絵か何かで得た映像、もしくは淡い抽象画――が見えました。そして、三百メートルも離れていないユダヤの椰子の木陰の石の上に、一人の女が座っていました。見ると、それはなんとアンでした。（中略）彼女の容貌は穏やかでしたが、普段と違う厳かな表情を浮かべていました。いまや、いくぶん畏怖の念をもって、私は彼女を見つめました。しかし突然彼女の表情がぼやけてきたので、山々の方を振り返ってみると、モヤが私たちふたりの間に押し寄せてきました。瞬時にすべてが消え失せました。厚い暗闇が訪れました。そして瞬く間に、私は山々から遠ざかり、［ロンドンの］オックスフォード・ストリートの街灯の側にいました――アンと歩きながら。まるで、十七年前のまだ子供の頃に、ふたり一緒に歩いたときのように。(*Confessions* 75–76)

イースター・サンデーの朝の情景という、宗教的意味合いを帯びたこのアヘン夢の冒頭に出てくる「自分の小屋」("my own cottage")とは、『アヘン常用者の告白』執筆当時ド・クィンシーが妻のマーガレット――ワーズワス兄妹は身分の異なるこの結婚に反対する――と暮らしていたあの「ダヴ・コテッジ」にほかならない。この象徴的な夢では、グラスミアの自然環境と聖都エルサレムを思わせる都市環境とが対置されている。そして、この宗教都市はアンの存在を介して、大都市ロンドンに姿を変える。ここには明らかにふたつの価値体系の衝突と対立が認められる。それは、田園（《自然の宗教》の聖地）と都市（伝統宗教の聖地）との対立である。この対立の構図の中に、ド・クィンシーにとって大切なふたりの（命の恩人と呼べる）女性――家庭「ダヴ・コテッジ」を守る妻マーガレットと初恋の相手（ロンドンの幼い娼婦）アン――の存在がはめ込まれている。ド・クィンシーはこのふたつの価値体系（救済体系）のはざまで身を引き裂かれる体験をする。

次の一節は、ド・クィンシーが家庭と学校を飛びだしてはじめてロンドンを放浪したとき（一八〇二年）の経験、つまりワーズワスとの文通が開始される前年の、大都会での経験に言及したものである。

悲しみに沈んだ最初のロンドン住まいの間、月夜にしばしば私を慰めてくれたのは（もしそのように考えることが許されるなら）オックスフォード・ストリートから、メリルボンの中心街区を貫いて続くすべての並木道の彼方の野原や森に眼を凝らすことでした。「なぜならあれこそが」と、光や陰の中に横たわる長い街路に目を走らせながら、私は言ったものです「あれこそが北方の土地へ続く——それゆえにあの人［ワーズワス］に連なる道なのだ。もし私に鳩の翼があれば、あの方角へ私は慰めを求めて飛んでいくだろう」。（中略）だが、まさにその北方の土地で、まさにあの谷間で、いや、私のあやまてる願いが目指したまさにあの家［ダヴ・コテッジ＝鳩の家］で、私の受難が再びはじまったのです。(*Confessions* 35)

ここでのド・クィンシーは、都会とは対蹠点にある安らぎの場所としてワーズワスが住む「北方の土地」（"the North"）を求めている。実際にド・クィンシーがワーズワスを訪問するのは一八〇七年だが、それ以前の一八〇四年の秋に彼はアヘン吸飲をはじめる。ド・クィンシーは徐々に習慣化する悪癖から逃れるために、心身の癒しを求めてワーズワスのもとへ、湖水地方へ、田園へと向かったのではあるまいか。しかし、あろうことか彼にとって聖域であるはずの「ダヴ・コテッジ」において、彼のアヘン吸飲は常習化していく。ド・クィンシーにとって、「北方の土地」は必ずしも理想の土地とはなりえなかった。最後まで湖水地方に留まったワーズワスとは異なり、ド・クィンシーは一八三〇年（四十五歳のとき）にスコットランドの大都市エディンバラへ移り住み、そこで生涯を終えることになる。

湖水地方を離れてロンドンへ転居したコウルリッジを批判したド・クィンシー自身が、皮肉なことに湖水地方を捨てて北方の都市エディンバラへ移り住んだわけだが、その最大の理由は、文筆で生計を立てなければならないド・クィンシーにとって都会が持っていた魅力であった。南のロンドンと北のエディンバラは、当時も今も、政治と経済と文化の中心地である。文筆活動をなりわいとする人々にとって、都市が生みだすダイナミックな政治・経済・文化上の活動は、都市に住む多数の読者・購買層の存在と相まって、都市の魅力を高めることになる。たとえば、一八二一年のド・クィンシーは、エディンバラへ赴くことで『ブラックウッズ・エディンバラ・マガジン』にシラーの翻訳『運命の女神の戯れ』を、ロンドンへ赴くことで『ロンドン・マガジン』に『アヘン常用者の告白』を、それぞれ掲載してもらうチャンスを獲得する。コウルリッジに劣らず、ド・クィンシーは都市が持つ多面的な魅力を強く感じていたはずである。ワーズワスの場合にも、表面的にはどうであれ、内面では文化市場・経済市場としての都市の魅力に抗うことは難しかったに相違ない。

六　おわりに

ロマン派詩人たちは共通して田園への強い憧れを持っている。その一方で、「コックニー詩派」に見られるように、彼らは都市への捨てがたい愛着も示す。詩人たちの内面では相反するベクトル（田園の引力と都市の引力）がはたらいている。ふたつの衝突する力が中和される地点として《郊外》が生まれる。郊外は、ロマン派詩人たちにとって、いわば、妥協の産物として選ばれた生活環境である。リー・ハント（一七八四―一八五九）やキーツ（一七九五―一八二一）が活動の拠点としたハムステッド（そこからはセントポール大聖堂のドームが見える）、コウルリッジが余生を送ったハイゲートなどは言うまでもなく、ワーズワスの詩作活動の拠点（ダヴ・コテッジとライダル・マウント）でさえも、グラスミアやアンブルサイドという近隣の町村の周縁（border）に位置する点で、郊外的要素をそなえている。ワーズワスが後半生を送ったライダル・マウントからは、正面の庭に向かって右手前方にライダルウォーター湖を、左手はるか前方にウィンダミアの湖影を見ることができる。ライダルウォーター湖は隣接するグラスミア湖とグラスミア集落に、さらには街道（現在の幹線道路A591）を通じて北方の町ケズィックやカンブリアの州都カーライルに向かって開かれていた。一方、ウィンダミア湖は湖水地方観光の拠点として、ケンダルとウィンダミア間に鉄道が敷かれる一八四七年以前から、南方のイングランドの諸都市に向かって開かれていた。都市ではなく、かといって閉ざされた田園空間でもない、この絶妙な（ある意味で曖昧な）ロケーションに居を構えて、ワーズワスは自然の美と田園の人情を称えるエコポエトリーを都会に住む多数の読者層・購買層に対して提供し続けた。しかもその間、長期にわたるロンドン滞在を何度も繰り返しながら。

アンビバレントな立ち位置で制作されたワーズワスの環境詩には、パストラルとカウンター・パストラルという相反する性質が内包されている。パストラル詩「マイケル」は、この対立する性質が中和された形で生みだされた幸福な作品と言えよう。その成功のひとつの要因は、作者自身とはほどよく距離を置いた架空の人物を主人公にすえたところにある。そのことにより、語り手ワーズワスが内部に抱え込んでいた矛盾（田園と都市に対する自家撞着的な感情）を主人公が演じるドラマのなかに昇華して、表面に露呈させずにすむからである。コウルリッジの証言のとおり、もしも『隠士』の作者の当初の意図が「古代ローマの風刺詩人ユウェナリス流儀の風刺精神でもって、都市の高度な文明を描くこと」("assuming a satiric or Juvenalian spirit as he approached the high civilization of cities and towns" [*Table Talk* 1: 307–08]) であったとすれば、生涯をかけた彼の大作『隠士』が未完成に終わったことも頷ける。古代ローマを「悪の町」として非難したユウェナリスにはなりきれない、都会への屈折したメンタリティーをワーズワスは持っていたからだ。ワーズワスの環境詩学は、この意味で自己矛盾の詩学でもあった。ことはワーズワスだけに留まらない。田園と都市のはざまに引き裂かれ、田園と都市の中間域たる《郊外》に文筆活動と生活の拠点を求めた詩人たちすべてついて、程度の差こそあれ言えることである。

注

(1) 直接「一つの生命」に言及する詩行(二六—三三)は、一八一七年出版の詩集『シビルの詩片』中に "erratum" の形で挿入されたものである。See *Poetical Works* 2: 1, 318–21.

(2) See *The Pedlar, Tintern Abbey, The Two-Part Prelude* 26–27.

(3) 一七九八年三月十(?)日付の兄ジョージ宛書簡でコウルリッジは、ワーズワスの『廃屋』の一節を引用しつつ、自分の詩作活動と自然愛の関係について語る——「野原や森や山々を、私はほとんど幻視的と呼べそうな嗜好で愛しています。その嗜好が深まるにつれ、仁愛の心や平静心が自分の内で強まることを知ったので、その嗜好を他の人々に植え付ける道具に私はなりたいのです。悪しき感情を——それと戦うのではなく、それを活動させないようにすることで——打ち壊したいのです」(*Collected Letters* 1: 397)。

(4) 一八二〇年八月八日付のトマス・オールソップ宛書簡でコウルリッジは、当時五十歳のワーズワスの宗教的立ち位置の曖昧さを批判する——「貴方には包み隠さず申しますが、人間の魂が誕生地や住む場所の偶発的な出来事に暗に依存しているという考え方は、神とこの世界との――神秘的 (mystic) ならぬ――曖昧模糊たる (misty) 混同、ならびにそこから生じる自然崇拝（人間の魂が土地の出来事に依存するという主張は、この自然崇拝の一部です）ともども、私が不健全な考えとして最も嫌悪し、かつ伝染性のある考えとして非難する、ワーズワスの詩作品の特徴なのです。その半面、彼の後期の出版物には大衆的で低俗に近い宗教がたまに奇妙な形で入り込み（ハートリーの言葉を借りて言えば、あごひげを生やした老人がひょいと現れて）、痛々しげな世俗的抜け目なさが宗教に持ち込まれていることを暗示しています」(*Collected Letters* 5: 95)。

（5）See Brett and Jones, *Lyrical Ballads* 226–40.『リリカル・バラッズ』第二版（一八〇〇）に収載された作品からの引用はすべてこれによる。

（6）一七九八年三月十一日付の友人ジェイムズ・ロッシュ宛書簡でワーズワスは述べる――「相当に役立つことが期待される詩を千三百行書きました。その詩のタイトルは『隠士、または自然・人間・社会についての見解』となる予定です」(*Letters, Early Years* 214)。なお、『隠士』と『逍遥』への言及は、ド・セリンコートおよびダービシャー編のオックスフォード版による。

（7）『二巻本詩集』（一八〇七）に収められたこのソネットは、実際には一八〇二年九月に制作された。一八三八年にワーズワス自身の手で「一八〇二年」と訂正されるまでは、この日付のまま放置されていた。

（8）ソネット最終行の "all that mighty heart" (*Poems, in Two Volumes* 147) は、「一つの生命」のみなもとと解されると同時に、キリスト教の神の「心」とも読める。

第九章　文学観光と環境感受性の教育
――ウィリアム・ハウイットをめぐって

吉川　朗子

一　はじめに

一八四四年、『モーニング・ポスト』へ宛てた公開書簡のなかで、ウィンダミアへの鉄道延伸に反対するウィリアム・ワーズワスが言ったのは、風景美を理解する感受性が十分発達していない者たちが汽車で大量に湖水地方へ連れてこられても、得られるものは少ない、ということだった。

> 岩や山々、滝や広々とした湖など、イングランドのこの地域を特徴づける風景を構成する自然の諸要素が、人間の精神と思いのほか繊細に関わっていることを理解しよう、あるいは部分的にも想像しようと思うならば、教養を身につける過程、ある程度日常的に観察する機会を持つ必要がある。……不完全な教育しか受けていない階級の者がこんなふうにごくたまに湖水地方に連れてこられても、よい影響を受けることはできないだろう。
>
> (“Kendal and Windermere” 138, 140)

この一節の最後で「こんなふうに」と言っているのは、「工場主のお仕着せで、たまの休日列車で連れてこられても」という意味である。鉄道がケンダルまで延びて便利になったことで、ヨークシャーやランカシャーなどの産業都市では、工場主が汽車を利用して従業員を団体で湖水地方へ連れて行き一日遊ばせるという社員旅行のようなものが実施されるようになってきていた。これは福祉・慈善事業とも言えるが、ワーズワスは、労働者を子供扱いにするようなこうしたお仕着せの福祉に異を唱えていた。むしろ自宅近くの自然に親しむ方が労働者たちにとってははるかに大きな恩恵となるだろう、と言っている。(1)

他方ワーズワスは、「見る目と楽しむ心」("an eye to perceive and a heart to enjoy") を持つ人ならば身分の上下にかかわらず誰でも、国民的財産 (national property) としての湖水地方に対して権利を持つし、彼らのためにその風景美を守らなければならないとも言っている (*Guide to the Lakes* 93)。湖水地方を楽しむ権利を持つためには、まず自然美に対する感受性を養う必要がある、そのためには、日々身近な自然に親しむことが大事である、というのがワーズワスの考えであった。

これに対して、ケンダル・ウィンダミア鉄道が開通した一八四七年、『我々の暮らす国』に収められた「ウィンダミア」という記事は、鉄道の二等車で湖水地方へやってくる旅行者はすでに自然を愛でる心を持っている、と反論している。

しっかり働いて夏の長い一日をウィンダミアで愉しむための休暇を稼ぎとり、汽車の二等車輌を利用してやってくる旅行者たちが、「オレストヘッドからの麗らかな眺め」に敬愛の念をもって接し、そこに行き渡る「静けさ」

と見事に調和するであろうことは間違いない。なぜなら彼らこそ、かの偉大な詩人自身が「岩や山々、滝や広々とした湖など、イングランドのこの地域を特徴づける風景を構成する自然の諸要素」に対する感受性を育んだ比較的数少ない読者であるからだ。(Charles Knight 66)

注目すべきは、自分で働いて貯めたお金でやってくる旅行者たちの自然に対する感受性は、他ならぬワーズワスが育てたものであると指摘している点である。一八四〇年代になると、鉄道旅行を楽しむようになった中・下層階級の旅行者向けのガイドブックが多く出されるが、そのうちの一つ『オンウィンのポケットガイド』(一八四一)もまた、ワーズワスのおかげで自然に対する愛情を育まれた多くの人々が、鉄道のおかげで容易に湖水地方を訪れ、美しい風景によって精神を高揚させ心を純化させる機会を与えられたことを、喜んでいる。

湖水地方までの旅行というのは、ごく最近まで何か特別な行為と見なされ、少数の富裕層に限られた娯楽であった。しかし今ではこの土地は大勢の人に対して開かれており、勤勉な人々の多くにとって、手に届くものとなっている。わずかばかりのお金と時間があれば、彼らは仕事の垢を振るい落とし、都合の良い時に、美しい自然風景のなかへと旅発つことができる。……ウェイヴァリーの作者がスコットランドのためにしたことを、ワーズワスは湖水地方のために行った。その作品には自然美に対する献身的な愛情が十二分に示されているが、彼はその同じ感受性を、天才の際立つ感化力によって、他の人々の心のなかにも作り出したのだ。(三)

これら一八四一年、四七年の記事が示しているように、ウォルター・スコット（一七七一―一八三二）やワーズワスの作品は、自然に対する感受性 (love of nature) を広く人々の間に涵養するのに大きく貢献したと言えるだろう。しかし、これらの作品が中・下層階級にまで受け入れられるためには、それを感受するための素地を作る存在、教育的・媒介的な存在があったはずだ。そうした媒体の一つとして大きな役割を果たしたのが文学観光であるが、本稿では、とりわけイギリス国内における文学観光を促進した人物として、ウィリアム・ハウイット（一七九二―一八七九）の言説に注目してみたい。

都市化が進んだ十九世紀のイギリスでは田園への憧れが高まり、博物誌的な書き物、庭仕事の本、田園日誌、歳時記、地誌など、田舎の暮らしを描いたり自然観察を基盤とするカントリー・ブック的な読み物がはやった ("Economy")。ハウイットもそうした著作を多く出した一人であるが、それらの出版物を通して、自然に対する感受性を庶民レベルにまで浸透させようとした社会改革者でもあった。とりわけ道徳教育に関心を持っていたハウイットは、国民のモラル向上の鍵として自然愛好心を育てることが重要と考えていた。そしてワーズワスをはじめ、同時代の詩人たちの自然への敬意を示した作品を広く伝えること、それらの作品に描かれた風景を見て回る文学観光を促進することを、感受性教育の重要な柱と考えていた。ヴィクトリア朝期の文学観光ブームを支えたものとしてなかでも重要なのは、一八四七年に初版が出て以来版を重ね、二十世紀初頭まで出版を続けた『英国著名詩人たちの家とゆかりの地』であるが、ここではこの著作にいたるまでの初期の三作品――『季節の本』（一八三一）、『イングランドの田園生活』（一八三八）、『名所・旧跡めぐり』（一八四〇）を取り上げて、文学作品を通した環境感受性教育というものをハウイットがどう捉えていたのか、見ていきたい。

二　『季節の本』（一八三一）――自然に対する感受性

それまで無名であったハウイットの名前を一躍広めたのは、『季節の本』という木版画の挿絵が添えられた美しい本である。ジェイムズ・トムソンの『四季』を意識するとともに、副題に『自然界の暦』(*A Calendar of Nature*) とあるように、スペンサー（一五五二頃―一五九九）の『羊飼いの暦』（一五七九）なども意識していると思われる。[2] 歳時記風の本書には、各月ごとの農作業や行事、その月に咲く花や飛来する鳥、多く見られる昆虫の名前などが記されている。第二版（一八三二）から付けられた序文でハウイットは、都市化が進み自然から離れて暮らす人が増えるなか、自然をテーマとする本の力によって都会に暮らす人々の心に自然への愛を呼び覚まし、彼らを田舎へ連れ出して、美しい森羅万象と魂の間に生き生きとした交流を取り戻させる必要がある、と力説する (xv)。

国民の幸福のためには自然美に対する感受性を育てることが大事であるとするハウイットは、他方で、自然への愛というのは教養／教育のない人も含め万人に無償で与えられるものだとし、自然は気づかぬうちによい影響を与えてくれる、と言う。

> 自然への愛、その美を静かに理解する心というのは、無償で与えられ、広く行き渡る贈り物である。それは最低限の教育しか受けていない者の心にも存在する。耕されていない荒野にも美しい花が咲くように。（二四七）

後述のように、ハウイットは、自然愛好心というのはある程度教育してやらなければならないものと見ていたが、少なくともその萌芽はすべての人に備わっていると考えていた。そして、ひとたび自然美を感受する心の眼（"the mental eye"）を開いてあげれば、その眼は二度と閉じることはなく、自然界のよい影響を受け続けるとする。

心の眼は二度と閉じることはなく、以前にも増して明瞭な形で、天の輝きのなかに、海や山の壮大さに、風のさわやかさ、美しい風景の刻々と変わりゆく光と影に、ひっそりとしたヒースの野や明るく輝く湖面、荘厳なる深い森に、美、智恵、安らぎを見いだすだろう。そうした心の眼を開くことができれば私は嬉しい。(xxiii)

こうした言葉遣いに、すでにワーズワスとの親近性が感じられるが、ハウイットは続けて「ティンターン・アビー」（一七九八）より、自然の良き影響力について書かれた一節を引用する。

自然を愛した心を
自然は裏切らなかった。喜びから喜びへと
一生を通してわれわれを導けることこそ、その特権。
自然は内なる精神を形作り、
静けさと美を印象付け、
気高い思いを吹き込み、悪口や
性急な判断、利己的な人の冷笑、

心のこもらぬ挨拶、日々の暮らしにおける
うんざりするような人付き合いなどが
われわれを打ち負かすことがないようにしてくれる。
あるいは眺めるものはすべて
恵みに満ちているという晴れやかな信念が
かき乱されることがないようにしてくれる。（一二三―三五）[3]

「悪口や／性急な判断、利己的な人の冷笑、／心のこもらぬ挨拶、日々の暮らしにおける／うんざりするような人付き合いなど」というのは、都会暮らしの煩わしさを描いたものともとれるだろう。自然の良い感化力をひとたび受けたならば、そういうものに押しつぶされることもないと言っており、ハウイットの主張と呼応する。実際ワーズワスはこの詩の冒頭近くで、ワイ川流域の美しい眺めのおかげで「町や都会の喧騒にあって心が疲れたときにも、……快い感覚が血液の流れや心の奥底、純粋な精神にさえ届いて、穏やかな回復をもたらしてくれた」（二六―三一）と言っている。

この引用もそうだが、ハウイットは詩の一節を切り取ってくるのがうまい。そしてその理解を助ける文脈、エピソード、博物学的説明などを提供している。他にも、チョーサー（一三四〇頃―一四〇〇）、シェイクスピア（一五六四―一六一六）、ミルトン、ゴールドスミス、クーパー、バーンズ（一七五九―九六）、スコット、バイロン（一七八八―一八二四）、パーシー・ビッシュ・シェリー、フェリシア・ヘマンズ（一七九三―一八三五）、クレア、キーツ（一七九五―一八二一）、そして妻メアリ・ハウイット（一七九九―一八八八）と自身の詩をいいとこどりで引用し、木版画の挿絵を交えながら、ハウイットは自国の文学的伝統のなかに受け継がれてきた自然に対する感受性を、都会に住む者が涵養すべきものとして示す。確かにそこに浮かび上がる田園のイメージは紋切型であるとか美化されているといった批判も免れないであろうが、この本が十九世紀の英国都市における田園愛好ブームに大きく貢献したのは確かだろう。十七もの版を重ねたことから考えても、影響力の大きさが窺われる。[4]

三　『イングランドの田園生活』（一八三八）――国民教育

『季節の本』の成功に自信を得たハウイットは一八三八年、二巻から成る『イングランドの田園生活』を出版する。田舎にこそイギリス人の真髄が見られるとして、カントリーハウスでの貴族の暮らしから農夫の暮らしまで幅広く描き出した本であるが、教育という観点から見ると、先の本が主に都会人の心に自然愛を育むことを目的としていたのに対し、この本では農村居住者を中心とした庶民の感受性教育に重心が移る。

精神に対する自然の良い影響を信じるハウイットは、日々自然を身近に感じている田舎の農夫は、都会に住む者に比べて一般的に健全な道徳心を持っているとする（一巻　一二七）。その一方で彼は、雛鳥を巣から振り落として死なせてしまうというような、田舎で時折見られる、自然界の生き物に対する残虐さというのは、教育の欠如によるものであって、農村部の無教養な人々に自然の美しさ、恵み深さに対する感受性を養うことが、彼らの道徳心向上にもつながると説く。そして、まずは彼らに自らの置かれた状況の利点に目を開かせ、自然を愉しむ美意識を育み、静かな生活、コテージや庭、田舎の空気の爽やかさ、朝夕の空の荘厳さ、夜空の美しさなどに喜びを見いだすよう教えるべきだと言う（一巻二六二）。

そのために必要とされるのは、やはり本による教育である。自然を身近に観察できるという利点があるにもかかわらず、である。ハウイットは旅行中に見聞してきたことを報告するが、それによれば、スコットランドの田舎では子供たちはきちんと健全な教育をうけており、したがってみな、人間の尊厳を自他共に敬う心を身に付けているとする。彼らは勤勉で、かつ文学の喜びを知っている。どんな人里離れたところにも図書協会があり、労働者でも本を読める。歴史や言い伝えだけでなく、地元の詩人たちのことをよく知っている、と感嘆する（一巻二六三―六四）。そしてハウイットは、自身の観察を裏付けるかのように、ワーズワスの『逍遥』（一八一四）第一巻から、スコットランドの山間部で少年期を過ごした旅商人の、自然と本による教育について記した個所を引用する（一巻二六五）。

……稼ぎのなかから工面した
わずかばかりのお金を持って、彼は近くの町へと
定期的に出かけていった。そして露店で立ち読みしては
自分の心を最も惹きつけた本を買って
帰るのだった。山々の間で
彼は詩歌の世界の巨星、神々しいミルトンに
思いを凝らすのだった。……

（中略）

……それでも、何にも増して
彼の心を占めていたのは、自然であった。あたかも、
なぜだか分からないが、自然の快い影響力から
自分を引き剥がそうとする破壊的な力が、折に触れて
働いていると感じているかのようだった。そこで彼は、
むき出しのままのいかめしい真理を
自然界の色や形、形が持つ魂で包み込んだ。
科学の基礎的原理やその単純明快な法則を
いまだ学んではいたが、
彼にとっての三角形とは天の星、
無言の星であった。……

（中略）

夢のなかでも、勉強の際にも、熱心な思いにおいても、
こうして彼は成長していった。知性の成長を
助けるものには欠けていたが、少しずつ知恵を獲得するにつれ
彼の魂の道徳的感情は

強まっていった。（一巻二六五―七一、二八四―九四、三二五―三〇）[5]

ここでは、旅商人の、貧しくはあるが、自然と書物による教育を通して精神的に豊かに育っていった少年・青年時代が描かれている。面白いのは、この引用の少し後で、今度はこの旅商人が現実に現れたかのような読書好きの農夫と出会った体験が挿入される点である。この農夫は職人貸本組合（Artisans' Library）のメンバーで、土曜の夕方は町まで出かけて本を借りてくるのだという。本に親しむようになると日々の農作業が嫌にならないかというハウイットの問いかけに対し、農夫はむしろ本を読むことで日々の農作業が楽しくなったと答える。この挿話により、ハウイットは労働者に本を与えたり教育を行ったりするとろくなことにならないと言う人たちを牽制するのである（一巻二六三―六九）。

自著『季節の本』をこの農夫に送ったところ、ハウイットは次のような礼状を受け取る。

自然研究の書というのは、楽しいだけでなくわれわれを知的に向上させてくれます。これは人生のどの段階においても言えることです。とりわけ貧しい者は、この研究書をどれほど大切にすべきことでしょう。この本をきちんと評価し、探求したなら、われわれは神に与えられた運命を、忍耐強く甘受し、明るく耐えていくことができるようになるでしょう。読書の趣味のない労働者は気の毒です。（一巻二六九）

ハウイットは、ワーズワスを引用することで自分の観察を権威付けているとも言えるが、逆に、読書好きな農夫自身の言葉を紹介することで、ワーズワスが描いた、外見はみすぼらしいが内面に高尚な心、瞑想する知的な喜びを持つ田舎の人々が実在することを裏書しているとも言えるだろう。読書を通じて自然愛・田園愛を育んだこうした人物が農村部で増えれば、国全体が真に栄えることになるだろう、というのがハウイットの主張である。そして、田舎屋の棚に自然描写に優れた近代詩人たちの詩集があれば、もともと自然に恵まれた環境にいる人々の暮らしは心豊かなものになるだろうとして、図書協会の存在意義を力説する。

ハウイットはまた、農村部に文学作品を届ける手段として『ペニー・マガジン』（一八三二―四五）などの安価な雑誌の効用をも説く。

> 安い雑誌が、何らかの方法で、町と同じく田舎でも出回るならば――『ペニー・マガジン』『サタデー・マガジン』などはたくさんの木版画と役立つ記事によって、『チェンバーズ・エジンバラ・ジャーナル』は洗練された詩的な精神で――大きな変化をもたらすだろう。質の高いオリジナル作品から採った挿絵版画は、質の高い審美眼を目覚めさせるだろう。（一巻二八三―八四）

田舎・都会に関わらず、貧しい人々は長い間、自然を楽しむ源泉から締め出されてきた（一巻二六九）と考えるハウイットは、この引用の最後にあるように、版画挿絵の利点も強調している。旅行や美術館に出かけることもできず、日常生活においては行動範囲の限られている下層階級の人々も、版画挿絵を通して、国内外の景勝地、珍しい風物、さまざまな生物の生態などを知ることができ、それによって自然に対する感受性も養われるだろう、と考えたのだ

（二巻 五六）。

ここで雑誌と版画挿絵という二つの媒体の効用を説いている点もまた、ハウイットらしい特徴である。彼は、田園愛の伝道者としてアイザック・ウォルトン（一五九三―一六八三）、ジョン・イーブリン（一六二〇―一七〇六）、ギルバート・ホワイト（一七二〇―九三）など自然観察や田舎暮らしを扱った散文作家、ターナー（一七七五―一八五一）ら風景画家、そして自然の崇高さを伝える詩人たち――ワーズワス、コウルリッジ、バイロン、シェリー、キーツ、クレア、ブルームフィールド（一七六六―一八二三）、ロジャーズ（一七六三―一八五五）、サウジー（一七七四―一八四三）、キャンベル（一七七七―一八四四）らの名前を挙げるが、彼らの作品を広く庶民にまで伝える媒体として、安価な雑誌、そして版画挿絵の役割の重要性も同じように強調するのだ。[6] とりわけ田園に対する愛、自然に対する純粋な感受性を広く養ったとして、木版挿絵画家のトマス・ビューイック（一七五三―一八二八）の仕事を、詩人バーンズに匹敵すると称えているが、ビューイックの場合は、単なる複製者ではなく自らが自然観察者であったという点も重要であろう（二巻 四五―六二）。[7]

自然愛・田園愛を育む媒体として、雑誌、版画挿絵に加えてハウイットが推奨したのが文学観光である。以前は富裕層に限られていた旅行が、蒸気船や鉄道の開発によって中・下層階級にまで可能になってきたことを彼は喜ぶ。『イングランドの田園生活』には国内各地の田舎の風物が描かれているが、これはハウイット自身の徒歩旅行中に観察したことが基になっている（一巻 xi）。なかでもバイロンと関わりのある場所――ニューステッド・アビー、アンズレイ・ホール、バイロンの墓などを訪れた時のことについては二章分（一巻 三四八―九二）が割かれ、詳しく描写されている。そしてこの書の第二巻の結末部には次のように書かれている。

イギリスのどこへ行こうとも、なにかしら歴史的・文学的連想に満ちていないような場所はない。……近年の詩人たちの作品を通して国民が目覚め、我が国の優れた自然美を心から愉しんでいるのを見るのは何という喜びだろう。……国内を旅行してみれば、同様のことをする人の数がますます増えてきていることに気づくだろう。私もこれまで数々の美しい場所や歴史的に興味深い場所を訪れてきたが、……早春から晩秋にいたるまでほぼ一年中、言及するに値する場所で、旅行者で賑わっていないところはなかった。(二巻三五八―七〇)[8]

ここでは、近代英詩がいかに自然に対する感受性を目覚めさせたか、そうした文学作品の魅力がいかに人々を旅行に誘い出しているかということが示唆されている。(見方を変えれば、詩を通して自然に対する感受性を身に付けた者にとっては、もはや素のままの風景はありえず、「言及するに値する」ものはすべて文化的価値を帯びたものとなった、とも言える。) 一例としてハウイットは、一八三六年にフィンガルの洞窟で有名なスタファを訪れた時のことを記すが、その時は同じ船に七十名の旅行者がいたという。夏の間は一週間に三、四回は日に百人を超える人が訪れるとも記している。こうした旅行熱は、文学、そして移動手段の発展と結びつくことで、人々の心に自然に対する感受性を育てるだろう、自分の本がその手助けとなることを望む、と言って彼は『イングランドの田園生活』を終わらせている(二巻三七一)。そしてさらに旅行の方に重点を置いた本、『名所・旧跡めぐり』を一八四〇年に刊行する。

四　『名所・旧跡めぐり』（一八四〇）——文学観光

この著作で特徴的な主張は、詩人と技術革新（"the double power of poetry and steam"）が新しい旅行ブームを作り出したとしている点である（二〇四）。詩人というのは想像の世界に遊び、現実界に疎いと思われがちだが、昨今の詩人たちは実務家的である、とハウイットはユーモアを交えて言う。

詩人のペンは魔法の杖である……彼らこそが、船やボート、蒸気エンジン、蒸気機関車を作ったのであり、新しい定期船を運航させ、鉄道を森や山のなかにまで延ばし、宿屋を建て、そこをホストやゲストやウェイターでいっぱいにしている……彼らはいわば共同出資会社を作り、巨額の投資をして蒸気船の船長、船員、給仕、ホテルの受付係、馬車の御者などの仕事を作り出すのだ……（一九九―二〇〇）

この「風が吹けば桶屋が儲かる」的な話には、むろん論の飛躍が見られる。詩人たちがそれぞれの土地の魅力を引き出す作品を創造することで、読者の心に旅行熱を焚き付け、それに応えるべく観光産業が発展していったということだろう。パーシー、スコット、サウジー、ワーズワスらがスコットランドや湖水地方の風景を詩情豊かに、またドラマチックに描かなかったなら、蒸気船や鉄道は乗客をどこへ連れて行けばいいのだ、と修辞疑問文で問いかけ、まさに詩人たちの脳のエンジン（"the steam of poetic brains"）が、新しい観光産業を生み出したのだと、ハウイットは嘯く。そして、文学作品や版画挿絵を通して、詩的で絵のように美しい風景を愛する感性は急速に広まっており、その証拠として、数多くの旅行者たちがイギリス津々浦々の風光明媚な場所、詩的連想に満ちた場所に押し寄せていると主張する（二〇〇—〇二）。

このように、『名所・旧跡めぐり』には、十九世紀後半のイギリスにおける観光産業の目覚しい発展ぶりが生き生きとした筆遣いで描かれているが、この観光産業の発展を、ロマン主義文学の隆盛、そして自然に対する感受性の国民全体への浸透と結びつけるところが、ハウイットの主張の要である。一連の長広舌は次のように締めくくられる。

> 蒸気、機械、詩の三つが同時に大衆の精神と気質に並外れた影響を与えたというのが興味深い。詩や自然、絵のような風景や夏の散歩を愛する心というものが……産み出されるや否や、なんと！　蒸気船が波止場に現れ、鉄道がその鉄の線を山や谷に伸ばしていったのだ。衝動が民衆の心に与えられると同時に、それに応えるための手段が与えられたのだ。（二〇三—〇四）

ここでは詩、絵画、自然が等価で扱われている。これらに対する感受性が育ってきたときに、タイミングよく蒸気船や鉄道が開発されたため、文学観光というものが国民全体に広まっていく——時代のダイナミックな変化が、技術の発展という物質的側面と、感受性の成熟という精神的側面の両方から鮮やかに捉えられている。

この著作でハウイットはアーサー王伝説、シェイクスピア、スコット、ワーズワスなどとかかわる場所を紹介していくが、とりわけ印象的なのは、スコットについて書いている箇所である。スコットの詩が持つ場所の喚起力を、次のように描いている。

毎夏何千人もの旅行者をスコットランド高地地方へと誘い出す美しい描写にこれほど満ちあふれた詩は、その名がまさにスコットランド人という自身の優れた出自を体現する人物の作品を置いて他にない。実際、彼の詩はヒースの香りがする。われわれは読むのでも考えるのでもなく、まさに風に揺れるヒースの釣鐘型の赤い花が擦れあう音を聞くのだ。美しい樺の木が、垂れ下がる枝を、同じくらい美しい夏の水辺に浸すのが見える。あたりには苔と羊歯が彩るなか、ノロジカがひっそりうずくまっている。前方には黒々とした荒地に黒ずんだ小屋が点在し、区画された土地からはピートを燃やす匂いが漂ってくる。何か残忍な企みをやり遂げようとじっと目を凝らす高地地方の戦士たちの姿、あるいは、楽しげな地下世界への隠れた入口から、この蒸気機関の世界を覗き見している妖精たちに、私の想像力は取り憑かれる。（一七三）

視覚、聴覚、嗅覚、そして想像力に訴えてスコットの詩の魅力を描き出しているが、実際この一節は、読者を詩の現場へ誘い込む役割も果たしている。スコットの詩をどう読めばいいのか、物語の舞台を訪ね、実際にヒースやピートの香りを嗅ぎ、赤紫の花が風にサラサラ音を立てるのを聞き、樺の木がしなやかな枝を水辺に垂れる様子を目にし……という経験をすればスコットの詩は数倍楽しめる、ということを伝えている。

また、ワーズワスの『リルストンの白い鹿』（一八一五）と、その舞台となった地域を紹介する章では、物語の流れに沿った観光ルートを紹介する。穏やかで美しいボルトン小修道院の廃墟から、川を渡って心地よい森のなかを歩き、滝のそばを通ってバーデンの塔まで来た後は、沼地だらけの荒涼とした原野を難儀しながら進んでリスルトン村まで辿り着く――その行程を、風景描写と詩作品（『リルストンの白い鹿』だけでなく、「祈りの力」（一八一五）、「ブルーム城での宴に際しての歌」(一八三五))からの引用、土地に纏わる歴史・伝承を交えながら紹介していく。そして最後に『リルストンの白い鹿』の読みどころを紹介している。舞台となった土地を歩くことで、詩の世界はいっそう実感を伴って感じられるであろうし、何もない不毛な荒野も、詩を通して眺めることで、人間の情の深さや白鹿の神秘性を感じさせる風景に変容するということを伝える章となっている。ハウイットの文章もまた、詩の読み方を読者に指南し、彼らを詩の現場に連れていくことで風景の味わい方を教え、自然に対する感性を涵養する、媒体的役割を果たしていると言えるだろう。

五　結び

ワーズワスは、「身なりの貧しい人の方が深く感じられる」[9]と言い、『リリカル・バラッズ』や『逍遥』などで、そうした人々を描いてきた。にもかかわらず、彼は『モーニング・ポスト』宛の公開書簡で、自然に対する感受性は決して内在的・直観的(intuitive)なものではなく、ゆっくり時間をかけて養われていくべきものであると主張し、貧しい無教養な人々が湖水地方を真の意味で楽しめるようになるためには、もうしばらく時が必要であるという趣旨のことを言い、ケンダル・ウィンダミア間の鉄道延伸に反対した。[10]これがハウイットには残念に思われたようだ。彼は、ドナルド・ユーリンが指摘するように、「観光と鉄道旅行は、田園風景を『一種の国民的財産』と見なすワーズワスの民主的な理想を実現させる手段のひとつであると考えていた」(Ulin 45)からだ。

ハウイットは、自然愛好・田園愛こそがイギリス人の精神的支柱であるとし、国内旅行を勧め、国民全体に自然への感受性を育てることが国の繁栄のために大事なことと考えた。ハウイットのこうした考え方には多分に中産階級的なイデオロギーが含まれているだろう (Ulin 55, 57)。ウィリアム・コベット（一七六三―一八三五）の『農村地帯を馬で視察して』（一八三〇）などと比べてみれば、田園生活・農民の暮らしが理想化されすぎており、社会改革者としての考え方も楽天的すぎるとも言える。しかし、ハウイット自身が述べているように、物質的・身体的福祉を第一に考えていたコベットと違って、ハウイットの社会改革の基本理念には、自然の感化力、人間の感受性、そして文学による教育の力に対する信頼があった（『イングランドの田園生活』一巻 一三八―三九）。彼は自然の美や崇高を解する心というのは万民に内在する原理 (“inherent principle”) であると考え、これを十分育ててやることが大事であると考えていた。[11] したがって彼の著作には、こうした教育的・啓蒙的配慮が随所に見られる。彼の作品には必ずやイギリスの自然を謳った詩が、しかもとりわけ喚起力のある箇所が切り取られて引用され、魅力的な版画挿絵がふんだんに添えられている。（詩の引用・挿絵が一切なく、農作物・畜産物の値段などが逐一記されたコベットの文章とはだいぶ趣が異なる。）詩の理解を助け、自然愛好心を育てるためのガイドとなっているのだ。

ここで疑問が湧いてくるのは、ハウイットがその感化力に信頼を置いていた「自然」というのは、文学や絵画によって媒介された審美的な理想の自然であって、それぞれの居住地域で日々関わっている自然環境ではないのでは、という点かもしれない。田舎に住む農夫に対してさえも、自然を直接観察することより、本に描かれた自然を鑑賞することを勧めているのだ。（ワーズワスが都会の労働者に対し、汽車に詰め込まれて湖水地方にやってくるより、自宅近くの自然に親しむ方が有益であると説くのとは対照的である。）また、ハウイットが称揚した旅行とは、基本的に、文学作品を媒介に風景を鑑賞し、風景を通して作品理解を深める文学観光である。うがった見方をすれば、ここには、文学伝統のなかに受け継がれてきた、イギリスにとって国民的財産として見なされるべき「理想的な」田園風景に対する感受性・審美眼を国民全体に育てよう、という国家主義的な傾向さえ感じ取れるかもしれない。そう考えると、ハウイットの環境感受性教育というのは、今日的な視点から見ると、さまざまな問題を孕んでいるようにも思われる。[12]

それでも、ワーズワスをはじめ種々の文学作品を分かりやすく楽しく紹介し、湖水地方をはじめイギリス各地の風光明媚でかつ文学的連想に満ちた場所へと人々を誘いだしたハウイットの功績は、認められるべきだろう。環境意識・環境感受性というのは、観光文化を通して、あるいはこれと連動して高まり、広まっていったと言ってもいいからだ。前述のように、産業革命と連動して、十八世紀末から十九世紀にかけてのイギリスでは都市化が進み、それと比例するようにして田園への憧れが増していった。他方、道路・蒸気船・鉄道の整備等により移動が楽になったことで、大衆旅行時代が到来する。彼らは窮屈で空気のよどんだ都会の暮らしからの解放、田舎のきれいな空気、美しい風景を求めて旅行に出た。一方で鉄道開発と観光の発展は、そうした避難所としての田園風景が失われることへの危機感をも募らせることになる。こうして、まだ損なわれていない自然美を保護したいという思いが高まっていく。かつてワーズワスが、湖水地方の自然美を守りたいと願い、その願いに賛同してくれるだろうと期待したのは、この地方の静けさ・美しさを愛して繰り返し休暇で訪れる旅行者に対してであった。湖水地方では、ワーズワスの想いを受け継ぐ形で、一八七〇年代頃より環境保護運動が盛んになっていくが、これが全国民的なレベルに拡大していったのは、湖水地方をワーズワス・カントリーとして聖地化した文学観光によるところが大きい。そのように考えてみれば、文学作品を紹介することで自然に対する関心を国民に広く浸透させ、文学観光の発展に寄与したハウイットの役割は、決して小さくはないと思われるのだ。[13]

注

（1）「ヨークシャーやランカシャーの裕福で慈悲深い工場主たちのなかには、自らが費用を出して、従業員たちを大量に列車でウィンダミアの岸辺に送り込もうと考えている人がすでに存在する。……金持ちが貧しい人に、あるいは階級の上の者が下の者に、彼らの面目を貶めるようなやり方で恩恵を与えようとしてはならない。こんなやり方で従業員たちを列車に詰め込み休暇を取らせようというのは、彼らを子ども扱いすることに他ならない。彼らは雇い主の意思に従って出かけるのであり、その意思に従って帰ってこなければならない。さもなければ規則違反とされてしまうから」(Wordsworth, "Kendal and Windermere" 143)。ワーズワスは、むしろ賃金や労働時間などの改善によって、労働者たちが自ら費用を出して好きな場所で休暇を取れるようにすべきだと言っている。

（2）こうした季節のめぐりを描く本は当時人気があり、ジェイムズ・ホッグ、ジョン・クレアなども『羊飼いの暦』というタイトルの本を出している。

（3）和訳には、山内久明編訳『対訳　ワーズワス詩集』を参考にした。

（4）この本からは、さまざまな箇所が複数の記事に無断で引用されていたようで、ハウイットはそうした剽窃まがいの行為に懸念を示している（『イングランドの田園生活』一巻 x）。

（5）『逍遥』にはいくつかの版があり、ハウイットは初版以外のもの（一八二七年版、三二年版、あるいは三六年版）から引用しているようである。ここに記した行数はコーネル版（初版を採用）に依拠しているが、和訳は、ハウイットの引用に即して行っている。また、田中宏訳『逍遥』を参考にした。

（6）実用知識普及協会 (the Society for the Diffusion of Useful Knowledge) の出版部門を担当していたチャールズ・ナイト（一七九一―一八七三）もハウイットなどと同じような考えの持ち主であり、挿絵をふんだんに取り入れた安価な書物――『ペニー・マガジン』『図説シェイクスピア』（一八三八―四一）、『昔のイングランド』（一八四五―四六）、『我々の暮らす国』（一八四七―五〇）などを出版している。ハウイットは『国民の雑誌』（一八四六―四八）の編集に関わったほか、『ハウイット・ジャーナル』（一八四七―四八）を創刊している（ただし、経営的にすぐ破綻した）。

(7) とりわけ『英国の鳥類体系』(一七九七、一八〇四)で有名である。

(8) 第一巻冒頭部でも、ハウイットはイギリスがいかに文学的連想に満ちているかを、典型的な馬車旅行の様子を描くことで示している。「街道を馬車で行くと、御者がひっきりなしに指差して、ここは誰それが何々をした記念すべき場所だと教えてくれる。あそこはミルトンが生まれた場所だ、シェイクスピアが暮らした場所だ、ロック、ベイコン、ポープ、ドライデンが生まれた場所だ。あれはチョーサーの館、そしてここにはワーズワスが、サウジーが、ムアが、住んでいた。若き日のエリザベス女王が閉じ込められていたのはあそこだ、そして彼女はここに、スコットランドのメアリを幽閉した、といった具合だ」(一巻 一一—一二)。

(9) William Wordsworth to Charles Fox, 14 January 1801 (*Letters, Early Years* 315).

(10) 「ピクチャレスクとかロマンティックな風景という名を勝ち得ているものを理解する心というのは、決して直観的なものではなく……ゆっくり徐々に教養をつけてやることによってのみ生まれるものである……社会の低い階級の人々は、この美しい地域に今よりも短時間で来られたとしても、物質的な利益を受けられる状態にはない」(Wordsworth, "Kendal and Windermere" 142)。

(11) 「自然の美と崇高を好む心は人間の魂に内在する原理である。しかし、他のありふれた能力と比べると発達するのは遅く、……教化し育ててやることが必要である」(『イングランドの田園生活』二巻 一三—一四)。

(12) この段落の議論は、金津和美氏の示唆によるところが大きい。ここに謝意を表したい。

(13) 湖水地方における環境保護運動の初期段階で主導的役割を担った湖水地方保護協会(LDDS)は、その大部分がロンドンやマンチェスターなど、地域外の人々によって構成されていた。この事実が示すように、湖水地方の環境を守ろうという運動は、全国民的広がりを見せる一方、地元の主体性は置き去りにされるという側面があった。こうした事態について、ジェイムズ・ガレットは、「ワーズワスが望んだように、自然保護は国家的責務となったが、それは、ワーズワスがぜひとも守りたいと考えていた地域的独立性を失うという代償を伴うものだった」(一八二)と評している。もともとは地域主義的な眼差しを持っていたワーズワスらロマン主義のエコロジーは、ヴィクトリア朝期における文学観光、そして環境保護運動を通して、国家主義(国民主義)的な方向へ向かわざるを得なかったとも言えるだろう。

引証文献

Abrams, M. H. *The Correspondent Breeze: Essays on English Romanticism*. New York: Norton, 1984. Print.

Ader, R., ed. *Pyschoneuroimmunology*. New York: Academic, 1981. Print.

Akroyd, Carry. *Nature Powers & Spells: Landscape Change, John Clare and Me*. Langfort: Langford, 2009. Print.

Aristotle. *The Complete Works of Aristotle: The Revised Oxford Translation*. 2 vols. Ed. Jonathan Barnes. Princeton: Princeton UP, 1984. Print.

——. "Metaphysics." Trans. W. D. Ross. *Complete Works*. Vol. 2. 1552–1728.

——. "On the Soul." Trans. J. A. Smith. *Complete Works*. Vol. 1. 641–92.

Armstrong, Anthony. *The Church of England, the Methodists and Society 1700–1850*. London: U of London P, 1973. Print.

Augé, Marc. *Non-Places: An Introduction to Supermodernity*. London: Verso, 1995. Print.

Barker-Benfield, George J. *The Culture of Sensibility: Sex and Society in Eighteenth-Century Britain*. Chicago: U of Chicago P, 1992. Print.

Barrell, John. *The Dark Side of the Landscape: The Rural Poor in English Painting, 1730–1840*. Cambridge: Cambridge UP, 1980. Print.

——. *The Idea of Landscape and the Sense of Place 1730–1840: An Approach to the Poetry of John Clare*. Cambridge: Cambridge UP, 1972. Print.

Bate, Jonathan. *Romantic Ecology: Wordsworth and the Environmental Tradition*. London: Routledge, 1991. Print.

Baumgardt, David. *Bentham and the Ethics of Today, with Bentham Manuscripts Hitherto Unpublished*. 1952. New York: Octagon, 1966. Print.

Bebbington, D. W. *Evangelicalism in Modern Britain: A History from the 1730s to the 1980s*. London: Unwin, 1989. Print.

Bentham, Jeremy. *An Introduction to the Principles of Morals and Legislation*. Ed. J. H. Burns and H. L. A. Hart. Oxford: Clarendon, 2005. Print.

Blackwell, Mark, gen. ed. *British It-Narratives, 1750–1830*. 4 vols. (Vol. 1. *Money*. Ed. Liz Bellamy; Vol. 2. *Animals*. Ed. Heather Keenleyside; Vol. 3. *Clothes and Transportation*. Ed. Christina Lupton; Vol. 4. *Toys, Trifles and Portable Furniture*. Ed. Mark Blackwell.) London: Pickering, 2012. Print.

Bond, Edward. *The Fool in Plays: 3*. London: Methuen Drama, 1987. Print.

Bowerbank, Sylvia. *Speaking for Nature: Women and Ecologies of Early Modern England*. Baltimore: Johns Hopkins UP, 2004. Print.

Buell, Lawrence. *The Environmental Imagination: Thoreau, Nature Writing, and the Formation of American Culture*. Cambridge, MA: Harvard UP, 1995. Print.

——. *The Future of Environmental Criticism: Environmental Crisis and Literary Imagination*. Oxford: Wiley, 2005. Print.

Calow, Peter, and R. J. Berry, eds. *Evolution, Ecology and Environmental Stress*. London: Academic, 1989. Print.

Campbell, Hilbert H. *James Thomson*. Boston: Twayne, 1979. Print.

Carson, Rachel. *Silent Spring*. 1962. Harmondsworth: Penguin, 1982. Print.

Casey, Edward S. *The Fate of Place: A Philosophical History*. Berkeley: U of California P, 1998. Print.

Cassirer, Ernst. *The Platonic Renaissance in England*. Trans. James P. Pettegrove. New York: Gordian, 1970. Print.

Chalker, John. *The English Georgic*. Baltimore: Johns Hopkins UP. 1969. Print.

Clare, John. *John Clare Selected Poems*. Ed. Geoffrey Summerfield. London: Penguin, 1990. Print.

——. *John Clare By Himself*. Ed. Eric Robinson and David Powell. Manchester: Carcanet, 1996. Print.

Cobbett, William. *Rural Rides*. London: William Cobbett, 1830. Print.

Cohen, Ralph. *The Unfolding of The Seasons*. London: Routledge, 1970. Print.

Cohen, Sheldon, Gary W. Evans, Daniel Stokols, and David S. Krantz. *Behavior, Health, and Environmental Stress*. New York:

Plenum, 1986. Print.

Coleridge, Samuel Taylor. *Biographia Literaria or Biographical Sketches of My Literary Life and Opinions*. Ed. James Engell and W. Jackson Bate. 2 vols. Princeton: Princeton UP, 1983. Print. Collected Works 7.

——. *The Collected Letters of Samuel Taylor Coleridge*. Ed. Earl Leslie Griggs. 6 vols. Oxford: Clarendon, 1956–71. Print.

——. "Contributions to a Course of Lectures Given by J. H. Green." *Shorter Works and Fragments*. Ed. H. J. Jackson and J. R. de J. Jackson. Vol. 2. Princeton: Princeton UP, 1995. 1387–1416. Print. Collected Works 11.

——. "Hints towards the Formation of a More Comprehensive Theory of Life." *Shorter Works and Fragments*. Ed. H. J. Jackson and J. R. de J. Jackson. Vol. 1. Princeton: Princeton UP, 1995. 481–557. Print. Collected Works 11.

——. "Lectures on Revealed Religion, Its Corruptions and Political Views." *Lectures 1795: On Politics and Religion*. Ed. Lewis Patton and Peter Mann. Princeton: Princeton UP, 1971. 75–229. Print. Collected Works 1.

——. *Marginalia*. Gen. ed., Kathleen Coburn. 6 vols. Princeton: Princeton UP, 1980–2001. Print. Collected Works 12.

——. *Poetical Works*. Ed. J. C. C. Mays. 3 vols. 6 parts. Princeton: Princeton UP, 2001. Print. Collected Works 16.

——. *Table Talk*. Ed. Carl Woodring. 2 vols. Princeton: Princeton UP, 1990. Print. Collected Works 14.

Condorcet, M. de. *Outlines of an Historical View of the Progress of the Human Mind*. London: J. Johnson. 1795. Print.

Connell, Philip. "Newtonian Physico-Theology and the Varieties of Whiggism in James Thomson's *The Seasons*." *Huntington Library Quarterly* 72 (2009): 1–28. Print.

——. *Romanticism, Economics and the Question of "Culture."* Oxford: Oxford UP, 2001. Print.

Coventry, Francis. *The History of Pompey the Little, or the Life and Adventures of a Lap-Dog*. London: George Faulkner, 1751. Print.

Cowper, William. *The Letters and Prose Writings of William Cowper*. Ed. James King and Charles Ryskamp. 6 Vols. Oxford: Clarendon, 1979. Print.

——. *Poetical Works*. Ed. H. S. Milford. Corr. Norma Russell. 4th ed. London: Oxford UP, 1971. Print.

Crane, R. S. "Suggestions Toward a Genealogy of the 'Man of Feeling.'" *ELH* 1 (1934): 205–30. Print.

Cudworth, Ralph. "The Digression Concerning the Plastick Life of Nature, or an Artificial, Orderly and Methodical Nature." (*The True Intellectual System of the Universe* [1678], bk. 1, ch. 3, sec. 37, ʃʃ 2–16, 19–26). *The Cambridge Platonists*. Ed. C. A. Patrides. Cambridge: Cambridge UP, 1969. 288–325. Print.

Darwin, Erasmus. *A Plan for the Conduct of Female Education*. 1797. Otley: Woodstock Books, 2001. Print.

——. *The Temple of Nature*. 1806. Tokyo: Hon-No-Tomosha, 1997. Print.

Descartes, René. *Discourse on Method and Related Writings*. Trans. Desmond M. Clarke. London: Penguin, 1999. Print.

——. *Principles of Philosophy*. Trans. Valentine Rodger Miller and Reese P. Miller. Dordrecht: Kluwer, 1991. Print.

De Quincey, Thomas. *Confessions of an English Opium-Eater and Other Writings*. Ed. Grevel Lindop. Oxford: Oxford UP, 1985. Print.

——. *Reminiscences of the English Lake Poets*. Ed. John E. Jordan. Revised ed. London: Dent, 1961. Print.

Dingley, Robert. "A Horse of a Different Color: *Black Beauty* and the Pressures of Indebtedness." *Victorian Literature and Culture* 30 (1997): 241–51. Print.

Ditchfield, G. M. *The Evangelical Revival*. London: University College London P, 1998. Print.

Dorré, Gina Marlene. "Horses and Corsets: *Black Beauty*, Dress Reform, and the Fashioning of the Victorian Woman." *Victorian Literature and Culture* 30 (2002): 157–78. Print.

Durling, Dwight. *Georgic Tradition in English Poetry*. New York: Columbia UP, 1935. Print.

Dyos, H. J. *Victorian Suburb: A Study of the Growth of Camberwell*. Leicester: Leicester UP, 1961. Print.

"Economy of the Earth." *Dublin Review* (May 1836): 1–27. Print.

Eddy, Matthew D., and David Knight. Introduction. *Natural Theology or Evidence of the Existence and Attributes of the Deity, Collected from the Appearance of Nature*. By William Paley. Oxford: Oxford UP, 2006. ix-xxix. Print.

Edwards, James. *A Companion from London to Brighthelmston, in Sussex; Consisting of a Set of Topographical Maps from Actual Surveys, on a Scale of Two Inches to a Mile*. London: Bensley, 1801. Print.

Elliot, G. R., and Carl Eisdorfer. *Stress and Human Health: Analysis and Implications of Research*. New York: Springer, 1982. Print.

Evans, Gary W., ed. *Environmental Stress*. Cambridge: Cambridge UP, 1982.

Fiering, Norman S. “Irresistible Compassion: An Aspect of Eighteenth-Century Sympathy and Humanitarianism.” *Journal of the History of Ideas* 37 (1796): 195–218. Print.

Fishman, Robert. *Bourgeois Utopia: The Rise and Fall of Suburbia*. New York: Basic, 1987. Print.

Flew, Antony. Introduction. *An Essay on the Principle of Population and A Summary View of the Principle of Population*. By Thomas Robert Malthus. 1970. Harmondsworth: Penguin, 1985. 7–56. Print.

Foulds, Adam. *The Quickening Maze*. London: Jonathan Cape, 2009. Print.

Fry, Paul H. *Wordsworth and the Poetry of What We Are*. New Haven: Yale UP, 2008. Print.

Fulford, Tim. *Landscape, Liberty and Authority: Poetry, Criticism and Politics from Thomson to Wordsworth*. Cambridge: Cambridge UP, 1996. Print.

——, ed. *Romanticism and Science 1773–1833*. 5 vols. London: Routledge, 2002. Print.

Garrett, James M. *Wordsworth and the Writing of the Nation*. Aldershot: Ashgate, 2008. Print.

Gaspey, William. *Tallis’s Illustrated London in Commemoration of the Great Exhibition of All Nations in 1851. Forming a Complete Guide to the British Metropolis and Its Environs. Illustrated by Upwards of Two Hundred Steel Engravings from Original Drawings and Daguerreotypes. With Historical and Descriptive Letterpieces*. 2 vols. London: Tallis, 1851–52. Print.

Gibson, J. J. *The Perception of the Visual World*. Boston: Houghton, 1950. Print.

——. *The Ecological Approach to Visual Perception*. Boston: Houghton, 1979. Print.

Gildon, Charles. *The Golden Spy: Or, A Political Journal of the British Nights Entertainments of War and Peace, and Love and Politics*. London: J. Woodward, 1709. Print.

——. *The New Metamorphosis: Or the Pleasant Transformation: Being The Golden Ass of Lucius Apuleius of Medaura*. Vol. 1. London: S. Brisco, 1708. Print.

Godwin, William. *An Enquiry Concerning Political Justice, and Its Influence on Morals and Happiness*. 1793. Spelsbury: Woodstock,

1992. Print.

——. *An Enquiry Concerning Political Justice, and Its Influence on Morals and Happiness*. 3rd ed. Ed. Isaac Kramnick. 1976. Harmondsworth: Penguin, 1985. Print.

Goldsmith, Oliver. *The Citizen of the World*. 2 vols. Bungay: J. and R. Childs, 1820. Print.

Gottlieb, Evan. "The Astonished Eye: The British Sublime and Thomson's 'Winter.'" *Eighteenth Century: Theory and Interpretation* 42 (2001): 43–57. Print.

Granger, James, Vicar of Shiplake. *An Apology for the Brute Creation; or Abuse of Animals Censured; in a Sermon on Proverbs xii. 10. Preached in the Parish Church of Shiplake, in Oxfordshire, October 18, 1772*. London: T. Davies, 1772. Print.

Gunther-Canana, Wendy. "Cultivating Virtue: Catharine Macaulay and Mary Wollstonecraft on Civic Education." *Women and Politics* 25 (2003): 47–70. Print.

——. "The Politics of Sense and Sensibility: Mary Wollstonecraft and Catherine Macaulay Graham on Edmund Burke's *Reflections on the Revolution in France*." *Women Writers and the Early Modern British Political Tradition*. Ed. Hilda L. Smith. Cambridge: Cambridge UP, 1998. 126–47. Print.

Harrison, Robert Pogue. *Forests: The Shadow of Civilization*. Chicago: U of Chicago P, 1992. Print.

Heise, Ursula K. *Sense of Place and Sense of Planet: The Environmental Imagination of the Global*. Oxford: Oxford UP, 2008. Print.

Hill, Octavia. *Octavia Hill: Early Ideals*. Ed. Emily S. Maurice. London: Allen, 1928. Print.

Hindmarsh, D. B. *John Newton and the English Evangelical Tradition: Between the Conversions of Wesley and Wilberforce*. Oxford: Oxford UP, 1996. Print.

Hoffmann, Ary A., and Peter A. Parsons. *Evolutionary Genetics and Environmental Stress*. Oxford: Oxford UP, 1991. Print.

Howitt, William. *The Book of the Seasons: A Calendar of Nature*. London: Henry Colburn and Richard Bentley, 1831. 2nd ed. 1833. Print.

——. *Homes and Haunts of the Most Eminent British Poets*. 2 vols. London: Richard Bentley, 1847. Print.

——. *The Rural Life of England*. 2 vols. London: Longman, 1838. Print.

——. *Visits to Remarkable Places*. London: Longman, 1840. Print.

Howkins, Alun. "The Discovery of Rural England." *Englishness: Politics and Culture 1880–1920*. Ed. Robert Colls and Philip Dodd. Croom Helm, 1986. 62–88. Print.

Hutcheson, Francis. *A Short Introduction to Moral Philosophy, in Three Books; Containing the Elements of Ethicks and the Law of Nature*. Glasgow: Robert Foulis, 1747. Google Books. Web. 17 March 2012.

Hutchings, Kevin. "Ecocriticism in British Romantic Studies." *Literature Compass* 4 (2007): 172–202. Web. 10 Feb. 2014.

Inglesfield, Robert. "Thomson and Shaftesbury." *James Thomson: Essays for the Tercentenary*. Ed. Richard Terry. Liverpool: Liverpool UP, 2000. 67–91. Print.

Johnson, Samuel. *Lives of the English Poets*. 1906. Vol. 2. London: Oxford UP, 1975. Print.

Jones, C. B. *Radical Sensibility: Literature and Ideas in the 1790s*. London: Routledge, 1993. Print.

Jung, Sandro. "Epic, Ode, or Something New: The Blending of Genres in Thomson's 'Spring.'" *Papers on Language & Literature* 43 (2007): 146–65. Print.

——. "Visual Interpretations, Print, and Illustrations of Thomson's 'The Seasons,' 1730–1797." *Eighteenth-Century Life* 34 (2010): 23–64. Print.

Keenleyside, Heather. "Personification for the People: On James Thomson's *The Seasons*." *ELH* 76 (2009) 447–72. Print.

Kheel, Marti. "The History of Vegetarianism." *The Encyclopedia of World Environmental History*. Vol. 3. Ed. Shepard Krech III, C. Merchant, and J. R. McNeill. New York: Routledge, 2004. 1273–78. Print.

Kilner, Dorothy, *The Life and Perambulations of a Mouse*. c. 1785. Whitefish: Kessinger, n.d. Print.

Kitson, Peter J. "Coleridge and 'the Ouran utang Hypothesis': Romantic Theories of Race." *Samuel Taylor Coleridge and the Sciences of Life*. Ed. Nicholas Roe. Oxford: Oxford UP, 2001. 91–116. Print.

Knight, Charles, et al., eds. *The Land We Live In: A Pictorial and Literary Sketch-Book of the British Empire*. Vol. 1. London, 1847. Print.

Knight, Richard Payne. *The Progress of Society. A Didactic Poem*. London: G. Nicol, 1796. Print.

Koguchi, Ichiro. "Erasmus Darwin's Quasi-Environmentalism: Teleology and Moral Agency in *The Temple of Nature*." *Studies in Language and Culture* 39 (2013): 197–219. Print.

——. "Population Principle and Natural Theology: The Significance of Malthus for Environmental Ethics." *Studies in Language and Culture* 40 (2014): 237–56. Print.

Kroeber, Karl. *Ecological Literary Criticism: Romantic Imaginings and the Biology of Mind*. New York: Columbia UP, 1994. Print.

——. "'Home at Grasmere': An Ecological Holiness." *PMLA* 89 (1974): 132–41. Print.

——. *Romantic Landscape Vision: Constable and Wordsworth*. Madison: U of Wisconsin P, 1975. Print.

Jordan, John E. *De Quincey to Wordsworth: A Biography of a Relationship: With the Letters of Thomas De Quincey to the Wordsworth Family*. Berkeley: U of California P, 1962. Print.

Lawrence, Christopher. "The Nervous System and Society in the Scottish Enlightenment." *Natural Order: Historical Studies of Scientific Enlightenment*. Ed. Barry Barnes and Steven Shapin. Beverly Hills: Sage, 1979. 19–40. Print.

Lawrence, John. *A Philosophical and Practical Treatise on Horses, and on the Moral Duties of Man Towards the Brute Creation*. 2 vols. London: T. Longman, 1796–98. Print.

Leibniz, G. W. "Considerations on Vital Principles and Plastic Natures, by the Author of the System of Pre-Established Harmony (1705)." *Philosophical Papers and Letters*. Trans. L. E. Loemker. Kluwer, 1989. 586–91. Springer Link. Web. 8 Aug. 2014.

The Life and Adventures of a Cat. London: Willoughby Mynors, 1760. Print.

The Life and Adventures of Toby, The Sapient Pig; with His Opinions on Men and Manners. Written by Himself. London: Nicholas Hoare, c. 1817. The British Library Historical Collection. Print.

Lloyd, Robert. "The Cit's Country Box." *Eighteenth-Century Poetry: An Annotated Anthology*. Ed. David Fairer and Christine Gerrard. Oxford: Blackwell, 2004. 408–10. Print.

Locke, John. *An Essay Concerning Human Understanding*. Ed. Roger Woolhouse. London: Penguin, 1997. Print.

——. *Some Thoughts Concerning Education*. Ed. John W. and Jean S. Yolton. Oxford: Clarendon, 1989. Print.

Lovejoy, Arthur O. *The Great Chain of Being: A Study in the History of an Idea*. Cambridge, MA: Harvard UP, 1936. Print.

Lucretius. *On the Nature of the Universe*. Trans. Ronald Melville. Oxford: Oxford UP, 1997. Print.

Macaulay, Catharine. *Letters on Education*. 1790. Oxford: Woodstock, 1994. Print.

——. *On Burke's Reflections on the French Revolution*. 1790. Poole: Woodstock, 1997. Print.

Malthus, Thomas Robert. *An Essay on the Principle of Population and A Summary View of the Principle of Population*. Ed. Antony Flew. 1970. Harmondsworth: Penguin, 1985. Print.

——. "*An Essay on the Principle of Population*: From the Revised Edition (1803)." *An Essay on the Principle of Population*. Ed. Philip Appleman. 2nd ed. New York: Norton, 2004. 125–34. Print.

McKillop, Alan Dugald. *The Background of Thomson's Seasons*. 1942. Hamden: Archon, 1961. Print.

McKusick, James C. *Green Writing: Romanticism and Ecology*. New York: St. Martin's, 2000. Print.

McNeil, Maureen. *Under the Banner of Science: Erasmus Darwin and His Age*. Manchester: Manchester UP, 1987. Print.

Meeker, Joseph. *The Comedy of Survival: Studies in Literary Ecology*. New York: Scribner, 1972. Print.

Memoirs of Dick, The Little Poney, Supposed to Be Written by Himself. London: J. Walker, 1800.

Memoirs of Bob, The Spotted Terrier. Written By Himself. 1801. London: George Routledge and Sons, 1885. Print.

Merrill, Lynn L. *The Romance of Victorian Natural History*. New York: Oxford UP, 1989. Print.

Moore, D. C. *Town*. London: Methuen Drama, 2010. Print.

"Moral Responsibility." *Stanford Encyclopedia of Philosophy*. Rev. ed. 18 Nov. 2009. Web. 14 Feb. 2014.

More, Hannah. *The Works of Hannah More*. 11 vols. London: Cadell, 1830. Print.

Morton, Timothy. *The Ecological Thought*. Cambridge, MA: Harvard UP, 2010. Print.

——. *Ecology Without Nature: Rethinking Environmental Aesthetics*. Cambridge, MA: Harvard UP, 2007. Print.

——. *Shelley and the Revolution in Taste: The Body and the Natural World*. Cambridge: Cambridge UP, 1994. Print.

Mullan, John. *Sentiment and Sociability: The Language of Feeling in the Eighteenth Century*. Oxford: Clarendon, 1990. Print.

Newey, Vincent. *Cowper's Poetry: A Critical Study and Reassessment*. Liverpool: Liverpool UP, 1982. Print.

Nichols, Ashton. *Beyond Romantic Ecocriticism: Toward Urbanatural Roosting*. New York: Palgrave, 2011. Print.

Nicholson, George. *On the Conduct of Man to Inferior Animals, &c.* Manchester: G. Nicholson, 1797. Print.

——. *On the Primeval Diet of Man; Arguments in Favour of Vegetable Food; On Man's Conduct to Animals, &c.&c.* 1801. 4th. ed. Stourport: G. Nicholson, 1819. Print.

Nicolson, Marjorie Hope. *Mountain Gloom and Mountain Glory: The Development of the Aesthetics of the Infinite*. 1959. Seattle: U of Washington P., 1997. Print.

Nitchie, Elizabeth. *Vergil and the English Poets*. New York: Columbia UP, 1919. Print.

Oelschlager, Max. *Idea of Wilderness*. New Haven: Yale UP, 1991. Print.

Oishi, Kazuyoshi. "The 'Scions of Charity': Cowper, the Evangelical Revival, and Coleridge in the 1790s." *Studies in English Literature* 50 (2009): 45–64. Print.

Olsen, Donald J. *The Growth of Victorian London*. London: Batsford, 1976. Print.

Onwhyn's Pocket Guide to the Lakes; or, Tourist's Companion to the Beauties of Cumberland, Westmoreland, and Lancashire. London: Joseph Onwhyn, 1841. Print.

Oswald, John, Member of the Club des Jacobines. *The Cry of Nature; or, An Appeal to Mercy and to Justice, on Behalf of the Persecuted Animals*. London: J. Johnson, 1791. Print.

Ovid. *Ovid's Metamorphoses in Fifteen Books. Translated by the Most Eminent Hands*. London: Jacob Tonson, 1717. New York: AMS, 1982. Print.

Paley, William. *Natural Theology or Evidence of the Existence and Attributes of the Deity, Collected from the Appearances of Nature*. Ed. Matthew D. Eddy and David Knight. Oxford: Oxford UP, 2006. Print.

——. *The Principles of Moral and Political Philosophy*. 2nd ed. London: Foulder, 1786. Print.

Passmore, John. “The Treatment of Animals.” *Journal of the History of Ideas* 36 (1975): 195–218. Print.

Phemister, Pauline. “‘All the time and everywhere everything’s the same as here’: The Principle of Uniformity in the Correspondence Between Leibniz and Lady Masham.” *Leibniz and His Correspondents*. Ed. Paul Lodge. Cambridge: Cambridge UP, 2004. 193–213. Print.

Pickering, Jr., Samuel F. “The Evolution of a Genre: Fictional Biographies for Children in the Eighteenth Century.” *The Journal of Narrative Technique* 7 (1977): 1–23.

——. *John Locke and Children’s Books in Eighteenth-Century England*. Knoxville: U of Tennessee P, 1981. Print.

Pope, Alexander. “Windsor-Forest.” *The Poems of Alexander Pope*. Ed. John Butt. 1963. London: Routledge, 1992. 195–210. Print.

Priestman, Martin. *Cowper’s Task: Structure and Influence*. Cambridge: Cambridge UP, 1983. Print.

Reid, David. “Thomson’s Poetry of Reverie and Milton.” *Studies in English Literature, 1500–1900* 43 (2003): 667–82. Print.

Ritson, Joseph. *An Essay on Abstinence from Animal Food as a Moral Duty*. London: Richard Phillips, 1802. Print.

Roe, Nicholas. *The Politics of Nature: William Wordsworth and Some Contemporaries*. New York: Palgrave, 2002. Print.

Rogers, Ben. *Beef and Liberty: Roast Beef, John Bull and the English Nation*. London: Vintage, 2003. Print.

Roszak, Theodore. *The Voice of the Earth*. New York: Touchstone, 1992. Print.

——. “Where Psyche Meets Gaia.” *Ecopsychology: Restoring the Earth, Healing the Mind*. Ed. Theodore Roszak, Mary E. Gomes, and Allen D. Kanner. San Francisco: Sierra Club, 1995. 1–17. Print.

Rousseau, G. S. “Nerves, Spirits and Fibres: Toward the Origins of Sensibility.” *Studies in the Eighteenth Century*. Ed. R. F. Brissenden. Canberra: Australian National UP, 1975. 137–57. Print.

Rousseau, Jean-Jacques. *Discourse on the Origin and Foundations of Inequality Among Men*. Trans. Julia Conaway Bondanella. *Rousseau’s Political Writings*. Ed. Alan Ritter and Julia Conaway Bondanella. New York: Norton, 1988. 3–57. Print.

——. *Emile or On Education*. Trans. Allan Bloom. New York: Basic, 1979. Print.

——. *Julie, or the New Heloise: Letters of Two Lovers Who Live in a Small Town at the Foot of the Alps. The Collected Writings of*

Rousseau. Trans. Philip Stewart and Jean Vaché. Vol. 6. Hanover: UP of New England, 1997. Print.

Sambrook, James. Introduction. *The Seasons and The Castle of Indolence*. By James Thomson. 1972. Oxford: Clarendon, 1987. ix–xix. Print.

Santurri, Edmund N. "Theodicy and Social Policy in Malthus' Thought." *Journal of the History of Ideas*. 43 (1982): 315–30. Print.

Schelling, F. W. J. *Ideas for a Philosophy of Nature*. Trans. Errol E. Harris and Peter Heath. Cambridge: Cambridge UP, 1988. Print.

——. *System of Transcendental Idealism (1800)*. Trans. Peter Heath. Charlottesville: Virginia UP, 1978. Print.

Schulz, Max F. *Paradise Preserved: Recreations of Eden in Eighteenth- and Nineteenth-Century England*. Cambridge: Cambridge UP, 1985. Print.

Scott, Sarah. *A Description of Millenium Hall*. Ed. Gary Kelly. Ontario: Broadview, 1995. Print.

The Sedan: A Novel. London: R. Baldwin, 1757. Print.

Sewell, Anna. *Black Beauty*. Ed. Peter Hollindale. Oxford: Oxford UP, 1992. Print.

Shelley, Percy Bysshe. *A Vindication of Natural Diet*. 1813. London: F. Pitman; Manchester: J. Heywood and the Vegetarian Society, 1884. Print.

Sinclair, Iain. *The Edge of the Orison: In the Traces of John Clare's "Journey out of Essex."* London: Penguin, 2005. Print.

Singer, Peter. *Animal Liberation: The Definitive Classic of the Animal Movement*. 1975. Updated ed. New York: Harper, 2009. Print.

Smith, Adam. *The Theory of Moral Sentiments*. New York: Prometheus, 2000. Print.

Smollett, Tobias George. *The History and Adventures of an Atom*. London: Robinson and Roberts, 1769. Print.

Stallybrass, Peter, and Allon White. *The Politics and Poetics of Transgression*. London: Methuen, 1986. Print.

Stone, Lawrence. *The Family, Sex and Marriage in England 1500–1800*. London: Weidenfeld, 1979. Print.

Stoneley, Peter. "Sentimental Emasculations: *Uncle Tom's Cabin* and *Black Beauty*." *Nineteenth-Century Literature* 54 (1999): 53–72. Print.

Stuart, Tristram. *The Bloodless Revolution: A Cultural History of Vegetarianism from 1600 to Modern Times*. New York: Norton,

2007. Print.

Sutherland, John. "Is Black Beauty Gelded?" *Can Jane Eyre Be Happy?: More Puzzles in Classic Fiction*. Oxford: Oxford UP, 2000. 177–80. Print.

Taylor, Thomas. *A Vindication of the Rights of Brutes*. London: Edward Jeffery, 1792. Print.

Thelwall, John. *An Essay, Towards a Definition of Animal Vitality Read at the Theatre, Guy's Hospital, January 26, 1793; in Which Several of the Opinions of the Celebrated John Hunter Are Examined and Controverted*. London: G. G. J. and J. Robinsons, 1793. Roe. *The Politics of Nature*. 96–119.

Thomas, Gilbert Oliver. *William Cowper and the Eighteenth Century*. 1935. London: Allen, 1948. Print.

Thomas, Keith. *Man and the Natural World: Changing Attitudes in England 1500–1800*. Harmondsworth: Penguin, 1984. Print.

Thompson, F. M. L., ed. *The Rise of Suburbia*. Leicester: Leicester UP, 1982. Print.

Thomson, James. *The Seasons*. Ed. James Sambrook. Oxford: Clarendon, 1981

Todd, Janet. *Sensibility: An Introduction*. London: Methuen, 1986. Print.

Tomkins, Stephen. *The Clapham Sect: How Wilberforce's Circle Transformed Britain*. Oxford: Lion Hudson, 2010. Print.

The Travels of Mons. le Post-Chaise. London: J. Swan, 1753. Print.

Trimmer, Sarah. *An Easy Introduction to the Knowledge of Nature, and Reading the Holy Scriptures. Adapted to the Capacities of Children*. London: printed for the Author, 1780. Print.

——. *Fabulous Histories. Designed for the Instruction of Children, Respecting Their Treatment of Animals*. London: Longman, 1786. Print.

——. *Fabulous Histories: The History of the Robins*. London: Grant and Griffith, 1848. Print.

Ulin, Donald. "Seeing the Country: Tourism and Ideology in William Howitt's *Rural Life of England*." *Victorian Institute Journal* 30 (2002): 41–64. Print.

Ulrich, Roger S. "Aesthetic and Affective Response to Natural Environment." *Behavior and the Natural Environment*. Ed. Irwin

Altman and Joachim F. Wohlwill. New York: Plenum, 1983. 85–125. Print.

——. "View through a Window May Influence Recovery from Surgery." *Science*, n.s. 224, issue 4647 (Apr. 27, 1984): 420–21. Print.

Walle, Kwinten van de. "Negotiations of Tradition in James Thomson's *Winter* (1726–44)." *English Studies: A Journal of English Language and Literature* 93 (2012): 668–82. Print.

Walsh, John. "Origins of the Evangelical Revival." *Essays in Modern English Church History in Memory of Norman Sykes*. Ed. G. V. Bennett and John Walsh. London: Adam and Charles Black, 1966. 132–62. Print.

Ward, W. R. *The Protestant Evangelical Awakening*. Cambridge: Cambridge UP, 1992. Print.

Wasserman, Earl. "Nature Moralized: The Divine Analogy in the Eighteenth Century." *ELH* 20 (1953): 39–76. Print.

Watson, Lyall. *Heaven's Breath: A Natural History of the Wind*. New York: Morrow, 1984. Print.

Weiner, Stephanie Kuduk. *Clare's Lyric: John Clare and Three Modern Poets*. Oxford: Oxford UP, 2014. Print.

Williams, Raymond. *The Country and the City*. London: Hogarth, 1985. Print.

Wilson, E. O., and Stephen R. Kellert, eds. *The Biophilia Hypothesis*. Washington, D.C.: Island, 1993. Print.

Wollstonecraft, Mary. *The Works of Mary Wollstonecraft*. Ed. Janet Todd and Marilyn Butler. 7 vols. London: Pickering, 1989. Print.

Woolf, Virginia, *Flush: A Biography*. Hogarth Press, 1933. Print.

Worhlwill, Joachim F. "The Concept of Nature: A Psychologist's View." *Behavior and the Natural Environment*. Ed. Irwin Altman and Joachim F. Wohlwill. New York: Plenum, 1983. 5–37. Print.

Wordsworth, Dorothy. *The Grasmere and Alfoxden Journals*. Ed. Pamela Woof. Oxford: Oxford UP, 2002. Print.

Wordsworth, Jonathan. *The Music of Humanity: A Critical Study of Wordsworth's Ruined Cottage*. New York: Harper, 1969. Print.

Wordsworth, William. *The Excursion*. Ed. Sally Bushell, James A. Butler, and Michael C. Jaye. Ithaca: Cornell UP, 2007. Print.

——. *Guide to the Lakes*. Ed. Ernest de Selincourt. 1909. Preface by Stephen Gill. London: Frances Lincoln, 2004. Print.

——. "Kendal and Windermere Railway, Two Letters." *Guide to the Lakes*, 135–48. Print.

——. *Lyrical Ballads, and Other Poems, 1798–1800*. Ed. James A. Butler and Karen Green. Ithaca: Cornell UP, 1992. Print.

——. *The Pedlar, Tintern Abbey, The Two-Part Prelude*. Ed. Jonathan Wordsworth. Cambridge: Cambridge UP, 1985. Print.

——. *Poems, in Two Volumes, and Other Poems, 1800–1807*. Ed. Jared Curtis. Ithaca: Cornell UP, 1983. Print

——. *The Poetical Works of William Wordsworth: The Excursion; The Recluse, Part 1, Book 1*. Ed. E. de Selincourt and Helen Darbishire. Oxford: Clarendon, 1949. Print.

——. *The Prelude: The Four Texts (1798, 1799, 1805, 1850)*. Ed. Jonathan Wordsworth. Harmondsworth: Penguin, 1995. Print.

——. "There is an active principle." *William Wordsworth*. Oxford Authors. Ed. Stephen Gill. Oxford: Oxford UP, 1984. 677–78. Print.

Wordsworth, William, and S. T. Coleridge. *Lyrical Ballads*. Ed. R. L. Brett and A. R. Jones. 2nd ed. London: Routledge, 1991. Print.

Wordsworth, William, and Dorothy Wordsworth. *The Letters of William and Dorothy Wordsworth: The Early Years*. Ed. E. de Selincourt. Rev. Chester L. Shaver. Oxford: Clarendon, 1967. Print.

——. *The Letters of William and Dorothy Wordsworth: The Middle Years, Part I: 1806–1811*. Ed. E. de Selincourt. Rev. Mary Moorman. Oxford: Clarendon, 1969. Print.

Worster, Donald. *Nature's Economy: A History of Ecological Ideas*. 2nd ed. New York: Cambridge UP, 1994. Print.

Young, Thomas. *An Essay on Humanity to Animals*. London: T. Cadele, Jun. and W. Davies, 1798. Print.

Zube, E. H., D. G. Pitt, and T. W. Anderson, "Perception and Prediction of Scenic Resource Values of the North-East." *Landscape Assessment: Values, Perceptions and Resources*. Ed. Ervin H. Zube, Robert O. Brush, and Julius Gy. Fabos. Stroudsburg, PA: Dowden, 1975. 151–67

アクィナス、トマス『在るものと本質について』稲垣良典訳註、知泉書館、二〇一二年。

——『神学大全』四五冊、全巻責任者高田三郎、創文社、一九六〇―二〇一二年、第六冊 (PARS PRIMA QQ. 75–89) 大鹿一正訳、一九六二年。

アガンベン、ジョルジュ『王国と栄光——オイコノミアと統治の神学的系譜のために』高桑和巳訳、青土社、二〇一〇年。

アープレーイユス［アプレイウス］『黄金の驢馬』呉茂一・国原吉之助訳、岩波書店、二〇一三年。

有田哲文「温暖化対策『気候を改造』という発想」『朝日新聞』二〇一四年八月二日（土曜日）一四頁。

隠岐さや香「『百科全書』と啓蒙思想からみた「エコノミー」」『Nüş ニュクス』第一号（二〇一五年一月）八二―九五頁。

内田勝「モノが語る物語――『黒外套の冒険』とその他の it-narratives」『岐阜大学地域科学部研究報告』第三〇号（二〇一二年）一五―三六頁。

ウルフ、ヴァージニア『フラッシュ』出淵敬子訳、みすず書房、一九九三年。

海老澤豊『田園の詩神　十八世紀英国の農耕詩を読む』国文社、二〇〇五年。

オウィディウス『変身物語』中村善也訳、岩波文庫、一九八四年。

大石和欣「仁愛」『イギリス哲学・思想事典』日本イギリス哲学会編、研究社、二〇〇七年、二九〇―九二頁。

大日向幻「J・トムソン『四季』――『冬』を中心として」『商學論究』第三七巻、一～四合併号（一九九八年）五九三―六〇八頁。

オジェ、マルク『同時代世界の人類学』森山工訳、藤原書店、二〇〇二年。

オッカム、G（オッカム、ウィリアム）『スコトゥス「個体化の理論」への批判――『センテンチア註解』L.1, D.2, Q.6 より』渋谷克美訳註、知泉書館、二〇〇四年。

笠原順路「ジェイムズ・トムソン『四季』(1726, 30, 46)」『地誌から叙情へ――イギリス・ロマン主義の源流をたどる』笠原順路編、明星大学出版部、二〇〇四年、六五―九四頁。

鹿島茂『悪党（ピカロ）が行く　ピカレスク文学を読む』角川書店、二〇〇七年。

カーソン、レイチェル『沈黙の春』青樹簗一訳、新潮社、一九六四年。

門井昭夫「十八世紀の自然詩におけるジェイムズ・トムスン」『健康科学大学紀要』第三号（二〇〇七年）三九―四八頁。

川崎寿彦『庭のイングランド――風景の記号学と英国近代史』名古屋大学出版会、一九八三年。

――『森のイングランド――ロビン・フッドからチャタレー夫人まで』平凡社、一九八七年。

川津雅江「感受性の規制――サラ・トリマーの動物愛護教育」『十八世紀イギリス文学研究――第5号 共鳴する言葉（ワード）と世界（ワールド）』日本ジョンソン協会編、開拓社、二〇一四年、二〇〇―一五頁。

――「女性と動物――トマス・テイラー『動物の権利の擁護』(1792)」『人文科学論集』第九〇号（二〇一二年）四一―五四頁。

――「人間と動物の境界線上――ウルストンクラフトの女子教育と感受性」『境界線上の文学』大石和欣・滝川睦・中田晶子編、彩流社、二〇一三年、一二一―三七頁。

『狐物語』鈴木覚・福本直之・原野昇訳、岩波書店、二〇〇二年。

京極為兼『古典日本文学全集36――芸術論集』久松潜一・横沢三郎・守髄賢治・安田章夫校註、筑摩書房、一九六二年。

クレア、ジョン『ジョン・クレア詩集』R・K・R・ソーントン編、鈴木蓮一訳、英宝社、二〇〇四年。

ケーシー、エドワード『場所の運命――哲学における隠された歴史』江川隆男他訳、新曜社、二〇〇八年。

小口一郎「変容する奈落――トムソン『四季』」『静岡大学教養部研究報告――人文・社会科学篇』第二五巻（二）（一九八九年）一七―三四頁。

コルバン、アラン『浜辺の誕生――海と人間の系譜学』藤原書店、一九九二年。

先川暢郎『ラフカディオ・ハーンとジェイムズ・トムソン――『四季』をめぐって』春風社、二〇一一年。

シュウエル『黒馬物語』土井すぎの訳、岩波書店、一九八七年。

シュタインツメラー、ヨハネス『ラッツェルの人類地理学』山野正彦・松本博之訳、地人書房、一九八三年。

シンガー、ピーター『動物の解放』改訂版、戸田清訳、人文書院、二〇一一年。

菅靖子「都市空間の緑を求めて」『ヨーロッパの歴史II――植物からみるヨーロッパの歴史――』草光俊雄・菅靖子著、放送大学教育振興会、二〇一五年、一五四―七一頁。

鈴木秀夫・山本武夫『気候と文明・気候と歴史』朝倉書店、一九七八年。

ストリブラス、ピーター、アロン・ホワイト『境界侵犯――その詩学と政治学』本橋哲也訳、ありな書房、一九九五年。

ターナー、ジェイムズ『動物への配慮　ヴィクトリア時代精神における動物・痛み・人間性』斎藤九一訳、法政大学出版局、一九九四年。

鶴見良次『マザー・グースとイギリス近代』岩波書店、二〇〇五年。

トマス、エドワード『エドワード・トマス訳詩集』吉川朗子訳、春風社、二〇一五年。

トマス、キース『人間と自然界――近代イギリスにおける自然観の変遷』山内昶監訳、中島俊郎・山内彰訳、法政大学出版局、一九八九年。

トムソン、ジェームズ『ジェームズ・トムソン詩集』林瑛二訳、慶應義塾大学出版会、二〇〇二年。

直原典子「S・T・コウルリッジへのカドワースの影響――1795年講演『啓示宗教について』の考察」『英語英文学叢誌』第三三号、二〇〇四年、二一―三五頁。

中村和郎・高橋伸夫編『地理学への招待』古今書院、一九八八年。

夏目漱石『吾輩は猫である』新潮文庫、二〇〇三年。

『Nüニュクス』第一号（二〇一五年一月）

ハイデッガー、マルティン『芸術作品の根源』関口弘訳、平凡社、二〇〇八年。

――『技術への問い』関口浩訳、平凡社、二〇一三年。

ハント、ピーター編『子どもの本の歴史』さくまゆみこ・福本友美子・こだまともこ訳、柏書房、二〇〇一年。

平松紘『イギリス緑の庶民物語――もうひとつの自然環境保全史』明石書店、一九九五年。

フィッシュマン、ロバート『ブルジョワ・ユートピア――郊外住宅地の盛衰』小池和子訳、勁草書房、一九九〇年。

ベイト、ジョナサン『ロマン派のエコロジー――ワーズワスと環境保護の伝統』小田友弥・石幡直樹訳、松柏社、二〇〇〇年。

丸谷才一『闊歩する漱石』講談社、二〇〇〇年。

森松健介「ジェイムズ・トムソンと《自然》」『近世イギリス文学と《自然》――シェイクスピアからブレイクまで』中央大学出版部、二〇一〇年、三一三―四八頁。

安田喜憲「現代文明崩壊のシナリオ」吉野正敏・安田喜憲編『歴史と気候』朝倉書店、一九九五年、二四六―六〇頁。

山内久明「癒しと救いとしての詩作――イギリス詩人ウィリアム・クーパーの心の深淵」『了徳寺大学紀要』一号（二〇〇七年）五一―七五頁。

『ラサリーリョ・デ・トルメスの生涯』会田由訳、岩波書店、一九七二年。

ルソー、ジャン=ジャック『エミール』今野一雄訳、岩波文庫、一九六二年。

――『人間不平等起源論』本田喜代治・平岡昇訳、岩波文庫、一九五七年。

レルフ、エドワード『場所の現象学――没場所性を越えて』高野岳彦他訳、ちくま学芸文庫、一九九九年。

ロック、ジョン『教育に関する考察』服部知文訳、岩波文庫、一九六七年。

ワーズワス、ウィリアム『逍遥』田中宏訳、成美堂、一九八九年。

――『対訳ワーズワス詩集』山内久明編訳、岩波書店、一九九八年。

ワトソン、ライアル『風の博物誌』木幡和枝訳、河出書房新社、一九九六年。

あとがき

本書が成立するにいたった経緯を簡単に紹介したい。九名の執筆者は、二〇一〇年度〜二〇一四年度の五年間にわたって実施された、科学研究費補助金・基盤研究（B）による研究プロジェクト「文学研究の「持続可能性」――ロマン主義時代における「環境感受性」の動態と現代的意義」（研究代表者 西山清、課題番号 二二三二〇〇六一）の研究分担者・協力者、もしくは招待講演の講師である。文学研究そのものを現代の文脈において再定義・再生させることを課題としながら、イギリス・ロマン派の環境感受性をさまざまな角度から分析したこの研究は、多くの成果をあげるとともに、研究会、講演会、そしてその他さまざまな形の研究交流によってメンバーのエコロジーに対する理解を深化・先鋭化させることになった。そうした考究のなかでとり上げられた主要な論点を、研究書の形で具体化したのが本書である。本書がエコロジーと文学の分野で何らかの貢献をなすものに仕上がっているとすれば、それはこうした貴重な研究の機会があってこそと考える。

このような経緯から、本書の「序文」はこの研究プロジェクトの研究背景と目的を反映したものとなった。執筆にあたっては、医学・生理学の領域で用いられている「環境感受性」という用語に着目した大石が中心となり、寄稿者全員の協力により起草し、最終的な調整を編者である小口が行った。

このプロジェクトが開始され、ほぼ一年が経過しようとしていたとき、東北地方の太平洋岸を中心に、東日本の広い地域がマグニチュード九の大地震と津波に襲われた。奇しくもその日、二〇一一年三月一一日は研究会の日にあたり、東京に集ったメンバーは、牙を剥く荒々しい自然の猛威にさらされた被災地のもようをテレビ中継で見るとともに、交通機関が寸断され、なす術もなく大混乱に陥った都市という人為的システムの脆弱さを目の当たりにした。また、直後に起こった福島第一原子力発電所の事故は、人間を含む生命の存続を脅かす文明の破壊的な力に対し、改めてわれわれの省察の目を向けさせた。

環境と人間についての真剣な取り組みが、今ほど求められているときは稀であろう。そうした二十一世紀の問題意識に対し、本書が何らかの考察の手がかりを提供できることを心より願うものである。

出版の労をとってくださった音羽書房鶴見書店の山口隆史氏には、さまざまな面でご尽力いただいた。本書が世に出ることができたのは、学術図書のプロフェッショナルとして長年の経験をおもちになっている山口氏の、時宜をえた適切なアドバイスとご厚情の賜物である。略儀ではあるがここに執筆者一同、感謝の意を表させていただく次第である。

本書の刊行にあたり、平成二七年度科学研究費助成事業・研究成果公開促進費（課題番号一五ＨＰ五〇五六）の助成を受けた。

二〇一五年九月

小口　一郎

ワ行

マ行

ヤ行

ラ行

ハ行

ナ行

タ行

サ行

カ行

索　引

直原 典子（なおはら のりこ）

早稲田大学教育・総合科学学術院非常勤講師
早稲田大学大学院教育学研究科博士後期課程退学、博士（学術）
主要業績："The Equivalence of Coleridge's and St. Augustine's Thinking on Language," *Essays in English Romanticism* 29/30 (2006): 39–50;『グリーンライティング——ロマン主義とエコロジー』ジェイムズ C. マキューシック著（共訳、音羽書房鶴見書店、2009 年）; "Coleridge's Trichotomous Theology," *The Coleridge Bulletin: The Journal of the Friends of Coleridge*, ns 36 (2010): 41–48.

丹治 愛（たんじ あい）

法政大学文学部教授
東京大学大学院人文科学研究科修士課程修了、文学修士
主要業績：『ヴィクトリア朝の文芸と社会改良』（共著、音羽書房鶴見書店、2011 年）;『亡霊のイギリス文学——豊穣なる空間』（共著、国文社、2012 年）;『一九世紀「英国」小説の展開』（共著、松柏社、2014 年）。

大石 和欣（おおいし かずよし）

東京大学大学院総合文化研究科准教授
オックスフォード大学博士課程修了、D.Phil.
主要業績：『境界線上の文学——名古屋大学英文学会第 50 回大会記念論集』（共編著、彩流社、2013 年）; *Coleridge, Romanticism, and the Orient: Cultural Negotiations*（共編著、Bloomsbury, 2013）; *British Romanticism in European Perspective: Into the Eurozone*（共著、Palgrave, 2015）。

山内 正一（やまうち しょういち）

福岡大学人文学部教授・九州大学名誉教授
九州大学大学院文学研究科修士課程修了、文学修士
主要業績：『キーツ研究——物語詩を中心に』（大阪教育図書、1986 年）;『ロマン派の空間』（共著、松柏社、2000 年）;『緑と生命の文学——ワーズワス、ロレンス、ソロー、ジェファーズ』（共著、松柏社、2001 年）。

吉川 朗子（よしかわ さえこ）

神戸市外国語大学教授
東京大学大学院人文社会系研究科博士後期課程満期退学、博士（文学）[神戸市外国語大学]
主要業績：『ロマンティック・エコロジーをめぐって』（共著、英宝社、2006 年）; *English Romantic Writers and the West Country*（共著、Palgrave, 2010）; *William Wordsworth and the Invention of Tourism, 1820–1900* (Ashgate, 2014).

執筆者紹介

（執筆順）

植月　惠一郎（うえつき　けいいちろう）

日本大学芸術学部教授

学習院大学大学院人文科学研究科博士後期課程満期退学、文学修士

主要業績：『十七世紀英文学における終わりと始まり——十七世紀英文学研究XVI』（共著、金星堂、2013年）；「グレイの〈猫〉——『金魚鉢で溺死した愛猫に寄せるオード』(1747) について」『日本大学芸術学部紀要』第60号（2014年）23–32頁；『文学と歴史の曲がり角——英米文学論集』（共編著、英光社、2014年）。

小口　一郎（こぐち　いちろう）

大阪大学大学院言語文化研究科准教授

名古屋大学大学院文学研究科博士前期課程修了、博士（文学）

主要業績：*Ivy Never Sere: The Fiftieth Anniversary Publication of The Society of English Literature and Linguistics, Nagoya University*（共著、音羽書房鶴見書店、2009年）；『グリーンライティング—ロマン主義とエコロジー』ジェイムズ C. マキューシック著（共訳、音羽書房鶴見書店、2009年）；“Erasmus Darwin’s Quasi-Environmentalism: Teleology and Moral Agency in *The Temple of Nature*,” *Studies in Language and Culture* 39 (2013): 197–219.

金津　和美（かなつ　かずみ）

同志社大学文学部准教授

ヨーク大学博士後期課程修了、D.Phil.

主要業績：『スコットランド文学——その流れと本質』（共著、開文社出版、2011年）；『十八世紀イギリス文学研究——〈第5号〉共鳴する言葉（ワード）と世界（ワールド）』（共著、開拓社、2014年）；『幻想と怪奇の英文学』（共著、春風社、2014年）。

川津　雅江（かわつ　まさえ）

名古屋経済大学法学部教授

名古屋大学大学院文学研究科博士後期課程満期退学、博士（文学）

主要業績：『グリーンライティング—ロマン主義とエコロジー』ジェイムズ C. マキューシック著（共訳、音羽書房鶴見書店、2009年）；『サッポーたちの十八世紀——近代イギリスにおける女性・ジェンダー・セクシュアリティ』（音羽書房鶴見書店、2012年）；『十八世紀イギリス文学研究——〈第5号〉共鳴する言葉（ワード）と世界（ワールド）』（共著、開拓社、2014年）。

The Poetics of Romantic Ecology:
The Emergence and Development of
Environmental Sensibility

ロマン主義エコロジーの詩学
環境感受性の芽生えと展開

2015年11月1日　初版発行

編　者　　小口　一郎

発行者　　山口　隆史

印　刷　　シナノ印刷株式会社

発行所　　株式会社 音羽書房鶴見書店

〒113-0033 東京都文京区本郷 4-1-14
TEL 03-3814-0491
FAX 03-3814-9250
URL: http://www.otowatsurumi.com
e-mail: info@otowatsurumi.com

Printed in Japan
ISBN978-4-7553-0288-6 C3098

組版　ほんのしろ／装幀　吉成美佐（オセロ）
製本　シナノ印刷株式会社